Texto de acordo com as normas do novo acordo ortográfico da língua portuguesa (Decreto Legislativo Nº54 de 1995).

Editora – Catia Mourão
Capa – Joice Dias
Diagramação – Catia Mourão
Revisão – Halice FRS

CIP-BRASIL. CATALOGAÇÃO NA PUBLICAÇÃO
SINDICATO NACIONAL DOS EDITORES DE LIVROS, RJ

S235k

Santos, Jéssica D.
Killz / Jéssica D. Santos. - 1. ed. - Rio de Janeiro : Ler, 2023.
204 p. ; 16 cm. (Herdeiros da máfia ; 1)

ISBN 978-65-5055-060-8

1. Romance brasileiro. 2. Literatura erótica brasileira. I. Título. II. Série.

23-87540 CDD: 869.3
CDU: 82-31(81)

Gabriela Faray Ferreira Lopes - Bibliotecária - CRB-7/6643
14/12/2023 19/12/2023

Foi feito o depósito legal.
Direitos de edição:

Ler Editorial

KILLZ

HERDEIROS DA MÁFIA - 01

JESSICA D. SANTOS

1ª edição
Rio de Janeiro – Brasil

SUMÁRIO

NOTA DA AUTORA

Máfia é uma organização criminosa cujas atividades estão submetidas a uma direção de membros, que sempre ocorre de forma oculta e que repousa numa estratégia de infiltração da sociedade civil e das instituições. Os membros são chamados mafiosos.

Quando se fala de máfia, as pessoas relacionam o tema a Cosa Nostra, à máfia Italiana que se desenvolveu na Sicília e, mais tarde, surgiu nos Estados Unidos. Com o tempo, o termo deixou de ser relacionado apenas à estrutura da máfia siciliana e passou a abranger qualquer organização ou associação criminosa que usa métodos inescrupulosos para fazer prevalecer seus interesses ou para controlar uma atividade.

Desta forma, a série Herdeiros da Máfia aborda sua própria máfia, com leis, códigos e condutas próprias, criadas por mim, utilizando-me de licença poética. Não espere ler este livro e ver nele qualquer estrutura verídica, real ou influenciada pela Cosa Nostra, Yakuza ou qualquer outra organização mafiosa conhecida.

PRÓLOGO

KILLZ JAMES KNIGHT

Muitas vezes, minhas ações me levam para os melhores lugares. Como agora, a esse posto importante, o cargo na máfia inglesa que sempre foi meu por direito, assim decretado por Kurtz James Knight, o primeiro chefe de uma das maiores organizações criminosas de Londres. Desde a minha infância venho me preparando para que, quando chegasse minha vez, nada passasse despercebido pelos meus olhos. Os anos e as circunstâncias da vida me fizeram acreditar que tudo tem seu tempo, e o meu chegou, posso sentir.

— Tem certeza disso? — insiste Alec, montando algumas armas enquanto conversamos.

— Alguma vez já planejei algo sem ter certeza?

— Você quem sabe. Só acho que não deve...

— Quem deve achar aqui sou eu, Alec — interrompo-o. — Não pense que por ser meu amigo tem o direito de interferir nas minhas decisões.

— Como você quer abrir uma vaga de emprego para alguém que não é do nosso mundo? — ele questiona.

— Pelo simples fato de que precisamos ter alguém que não seja desse mundo para mantermos a nossa fachada. — Dou um sorriso malicioso ao olhar para o dossiê em cima da minha mesa. Estou feliz. — Faça o que mando, Alec.

— A vaga de emprego já foi anunciada. Em breve, teremos que fazer uma limpa no prédio para as entrevistas.

— O que me resta é esperar que alguma candidata seja capaz de me convencer de que tem capacidade para ficar no cargo — argumento. — Enquanto isso não acontece, preciso que você e seus homens eliminem alguém que anda infringindo minhas regras.

Eu sou a lei e a morte.

CAPÍTULO 1

AUBREY RUSSELL

Quando o avião pousa no aeroporto de Heathrow, meu coração estremece de tanta ansiedade. Tudo bem, talvez minhas ações tenham sido meio precipitadas, mas é bom saber que finalmente poderei desfrutar por mais de dois dias desse lugar maravilhoso. Saio do aeroporto, cheia de malas, andando calmamente até a saída. Logo após, faço sinal para um taxista, que prontamente guarda minha bagagem no porta-malas. Atencioso, o senhor abre a porta para que eu me acomode no banco traseiro.

— Para onde, senhora? — pergunta.

— Desculpe, senhor! Aqui está o endereço. — Entrego um pequeno papel indicando o Hotel Café Royal, que fica na rua Quadrante Arcade. — Quanto tempo levaremos para chegar ao hotel?

— Não será uma viagem muito longa, no máximo, em trinta minutos estaremos lá. A senhora é habituada a vir para cá? — pergunta, sem tirar os olhos da rua.

— Só estive em Londres três vezes, coisa rápida.

— Dizem que esse hotel é o melhor da cidade.

— Nunca ouvi falar, mas acredito que seja.

Ele pode ser o melhor, mas minha mãe tem razão, nenhum lugar se compara ao nosso lar. Deixei Chicago não tem nem vinte quatro horas, e a saudade já toma conta de mim, principalmente porque minha mãe, Celeste, e minha prima, Alessa, ficaram lá. Soube ontem que Lessa em breve começará o estágio em algum hospital, como enfermeira. Fiquei feliz por ela, que é como uma irmã para mim. Desde crianças, nós nos acostumamos a viver juntas e, com o passar dos anos, nos tornamos melhores amigas e confidentes.

— Chegamos.

Espanto-me por não ter visto o tempo passar quando o homem alerta sobre meu ponto de parada.

— Obrigada! Quanto deu a corrida? — pergunto, sorrindo por lembrar que meu pai avisou que, pela primeira vez, eu poderia passar um ano em Londres.

Muitas vezes, meu pai me trata como se eu ainda fosse criança. Sua proteção é sufocante demais. Tenho minhas desconfianças sobre a possibilidade de Conan ser um espião do governo, porque essas viagens repentinas estão me cansando. Só esse ano, já estive em três países diferentes. Fico até amedrontada com a ideia de ele ser um espião do governo inimigo. Temo que algo ruim possa acontecer com minha mãe e minha prima, já que elas ficam mais em casa.

— Cinquenta libras — informa o homem, destravando a porta do carro.

— Aqui está. — Tiro o dinheiro de uma carteira que costumo carregar no bolso da calça.

— Vou pegar suas malas. — Ele pega as notas e enfia dentro do bolso.

Devolvendo minhas três malas, o taxista acena para mim antes de voltar ao carro.

— Obrigada! — agradeço, virando-me para apreciar o belo hotel cinco estrelas.

Na frente do local, olho para os dois lados antes de atravessar a rua. Não sei bem a razão, mas, neste momento, algumas lembranças que envolvem minha família surgem em minha mente.

Já trabalhei em uma importante empresa de cosméticos em Tóquio, mas tive de me demitir às pressas após receber uma chamada de emergência de Conan Russell, obrigando-me a fazer mais uma viagem. Quando protestei e disse que não queria mais ficar longe da minha família, ele gritou comigo pela primeira vez. Em seguida, só olhou em meus olhos pela tela do celular e disse que tudo era para meu bem-estar. Até pediu para que eu não o odiasse.

Assim que entro no hotel, noto que ficarei hospedada em um quarto bom. Claro que Celeste Russell tem sua parcela de culpa. Em pouco tempo, posso admirar todos os cômodos. Incrível como o ser humano consegue criar grandes obras de arte.

Devo arrumar um emprego rapidamente, não quero continuar recebendo dinheiro do meu pai para sempre, pois já sou adulta, fica até feio para mim.

Aproveito o bom tempo para sair. Vou até a recepção do hotel, pedir algumas informações e, muito educada, a recepcionista garante que, se procurar com calma, conseguirei um trabalho provisório.

Decido andar um pouco pelas ruas. Quem sabe eu seja sortuda e consiga pelo menos uma entrevista? Atravesso a rua e caminho com cuidado, buscando memorizar alguns pontos de referência que recebi. A cidade é movimentada, mas não tanto quanto Nova Iorque e Tóquio.

Enfio as mãos no bolso da calça e me misturo às pessoas que caminham tranquilamente pela Portobello Market, uma das feiras de rua mais famosas do mundo. Agora entendo o motivo da reverência. Realmente, o local é bem movimentado e cheio de variedades que deixam qualquer pessoa fascinada. Abro um sorriso quando enxergo quatro pessoas ao redor de uma mesa composta por diversos tipos de queijo.

— Senhorita, venha provar um pedaço de queijo! — uma mulher loira me chama.

Por eu ter olhado demais, acabo sendo convidada a provar o laticínio.

— É... Não, estou bem aqui. Tenho outras coisas para ver, obrigada. Espero que tenham boas vendas! — falo, envergonhada ao receber olhares em minha direção. — Deixe para a próxima.

Não haverá uma próxima.

Nem tudo que é oferecido de graça deve ser levado como uma boa ação.

— Bem-vinda a Londres! — o outro vendedor que estava com a loira se manifesta.

O cansaço me toma, minhas pernas doem de tanto que caminhei. Andei por horas nas ruas londrinas, acabei perdida e não sei como vim parar na entrada de uma rua fechada, sem movimento algum.

Onde eu estava com a cabeça para parar neste lugar? Pergunto-me vendo latas de lixo enferrujadas espalhadas no chão.

— *Acabe logo com isso!*

Meu coração dói quando ouço a voz autoritária vinda de um beco. Começo a tremer sem parar. Meus movimentos são traiçoeiros, porque me levam automaticamente até a voz desconhecida. É errado e perigoso, sei disso, mas o desejo de saber o que está acontecendo é maior que o bom senso.

Na ponta dos pés, sigo em direção ao beco. Observo a cena e acredito que talvez eu esteja com problemas de visão. *Meu senhor!* Congelo com a brutalidade.

Um homem se contorce no chão, chorando.

Outros dois homens apontam suas armas para outro indivíduo, que também chora e murmura algumas palavras que não consigo entender.

— Por favor, não me matem...

Engulo penosamente a dor que insiste em me perseguir. Sinto-me quebrada, não sou capaz de reagir. O ser humano às vezes consegue ser tão desumano, a ponto de tirar a vida do outro. O mundo é um lugar bastante horrível.

— Por favor, me perdoe! Prometo que isso não vai se repetir.

— Quem pode te perdoar é Deus, e eu não sou Ele — responde o cara de jaqueta preta, com tatuagens espalhadas pelo pescoço. — Seu tempo acabou, Dave. Eu te encontro no inferno.

Inúmeros disparos são dados e calam a vítima que implorava para viver. Meu estômago embrulha violentamente. Estou tão espantada com o que acabei de ver. *Oh, céus.*

— O que foi que eu fiz? — exclamo, esquecendo-me das companhias indesejadas.

— Parece que temos plateia.

Fico nervosa com o comentário do desconhecido, que ainda está de costas. Ele não se vira na minha direção, mas só preciso da sua declaração para que eu tome coragem para correr.

— Ligue para Jeffey e peça para ele encostar o carro na entrada do beco. Coloque o corpo no porta-malas e depois jogue no mesmo lugar em que descartamos o lixo. Vou atrás da mulher.

Sem pensar duas vezes, corro em busca de uma saída. Sigo tropeçando e caindo, mas consigo me afastar dos malfeitores. Meus lábios tremem quando ouço tiros sendo disparados contra mim. Acredito que seja sorte, ou Deus, porque consigo fugir dali, com muita dificuldade, viva e intacta.

Decido que irei à delegacia, isso não deve ficar impune.

— O que eu faço...?

Entrando em outro beco, coberto por telhas e algumas tábuas nos cantos das paredes esburacadas, encolho-me contra a parede quando escuto os passos próximos. Fecho os olhos, implorando mentalmente para que esses homens não me enxerguem e não tirem minha vida.

— Jeffey está nos esperando na esquina, ele trouxe reforço. — Ouço ao longe.

É uma facção? Indago-me mentalmente. Esse crime não foi apenas um acerto de contas.

— Vim te ajudar. Ela sumiu?

— Não tem como ter sumido assim tão fácil. Ela é uma testemunha, caralho! Deve ter se enfiado em algum buraco por aqui. — A voz estridente do tatuado faz meu corpo arrepiar.

Claro que estou amedrontada.

— E como você sabe que era uma mulher? Nem olhamos para trás.

Rapidamente, levo as mãos à boca para evitar que algum som saia.

— Sou ex-soldado, Pietro, por isso tenho um bom reflexo.

Pietro, nome bonito para um assassino.

— O chefe não vai gostar de saber que deixamos...

— Vamos embora, eu me resolvo com ele.

Fico na ponta dos pés e prendo a respiração.

Acalme-se, Aubrey.

— Então vamos.

— Estamos indo, mas não quer dizer que vamos deixar esse assunto para trás. Depois voltamos aqui, podemos conseguir mais informações.

Soluço baixinho ao me agachar no chão molhado.

Obrigada, Senhor!

CAPÍTULO 2

KILLZ JAMES KNIGHT

Dave me traiu. O desgraçado repassou informações sigilosas para os seguidores dos nossos inimigos. Ele era um dos soldados que sempre trabalhou corretamente, até que, em um insensato momento, falhou em sua promessa de fidelidade. Essa falha foi suficiente para que eu determinasse sua execução.

Sentado em minha cadeira, passo a mão em minha barba por fazer, esperando que algum dos dois homens se manifeste, já que, desde que chegaram, não se pronunciaram. Observo-os à minha frente, mas parece que a porra do gato comeu a língua deles. Assim que Alec adentrou meu escritório, já foi se sentando no sofá, enquanto Pietro, um dos nossos soldados, permaneceu de pé com a cabeça baixa. Pelo pouco que o conheço, sei que alguma merda foi feita.

Furioso com o silêncio deles, pergunto mais uma vez:

— E Dave? Não vou perguntar de novo.

Meu tom sai em ameaça. Encaro Pietro, e ele nem consegue olhar em meus olhos. Continua calado e quase encolhido, como uma garotinha com medo do escuro.

— Morto — informa Alec, que começa a girar despreocupadamente os anéis de prata e ouro em seus dedos. — Acabei com quase todas as minhas balas nele.

— Excelente! Onde jogaram o corpo? — pergunto, já impaciente com o rodeio que estão fazendo.

Meu amigo nem me olha direito, e meu instinto não costuma falhar. Desconfiado, olho para a bota dos dois e vejo que já não usam as mesmas que estavam quando foram à caça, nem as roupas são as mesmas.

— As mocinhas foram tomar banho antes de vir me ver? Passaram perfume também? Eu quero repostas, caralho! Por acaso engoliram um pau e por isso não estão conseguindo conversar comigo direito? — questiono com um tom gélido.

Passeio meus olhos pela regata preta que deixa todas as tatuagens coloridas de Alec à mostra e pela calça que agora não é mais rasgada. Tudo indica que houve uma mudança de roupa, só quero saber por quê.

— Só tem um problema, chefe — diz Pietro. Ele fala tão baixo, que quase não consigo ouvir. — Alguém nos viu eliminando Dave.

— Juro que não ouvi direito. Repita o que você falou — ordeno, já de punhos fechados.

É inadmissível o que acabo de ouvir.

— Alguém nos viu matando Dave Woody, senhor. — Pietro levanta o rosto e me olha.

Quando vê que lhe dou um olhar mortal, engole em seco e dá alguns passos para trás.

É bom que tenha medo mesmo.

— Vocês querem foder o meu negócio? Isso é uma brincadeira? — Levanto-me e espalmo as mãos na mesa.

— Não, Killz — interfere Alec, já me encarando. — Uma mulher nos viu matando Dave.

— E me falam assim, com tanta tranquilidade? É isso mesmo? — Saio do meu lugar e sigo em passos lentos até o soldado, que continua de pé, amedrontado.

Sem conter meu ódio, pego no pescoço de Pietro e aperto com força para que sinta a minha fúria, para que saiba que não estou de brincadeira. Em seguida, olho para o segundo chefe dele, que observa a cena sem se manifestar. Acho bom, porque quem manda nesta porra sou eu.

— Quero saber quem foi que viu vocês executando Dave! Como você, sendo o chefe dos soldados, deixou essa porra acontecer? Me responda, Alec! — exijo, ainda com os olhos em cima dele.

— Não deu para ver direito o rosto dela — ressalta Pietro com dificuldade.

Volto minha atenção para ele. Seus olhos já estão avermelhados e lacrimejando. Coitadinho, parece um animalzinho assombrado. Gosto de ver a dor nos olhos daqueles que me subestimam.

— Neste momento, eu poderia enfiar uma bala no meio da sua cara, moleque, mas não quero sujar meu terno novo. Desta vez, não vai haver punição, mas se cometer outro erro como esse não terei piedade. Agora, saia. Quero conversar com Alec.

Antes de soltá-lo, dou um tapa no seu rosto e o empurro para longe.

Ele começa a tossir enquanto passa a mão em volta do pescoço. Em poucos segundos, Pietro obedece prontamente.

— Como pôde fazer uma merda dessas? — falo, quando estou sozinho com Alec. — E se essa mulher estiver, neste momento, em alguma delegacia, denunciando o que viu?

Volto a me sentar.

Alec me conta desde o início. Foram atrás da mulher, que ela entrou em um dos becos e que a procuraram por um bom tempo, mas que ela sumiu do mapa sem deixar rastros.

— Fugiu do meu controle, mas tenho certeza de que não chegará a esse ponto — discursa Alec, passando a mão em seus cabelos.

Ele parece nervoso.

— E que necessidade tinha de trocar as roupas e botas? Queriam me enrolar, era isso? Iam mentir para mim na cara dura? Porque, sinceramente, Alec, não suporto pessoas que tentam me fazer de idiota.

— Nunca passou pela minha cabeça te enganar, meu amigo. Nossas botas estavam cheias de lama e nossas roupas estavam suadas e sujas. Como viríamos para a empresa da forma como estávamos? Queria que viéssemos sujos de sangue também?

— Para sua sorte, vou engolir *essa história*. Faz um ano que a polícia parou de desconfiar do nosso negócio e agora vocês me vêm com essa? — Furioso, esmurro a madeira da minha mesa.

— Nós temos conhecidos infiltrados na polícia, se a testemunha nos delatar.

— O trabalho devia ter saído perfeito. É inadmissível que meus homens cometam um erro primário como esse. — Aponto o dedo para ele.

Estou puto da vida!

— Quando sair daqui, eu vou procurar mais informações — promete, sem conseguir manter nosso contato visual.

Ele está envergonhado pela falha que cometeu, isso nunca tinha acontecido.

— Não. Ordene aos seus soldados que encontrem elementos que possamos usar quando acharmos a mulher. Ficar aqui sentado não irá resolver nossos problemas. Antes de o sol nascer, quero notícias da suposta testemunha.

— Vou mandar uma mensagem para Pietro — fala, tira o celular do bolso, começa a digitar algumas coisas e, minutos depois guarda o telefone, me encarando.

— Resolva logo. Não aceito mais falhas — ordeno.

— Sei disso. — Ele assente, passando a mão na barba. — Acabei de mandar outros homens até o local onde executamos o traidor.

— *Menos mal*. — Respiro profundamente.

— Diga, meu amigo. Ainda continua caçando Russell?

Irrito-me com a menção ao desgraçado que matou meus pais e ainda continua vivo. Se depender de mim, será por pouco tempo.

— Nunca parei de caçar o maldito. Até encontrei algumas informações valiosas sobre Conan Russell. — Um sorriso arrogante desenha meus lábios.

— Você continua obcecado por esse velho — verbaliza Alec, fazendo careta por essa minha obstinação em acabar com o chefe da máfia de Chicago.

— Sempre consigo o que quero, Alec.

— Pare com isso, temos coisas mais importantes para fazer.

Ignoro seu comentário, vendo-o digitar algumas letras na caixa de mensagens do celular. Por alguns minutos, ficamos em silêncio, até que duas batidas à porta me deixam em alerta. Ajeito minha postura na cadeira.

— Pode entrar.

— Tem documentos para você, preciso da sua assinatura — avisa Ezra assim que entra na sala.

— Estou ocupado. — Olho para Alec, e meu irmão segue meu movimento, mas ignora o que falo, sentando-se no sofá marrom de couro e colocando os papéis sobre a mesa de centro.

— Problemas no paraíso? — pergunta Ezra, desabotoando despreocupadamente o paletó do seu terno alinhado.

— Nada importante, mas me mostre logo o que tem em mãos — peço, fazendo um sinal com a mão, chamando-o com os dedos.

— Estou de saída. Vou me reunir com meus homens, iremos à caça — avisa Alec, levantando-se.

— Me mantenha informado — ordeno.

— Avisarei assim que tiver notícias — concorda meu amigo, deixando-me a sós com meu irmão.

— Encontrei algo que será do seu agrado — revela Ezra.

Levanto-me e atravesso a sala, pegando uma bebida no armário de madeira.

— Quer? — ofereço, levantando a garrafa.

— Com certeza. O que houve hoje? Algum problema?

— O que Spencer aprontou desta vez? — desconverso.

Não quero contar a ele o que acabou de acontecer, e Spencer vem dando muitos problemas ultimamente. Estou preocupado com o rumo que essa história está seguindo, porém, mostrar qualquer sentimento será um erro. O mais seguro é seguir em frente e deixar que Alec resolva as demais questões, enquanto trabalho nos negócios mais importantes.

Entrego o copo de bebida a ele e me sento novamente na cadeira.

— Spencer vem dando trabalho, usando drogas, arrumando brigas, participando de corridas sem nossa permissão, dando festinhas particulares que sempre acabam em merda. Ontem, um dos nossos soldados esmurrou seu rostinho bonito porque o pegou transando com sua namorada — confessa. — Acabei metendo uma bala no meio da testa do Josh por conta da irresponsabilidade de Spencer. Já estou cansado de ir buscar aquele moleque em abismos — comenta, pegando o copo de uísque na minha mão.

— Spencer não é nenhuma criança, Ezra — lembro-o.

Ele suspira, balançando a cabeça.

— Vou deixar os documentos aqui para você assinar. Terei de ir a Tóquio. Carter tem uma corrida mês que vem, e estamos querendo aproveitar a brecha para fazer as entregas das armas e peças de carros.

Conduzimos a nossa empresa de fachada através de vários negócios; um deles, que é de grande importância dentro da máfia, são as corridas de carros que promovemos com nossos próprios pilotos para o contrabando de armas e peças. Também tem o cassino do Ezra, que nos permite fazer a lavagem de dinheiro.

— Se preparar antes é melhor. Falando nisso, amanhã temos uma carga valiosa vinda da Venezuela. Consegui fechar um acordo com Markus — falo.

Markus Zabik é o cara mais sujo de toda a Venezuela. Faz contrabando à luz do dia sem se importar com ninguém.

— Aos poucos, conquistaremos mais que isso — incentiva, levantando o copo de uísque em minha direção.

— Assim como Conan Russell. — Levanto meu copo também, orgulhoso por ter o apoio do general da máfia, meu irmão.

— Correto. Killz, tenho grandes informações. Um dos nossos *hackers* conseguiu algo do seu interessante.

— Já sei o que é — comento. — Nunca se sabe quando uma herdeira rival pode ser útil, e a melhor maneira de destruir um inimigo é atingindo seu ponto fraco.

— Como soube? — Ele arqueia a sobrancelha, obviamente curioso por eu estar um passo à frente.

— Um conhecido do FBI que andou por alguns tempos em Chicago. Acredita que, depois de anos, descobri que o velho tem herdeira? Quer dizer, duas. Sua filha, Aubrey Lewis Russell, vinte e um anos, e sua amada esposa, Celeste Lewis. A garota tem um bom histórico por onde passou, mas é uma pena que daqui para frente não poderá ser mais assim.

Pretendo agir como um cavalheiro, mas estou disposto a fazer tudo para limpar a honra da minha família. Aubrey será a presa, e eu um animal faminto.

CAPÍTULO 3

AUBREY RUSSELL

Fiquei perdida e amedrontada depois do episódio louco que passei. Não sabia como reagir ou a quem recorrer. O que testemunhei está longe de ser só um acerto de contas. Até pensei em ir a alguma delegacia próxima, mas meu medo me impediu de agir. Meus pais sempre me ensinaram: lá viu, lá deixou. Porém, acho uma injustiça não denunciar os monstros que tiraram a vida daquele homem.

Por duas horas me torturei, certificando-me de que os homens tinham mesmo deixado o local. Quando não ouvi mais qualquer sinal deles, comecei a correr em direção à saída. Cheguei ao hotel com muita dificuldade e, logo na recepção, a moça do balcão me encarou com os olhos arregalados, perguntando o que tinha acontecido comigo. A única maneira de me livrar de interrogações foi mentir e dizer que caí quando estava passando por uma rua deserta.

Ao entrar no quarto, a primeira coisa que fiz foi tirar a roupa suja e tomar um banho demorado. Lavei cada centímetro da minha pele com muita força. Era como se o ato pudesse me fazer esquecer o que vi, mas era só uma forma de me livrar da lembrança perturbadora que não me abandonava.

Após sair do banheiro, vesti apenas roupas íntimas e fui me deitar, ainda pensando na possibilidade de ir ou não denunciar o crime. Mas agora, depois de algum tempo, estou ciente de que existe um impasse e sei que não estou disposta a morrer por falar o que não me diz respeito. O silêncio será a melhor opção para mim neste momento, infelizmente.

Só me resta esquecer o assunto, por mais egoísta que possa ser.

— Preciso de um emprego — digo em voz alta.

Levanto-me depressa e pego meu notebook, então volto para a cama e o ajeito em meu colo, ligando-o em seguida. Pouco tempo depois, a tela acende e espero que todos os ícones sejam carregados para buscar o navegador. Digito no campo de buscas "vagas de empregos em Londres". Em pouquíssimos segundos, vários anúncios se destacam, aproveito para anotar na minha agenda os lugares que acesso. Ainda que a internet não seja confiável, vou tentar.

Ficar trancada dentro do quarto o dia todo serve para que eu encontre finalmente um anúncio de emprego verdadeiro. Já cliquei em tantos sites com falsos anúncios, que não sei como meu notebook não pegou vírus ainda.

No aviso, diz apenas que uma empresa reservada está à procura de uma funcionária qualificada, e pelos detalhes parece que é para o cargo de secretária. Ansiosa, preencho o cadastro e envio por e-mail, anexando meu currículo. Em seguida, anoto o endereço e telefone para comparecer pela manhã ao local onde ocorrerá a entrevista.

Finalmente estou no local indicado pelo endereço, confesso que estou encantada com a estrutura, mas estranho quando noto que só tem mulheres na fila de candidatos.

Mantenho uma postura elegante, na intenção de passar uma boa impressão aos avaliadores na hora da entrevista. Inquieta, ajeito o botão do meu blazer azul listradinho, em seguida, olho para as outras concorrentes e lhes lanço um pequeno sorriso. Fico alguns minutos estalando os dedos e mordiscando o lábio inferior.

Caramba... Estou nervosa demais!

Paro de mordiscar os lábios com medo de perder o batom nude que passei para combinar com meu *look,* e, também, porque duas mulheres ao meu lado me olham com cara feia, como se eu tivesse feito algo de errado.

Quando chegará a minha vez? Preciso sair daqui para respirar, penso ao alisar minha saia média da mesma cor do blazer.

Tento não demonstrar minha preocupação, mas, aparentemente, já o fiz nos poucos minutos que cheguei aqui. Entrelaço os dedos, procurando aliviar a tensão estranha que surgiu de repente. Nunca senti nada parecido, nem mesmo quando estive fazendo entrevistas para outros empregos.

Estabilizo a ansiedade quando uma mulher me chama com um gesto de mão, indicando que devo me aproximar. Faço o que ela pede, mesmo me sentindo alvo de olhares curiosos atrás de mim.

— Me chamo Scarlet Guzman, estou aqui para orientá-las — fala a loira bonita e bem vestida de nariz arrebitado, com um tom mais alto, e eu concordo. — Há uma concorrente na sala do senhor Knight. Peço que fiquem atentas, porque a qualquer instante vocês podem ser chamadas.

A maioria das mulheres, que estão sentadas aguardando, concorda.

— Está faltando alguma coisa na ficha que preenchi ontem? — indago, vendo a funcionária me olhar dos pés à cabeça quando a alcanço.

— Que...

— Scarlet. — A loira é interrompida por um homem alto, vestido em um terno elegante e com o cabelo castanho-escuro em um corte militar. Muito lindo, com uma presença marcante. Envergonhada pela breve avaliação que fiz, abaixo meu olhar. *Graças a Deus que ele nem me notou.* — Quero aqueles documentos.

O desconhecido tem a voz bonita.

— Claro, senhor — responde Scarlet.

Ela parece estar afetada com a presença do homem, mas logo se recompõe e volta a me encarar com a sobrancelha arqueada.

— Deixei algo pendente? — insisto ao notar que o homem bonito já foi.

— Não tem nenhuma pendência, só te chamei porque você é a próxima. Estamos indo por ordem alfabética — revela, levantando a prancheta que há uma hora eu e as outras candidatas preenchemos com os nossos nomes.

— Obrigada, vou aguardar no meu lugar.

Volto a me sentar, sentindo-me tão ansiosa quanto antes.

Se estivesse com um chiclete na boca, agora ele já estaria desgastado de tanto eu mascar. A loira encarregada de levar as candidatas à sala conseguiu alcançar até a letra F antes que meu nome fosse chamado. Olha que ela falou que eu seria a próxima.

— Aubrey Lewis, me acompanhe.

Faço um meneio de cabeça e me levanto, seguindo-a silenciosamente até a sala de portas duplas no fim do corredor.

Sem demora, ela abre uma delas e me pede para segui-la. Dentro da sala, deparo-me com um homem alto e elegante de costas para a porta. Ele olha para a enorme janela de vidro.

— Mais uma? — ele pergunta.

Fico calada, esperando que Scarlet se manifeste.

— Aqui está a última, Ki... Senhor Knight — fala, empurrando-me para dentro.

Acho estranho o gaguejar da mulher, mas não comento nada.

— Saia, senhorita Guzman — ordena, autoritário.

Por algum motivo desconhecido, estremeço com a voz grave e sinto meus joelhos afrouxarem.

Senhor Knight se vira para me encarar. Ele tenta disfarçar, mas não posso deixar de notar que ficou impressionado com alguma coisa. Não sei dizer o que, mas ficou.

— Sente-se — manda, apontando para a cadeira. Creio que seja bipolar, uma hora dá uma ordem bruscamente para a mulher, e na outra sorri para mim ao se sentar em sua cadeira. Ele molha os lábios antes de falar: — Pode começar.

Fico sem graça por notar que ele percebeu que eu estava olhando para a sua boca. Percebendo meu constrangimento, senhor Knight sorri de lado. Recompondo-me, conto de um até três mentalmente. Cruzo as pernas e ponho as mãos no colo. Respiro ao sentir um frio na barriga.

Que estranho... Por que me sinto tão nervosa? Nunca estive em uma situação como esta. Bem, como não ficar? O homem, além de lindo, é instigante e ainda tem um ar de arrogante.

— Meu nome é Aubrey Lewis — falo com uma falsa calma, evitando gaguejar. — Estou em Londres há poucos dias, mas tenho algumas referências de valor em meu currículo.

Encaro-o firmemente, mesmo louca para desviar os olhos dos dele.

— Brey, correto? — ele pergunta, arqueando a sobrancelha negra e grossa.

— Aubrey — eu o corrijo por impulso.

— Aubrey, você tem um grande potencial para sua idade, posso dizer que tem uma grande experiência — senhor Knight elogia com meu currículo em mãos, fazendo-me ficar satisfeita.

— Fico grata, senhor — agradeço.

Mantenho minha postura séria, mesmo me encontrando tensa.

— Sem formalidades, pode me chamar de Killz. — Por um instante, estranho o seu pedido, mas não o questiono. — Então, Aubrey, o que a fez vir parar aqui? Qual o seu interesse nesta vaga?

A voz dele é carregada de interesse.

Respiro fundo antes de responder:

— Vim em busca de um emprego que me permita executar funções em que possa prestar um serviço de excelência.

Mexo-me desconfortavelmente na cadeira.

Não desvie os olhos, Aubrey. Não desvie!

— Confiante e com a língua afiada, interessante — fala. Coloco uma mecha de cabelo atrás da orelha, doida para desviar o olhar nem que seja por alguns instantes. Quando alguém bate à porta, sem tirar seus olhos azuis escaldantes de cima de mim, senhor Knight diz: — Pode entrar, Ezra.

Ezra? Não ouvi ninguém chamando. Será que esse homem é algum tipo de adivinho? Arregalo os olhos ao perceber que é o mesmo homem da recepção que entra na sala.

— Preciso que analise alguns contratos mais tarde — Ezra diz, sem nem notar minha presença. Ao menos é o que eu acho, porque é tão mal-educado que nem deseja bom-dia. Já vai se dirigindo ao homem de figura imponente sentado à minha frente.

— Estou ocupado, Ezra — senhor Knight se manifesta, levantando os olhos para o homem que segura algumas pastas.

— Ah, me desculpe. — Ezra me encara. Em seguida, pigarreia, aparentando estar constrangido. — Mais uma candidata, né?

Permito-me respirar direito quando os homens entram em um diálogo.

Será que vou trabalhar em uma empresa onde só tem homens lindos? Disfarçadamente, reparo melhor neles e noto pequenas semelhanças entre os dois, como a cor do cabelo, castanho-escuro. As únicas diferenças entre eles é que o senhor Knight aparenta ser mais alto, tem o cabelo penteado para trás, sem nenhum fio fora do lugar, e os olhos dele são azul-esverdeados, enquanto os do outro são verdes.

Minha nossa, estou secando descaradamente os dois homens, que se encontram tão bem vestidos em seus ternos alinhados. Mais uma vez, agradeço aos céus por nenhum dos dois ter notado meus olhares; ao menos, acho que não.

— Ezra, irmão, essa é uma das candidatas selecionadas para a entrevista — adverte o senhor Knight.

Fico desconcertada quando novamente ele volta sua atenção para mim.

— Vou deixá-los a sós, volto depois — diz o irmão do senhor Knight, saindo da sala.

Logo depois, escuto a porta sendo fechada.

— A senhorita terá disponibilidade para qualquer urgência que tivermos aqui? — pergunta, de repente. Quando estou prestes a responder, pega de surpresa, sou interrompida, porque ele volta a falar: — A empresa é privada, exijo sigilo total de todos que fazem parte da nossa equipe.

Juro sentir um tom de ameaça na voz, mas logo deixo de paranoia quando a expressão dele se torna relaxada.

— Preciso do emprego, senhor. Jamais cometeria um erro como esse, garanto que sou bastante qualificada para este cargo. — Tento mostrar que sou confiável.

— Confiança? Gosto disso, mas gosto de ver e não de imaginar. — Ele estreita os olhos, como se estivesse me desafiando.

— Tem mais alguma coisa que queira saber? Último emprego ou quanto tempo fiquei nele? — questiono, segura e de nariz empinado, porque posso provar o quanto fui e sou boa no que faço.

Sempre recebi elogios e boas recomendações das pessoas com quem trabalhei.

— Não. A empresa que trabalhou antes não irá garantir o seu emprego, não costumo usar referências de ex-chefes para contratar funcionários meus. — Sua voz soa severa. — Sempre confio na minha própria opinião.

De súbito, um nó se forma em minha garganta.

Esse sujeito tem sempre as repostas na ponta da língua, penso, indignada.

Ele me analisa severamente, esperando por resposta.

— Tudo bem. — Balanço a cabeça, concordando.

— Amanhã, às quatorze horas, você receberá uma ligação. — Ele bate os dedos na ponta da mesa marrom. Não deixo de notar que seu olhar se torna distante, como se estivesse pensando em algo que não o agrada. Engulo em seco quando vejo que os olhos azuis, de claros se tornam escuros. E sombrios. Com um pouco de medo, pigarreio, e o senhor Knight conclui: — Pode se retirar, senhorita.

Levanto-me da cadeira desconcertada por sentir que não sou bem-vinda.

— Estarei aguardando. Obrigada, senhor — gaguejo, sentindo-me pela primeira vez derrotada em uma entrevista de emprego.

— Disponha. — Ele sorri, mas não encontro sinceridade no gesto.

Antes de sair, finjo que não vejo o senhor Knight esconder um sorriso presunçoso. *Homem estranho.*

CAPÍTULO 4

KILLZ JAMES KNIGHT

De certa forma, o descuido de Alec não me afetou. Deveria, porque ter uma pessoa como testemunha é um perigo para nossa existência, que, por tantos anos, nos sacrificamos para manter escondida de todos. Mas meu instinto não costuma falhar e, uma hora ou outra, aquela mulher vai aparecer. Desde que assumi meu posto, preocupo-me em tomar as decisões corretas para que mais tarde nenhuma falha possa prejudicar meus irmãos, nem a mim.

Estou em meu escritório, analisando o currículo de Aubrey Russell, quando Alec entra na sala sem ao menos ter perguntado se poderia, com uma pasta e alguns papéis nas mãos.

— Aqui estão os lucros das armas que foram contrabandeadas para a Venezuela — diz, entregando uma pasta com os relatórios, mas o que chama a sua atenção é a foto da mulher no currículo em minhas mãos. Aproximando-se mais, curioso, Alec indaga: — Uma candidata?

Fecho o semblante e faço um sinal para que não toque no papel.

— Não te interessa. Pode sair, deixe que eu cuide disso. — Com a expressão confusa, ele concorda e me dá as costas para sair, mas antes eu o chamo: — Alec, alguma novidade para mim sobre a testemunha?

Pego-o desprevenido.

— No momento, não, apesar de ter colocado meus homens para procurar a mulher — fala meu amigo, sem querer olhar para mim.

Ele está olhando para a estante preta ao lado, que tem algumas coleções de livros. Depois, desvia a atenção para as janelas de vidro.

Gosto que olhem em meus olhos, porra!

— Talvez seus soldados não sejam tão capacitados quanto eu imaginava. — Minha expressão se torna séria.

Ele engole em seco e pigarreia em seguida.

— Killz...

— Saia — interrompo-o, furioso.

Não consigo esconder meu desagrado. Alec nunca falhou, então me pergunto como uma mulher conseguiu escapar de homens treinados e profissionais.

O chefe dos soldados me encara parecendo preocupado, porém não ousa se impor. Ele coça a barba e abaixa a cabeça, deixando-me sozinho. Pouco tempo depois, Ezra bate à porta e entra na sala, com mais documentos. Ajeito os botões do meu paletó, depois gesticulo para que meu irmão se sente. Não demora muito para que esteja sentado e com a papelada em seu colo.

— Ezra, quero a herdeira de Conan trabalhando aqui na empresa, urgentemente — declaro, deixando o sorriso diabólico evidente.

— E o que a filha de um inimigo faria no meio da gente? — questiona meu irmão, com a expressão assustada.

— Logo você vai saber. — Gargalho e jogo a cabeça para trás.

Meu sorriso aumenta ao notar que Ezra continua a me encarar, preocupado.

— Se é a sua decisão, quem sou eu para te dizer alguma coisa? — Seu tom é acusatório enquanto ajusta a gravata.

Descobri que tenho a filha do meu rival por perto e poderei fazer o que quiser com ela. Só de pensar em tê-la em minhas mãos, sob meu domínio, já fico animado e com sede de vingança.

— Acho que a senhorita Lewis vai gostar de saber que foi contratada — digo com malícia.

Meu irmão balança a cabeça, desaprovando meu comportamento. Ignoro o par de olhos verdes que me fuzila e tiro o telefone do gancho. Digito o número dela, que está anotado no canto esquerdo da folha.

— *Alô.*

A voz dela é tão dócil do outro lado, chego a revirar os olhos. Ezra novamente me encara em silêncio, revoltado. Tenho certeza de que ele quer saber até onde sou capaz de ir.

Ah, você vai ver, meu irmão.

— Bom dia, senhorita Lewis — cumprimento-a, colocando o telefone no viva-voz.

Sorridente, descanso minhas costas na cadeira e começo a passar a mão na minha barba por fazer.

— *Bom dia! Quem está falando?*

Ezra não contém a risada, mas o faz baixinho. Ela está se fazendo de desentendida ou não reconhece a minha voz? Provavelmente está fingindo, querendo dar uma de difícil.

— Killz James — falo despreocupadamente, enquanto batuco na mesa, esperando que se manifeste.

— *Oh, senhor Knight, aconteceu alguma coisa? No que posso ser útil?* — A voz dela está animada e ao mesmo tempo nervosa.

Em tudo, querida, em tudo!

Ao ouvir a mulher, meu irmão leva as mãos ao rosto e balança a cabeça em negativa.

— Fiz questão de ligar para te informar que está oficialmente contratada para trabalhar na empresa Knight — falo, escondendo a malícia na voz.

— *Que maravilha! Fico lisonjeada em poder servir à empresa do senhor* — diz, carregada de esperança.

Parece uma criança que acabou de ganhar um doce. É bom mesmo que se sinta bem ao meu lado, em breve iremos nos divertir juntos.

— Claro que fica — concordo, deslizando os dedos em cima do papel onde se encontra o sobrenome dela; Aubrey Lewis Russell.

— *O que disse, senhor?* — pergunta, gaguejante.

— Disse que será uma honra recebê-la na empresa Knight. — Sorrio, sem tirar os olhos do homem à minha frente, que escuta a nossa conversa.

— *Ah, claro, senhor.*

Ezra ameaça se levantar do seu lugar, mas faço um sinal para que continue onde está. Não podendo me contrariar, ele abaixa a cabeça, não aceitando muito bem minhas decisões.

— Esteja aqui amanhã para assinar a sua contratação — informo, sem perder o foco.

— *Obrigada. Amanhã estarei aí.*

— Espero a senhorita às sete e meia. Seja pontual, odeio pessoas sem compromisso — aviso, cruzando os braços sobre o peito.

— *Não vejo problema. Se quiser, posso ir às sete em ponto.*

Arqueio a sobrancelha ao reconhecer a mesma mulher da entrevista; ousada e determinada. Os cantos da minha boca se curvam em um sorriso.

— Então às sete em ponto. — Inclino-me para frente e aperto o botão, encerrando a ligação.

— Qual a sensação de ter a filha de Conan nas mãos? — indaga Ezra, rangendo os dentes.

Minha expressão endurece. Respiro fundo, procurando encontrar uma paciência inexistente em meu interior. Não gosto de brigar com meus irmãos, principalmente quando se trata de pessoas que não valem nem nosso tempo.

— Você sabe que há anos desejo isso, e agora tudo está se encaixando. Não serei idiota de perder a oportunidade de fazer Conan pagar por tudo que fez — rosno, descansando meus punhos fechados na mesa.

— Mas você sabe que ela não tem nada a ver com a história. — Um músculo na sua mandíbula se contrai. — Nem deve saber sobre a vida dupla do pai. Acha que se ela soubesse, estaria se arriscando em território inimigo? — alerta Ezra, soltando um grunhido.

Uma veia salta em seu pescoço, ele se levanta e coloca os papéis na mesa.

— Não me interessa se a garota é inocente ou não, o que importa é que o sangue dele corre nas veias dela! — brado.

Espanto transforma o seu rosto quando termino de falar.

— Você é insano! — Ele dá uma risada amarga. — Nós nunca agimos dessa maneira. Sempre fomos centrados nos alvos corretos para que nenhum inocente fosse atingido pelos danos dos outros.

Esfrego as têmporas e solto uma respiração profunda.

Paciência, Killz... Só tenha paciência. Não sou obrigado a nada nesse caralho!

— Não estou pedindo sua opinião, muito menos a sua aprovação. Eu sou o chefe e decido essa porra! — urro, batendo a mão na mesa.

— Você pode ser o chefe, mas deve me respeitar, assim como eu te respeito — discursa Ezra, passando a mão pelo cabelo castanho. — Somos irmãos, a nossa união é a chave para tudo. Uma discussão não vai trazer Kurtz ou a nossa mãe de volta.

— Saia — ordeno, apontando para a porta fechada atrás dele.

— Você deveria tentar ser menos impulsivo. — Ele bufa, lançando-me um olhar desapontado.

— Está surdo, caralho? Saia daqui, e não tente controlar meus passos.

Levanto-me, ameaçando ir até ele.

— Tudo bem, não quero brigar com meu irmão por pessoas que nem ao menos conhecemos direito... Você está certo. — Respira fundo e uma linha aparece entre suas sobrancelhas.

— Agradeço. — Observo-o voltar a se sentar.

— Amanhã terá um evento no cassino. Coloquei Spencer para contratar acompanhantes de luxo para alguns clientes nos jogos — conta, já mudando de assunto repentinamente.

— Ainda segue com a promessa? — investigo e me sento também.

Mostrando-se desconfortável, Ezra vira o rosto para o lado da parede, tentando esconder o quanto a morte dos nossos pais ainda o afeta. Sei que neste momento ele está lutando contra as lágrimas.

— Prometi à nossa mãe, então, sim. Vou até o final. — Seus olhos brilham.

— Está certo, mas não pode deixar que Spencer tome as rédeas. Ele já roubou todo seu fôlego — advirto, acariciando minha barba.

— Prefiro não pensar nisso. Você está mesmo disposto a usar a menina? — Ele finge um sorriso.

Coloco as mãos atrás da cabeça e respondo:

— Sou capaz de tudo pela nossa família. Kurtz sempre nos ensinou que o tempo cura todos os ferimentos, até mesmo uma perda tão profunda como a nossa. Me apoie, dê auxílio, prometo ser mais rápido possível.

O homem suspira com pesar, e já espero pelo pior, mas sou surpreendido quando os cantos da sua boca se transformam em um sorriso.

— Tem o meu apoio, só não estrague tudo. O conselho vai pressionar você, Oliver anda vidrado em nós.

Oliver é um conselheiro importante na máfia, mas nunca está presente. O babaca só dá as caras quando o assunto é de seu interesse.

— Sempre soube que me apoiaria. — Pisco para ele.

— Família em primeiro lugar. — Ezra abotoa o paletó do terno.

— Sempre. — Balanço a cabeça, concordando.

Fraqueza é sinônimo de derrota. Apoiamo-nos uns nos outros, independentemente do que seja, porque a nossa união está sempre em primeiro lugar.

— Tenho de ir, tenho assuntos para resolver. Olhe o que eu trouxe para você, ok? — pede, ficando de pé antes que eu responda "sim".

CAPÍTULO 5

AUBREY RUSSELL

Os dias estão corridos, nem tive a oportunidade de procurar um lugar mais próximo de onde fica a empresa Knight. Deixei o hotel e me mudei para um prédio que fica a trinta quadras do trabalho, mas ainda não é o suficiente para que eu possa ir andando.

Faz só uma semana que o senhor Knight me ligou para solicitar minha entrada na empresa, mas posso afirmar que sua atitude tem sido estranha e confusa. Meu patrão me trata com intimidade, como se me conhecesse a vida toda, e isso me deixa desconfortável. Algumas vezes, as situações são engraçadas, pois ele parece fazer de tudo para chamar minha atenção e, quando consegue, faz de tudo para me afastar. O homem passa a maior parte do tempo ditando ordens e me ligando para saber o que estou fazendo, como se não tivesse nada mais para fazer além de vigiar meus passos.

Desde a minha chegada, não houve um dia sequer em que Killz James não me convidasse para almoçar ou jantar. Por ele, eu não trabalharia e passaria o tempo todo ao seu lado. Poderia ser cômico, se não fosse trágico.

Não pode cair uma folha no chão que meu chefe me chama para poder recolher. Não sei o que ele está pensando ou querendo. Porém, percebo que estou pensando demais nele. Essa aproximação me instiga, confunde-me e me faz fazer suposições um tanto absurdas.

— Senhorita Lewis, me acompanhe até minha sala — ordena meu patrão, surgindo de repente à minha frente, tirando-me de meus devaneios.

Por Deus, se eu fosse um gato, certamente teria me pendurado no teto por causa do susto.

— Claro, mas o senhor não está ocupado? Acredito que tenha muito que fazer — falo, deixando alguns documentos em cima da minha mesa e me levantando para acompanhá-lo.

Tento não demonstrar o quanto a aparição repentina me deixa desconcertada, principalmente pelo fato de que eu estava pensando nele.

— Quando quero algo rápido, corro atrás — fala.

Concordo ligeiramente indignada com a grosseria do homem, enquanto o acompanho.

— Tudo bem. — Ele faz um gesto para que eu me sente assim que entramos na sua sala. Obedeço. — Como posso ajudá-lo, senhor Knight?

— Fique quieta. Aliás, não saia daí — exige. — Quero informar que, a partir de hoje, um motorista irá levá-la até sua residência.

— Muito obrigada, mas não posso aceitar. Na verdade, não precisa se preocupar com o meu transporte. Estou à procura de um apartamento aqui perto, pretendo vir a pé.

— Não pense que está sendo privilegiada — avisa. — Oferecemos essa regalia a todos os funcionários há um ano.

Desde quando funcionários têm motorista particular? Essa proposta inusitada está mais para pacto com o diabo.

— Mais uma vez, eu agradeço, senhor. Mas não quero um motorista — insisto.

— Saiba desde já que a senhorita não decide nada. Não estou pedindo uma opinião, estou dando uma ordem direta — rebate. — Sou um homem ocupado. Acha mesmo que perderia dez preciosos minutos, sentado, tentando convencê-la a aceitar o que propus?

— Compreendo que é meu chefe, mas, como funcionária e cidadã, acredito que tenho o direito de fazer minhas próprias escolhas.

— Como você disse, sou seu chefe e dono desta empresa. Quem dita as regras sou eu — replica rudemente.

— Mas, como funcionária, exijo os meus direitos — imponho-me.

— Quando o seu expediente acabar, venha falar comigo. — Ele é taxativo e claramente não se importa com a minha opinião.

— Sim, senhor. Com licença — murmuro, indignada, ignorando-o e saindo da sala.

No final do expediente, saio da empresa às pressas para que meu chefe não venha com a mesma conversa de algumas horas atrás, ou faça algum outro convite. Eu me assusto quando um carro preto e luxuoso buzina a alguns metros de onde estou andando na calçada. Suspiro ao escutar o brusco barulho de um trovão. Em seguida, grossos pingos de chuva caem sobre minha cabeça.

— Sugiro que entre.

Reconheço essa voz, olhando na direção do carro.

— Mas o que...?

— Você está toda molhada. Se ficar aí fora, será pior — fala ele, abaixando o vidro. — Entre logo no carro.

Vencida pelo cansaço, abro a porta traseira com rapidez.

— Melhor colocar o cinto, senhorita Lewis — avisa o senhor Knight.

Levanto minha cabeça para ver meu chefe no banco do motorista. *Hipócrita!*

— Já que insistiu tanto para que seu motorista me buscasse todos os dias e me trouxesse para a empresa, não seria correto que ele me levasse para casa? — indago, mas ele não dá muita atenção ao que estou dizendo. — Não entendo o porquê de o senhor estar aqui.

— Me passe o endereço de onde está morando — ordena, ignorando-me.

Chegamos ao prédio em quinze minutos. O temporal só aumenta, assim como a minha preocupação. Eu odeio os dias chuvosos, por causa dos trovões.

— Obrigada pela carona. Não precisa se preocupar, parece que a chuva está passando — minto.

Ele afirma com a cabeça enquanto analisa cada detalhe da fachada.

— Está fazendo muito frio — fala o homem. — Não vai me oferecer um chá e nem me convidar para conhecer sua casa?

— Me desculpe, mas não tenho chá — respondo, tentando convencê-lo.

— Um chá e eu a deixo em paz — sugere, fazendo-me desistir de mandá-lo embora de uma vez.

Subimos até o apartamento e sigo direto para cozinha, para ferver a água. Um trovão abafado rasga o céu, e vejo através da janela o clarão de um raio, o que me deixa amedrontada. De repente, a escuridão recai sobre nós e corro para desligar a torneira aberta, lamentando baixinho pela falta de eletricidade.

— Aubrey, você está bem? — A voz do meu chefe me faz tremer.

— Vou buscar alguma lanterna ou vela. Faltou luz.

É óbvio que ele notou isso.

— Quer ajuda? — indaga.

Escuto os seus passos abafados pelo carpete, tentando vir até a cozinha.

— Não precisa, posso me virar — exclamo, atrapalhada.

Outro clarão ilumina a outra parte da cozinha, fazendo-me lembrar de uma lanterna que guardo no segundo armário, perto da gaveta de talheres.

Contorno a mesa quadrada, apalpando-a para ter uma noção de onde estou. Chego até o outro lado e continuo apalpando o ar até achar o armário. Abaixo-me para alcançar a gaveta, quando sinto algo se encostar em minha bunda. Levo um susto e me viro rapidamente, dando um tapa instintivo no ar, acertando um rosto.

— Porra! Por que me bateu? — ele grita, fazendo-me sentir culpada.

— Eu me assustei. Devia ter avisado que está aqui!

Fico envergonhada por um instante, e um novo estrondo causado por outro trovão me assusta ainda mais. Mas quando estou perto de gritar, noto que o homem não se afastou de mim, porque os braços dele me cercam. Sinto a respiração dele mais próxima do meu rosto, causando arrepios.

— O que o senhor está fazendo? — sussurro, desejosa.

— Dizem que há vários tipos de gostos num beijo.

Travo com o toque de sua mão em meu pescoço. Fico com a respiração acelerada e o coração bombeando loucamente. Envolvida e chocada, consigo sentir o primeiro toque na minha boca. Tento rejeitar nos primeiros segundos, porém acabo envolvida pelo gosto maravilhoso da boca deste homem, mesmo sabendo que é errado, muito errado. Rendo-me, dando permissão para que continue. Algo molhado e macio busca o contato, então abro os lábios para facilitar a passagem. Nossas línguas se entrelaçam e se movimentam em sincronia.

Prosseguimos com o beijo insano por minutos que não posso contar, e só me dou conta quando vejo que a luz voltou. Olho para Killz, entorpecida, e, por um impulso maluco, acabo empurrando-o para longe.

— O senhor é meu chefe, como pôde? — questiono, chocada com o que acabou de acontecer entre nós. — Como eu pude fazer isso? — sussurro para mim mesma. — E as normas da empresa? — pergunto, voltando a me direcionar a ele, empurrando seu ombro.

— Quando sua língua estava dentro da minha boca, você não parecia muito preocupada com isso, não é mesmo? — debocha; irritante.

— A luz voltou, vá embora agora — ordeno, virando o rosto.

— Tem certeza? Não é isso que vejo em seus olhos.

— Vá embora, por favor. Preciso refletir, me dê licença — peço, levando as duas mãos à cabeça.

— Nós não acabamos, Aubrey Lewis Russell.

Ah, droga. Ele prestou atenção no Russell!

Meu pai sempre fez de tudo para que as pessoas não soubessem desse sobrenome por um motivo que nunca foi revelado, o que me faz criar várias teorias.

Às vezes, sinto que todas as verdades que eles vêm me ocultando há anos podem chegar a qualquer momento e me destruir. Mas para evitar discussões, eu me calo e sempre preencho tudo apenas com o sobrenome de minha mãe, Celeste Lewis. Será que coloquei o Russell e não percebi? Ah, que porcaria.

— O que sabe sobre meu pai? Sobre minha família? — investigo, pois sinto que ele esconde alguma coisa, pelo modo como pronunciou o sobrenome do meu pai.

— Estou de saída. Até mais — declara, dando-me as costas e ignorando minha pergunta.

— Eu quero respostas, mereço isso. — Sou persistente.

— Não sou eu quem deve sanar suas dúvidas — argumenta. — Mas ficaria feliz em conhecer seus pais, principalmente o senhor Russell.

CAPÍTULO 6

KILLZ JAMES KNIGHT

O jogo está se tornando perigoso e excitante.

Meu objetivo é um, mas estou seguindo outro; conquistando a filha do inimigo. Penso em beijá-la mais vezes, ou talvez até foder com ela e arrancar gemidos de prazer daquela boquinha gostosa. O ditado é certo: os Knights gostam do risco, e eu sou um deles.

Aubrey Lewis Russell mexe comigo, não nego, e de uma maneira que me faz esquecer um pouco do meu passado traiçoeiro. Porém, as lembranças da mulher que amei há muito tempo invadem meus pensamentos, como acontece todas as noites.

O remorso me toma por inteiro, trazendo-me para a realidade, lembrando-me de que, apesar de amá-la, sacrifiquei sua vida para proteger meus irmãos, pois Kurtz sempre me ensinou que a família vem em primeiro lugar.

Fiz o que julguei ser o certo e mais vantajoso.

Meus ouvidos já não aguentam mais ouvir Alec falando que ter contratado Aubrey foi loucura. Alega que ela surgiu do nada e não tomei nenhuma providência a respeito disso. O que ele quer? Que eu mate um membro importante de outra máfia para que uma merda de guerra se inicie, sem que eu consiga alcançar meus objetivos? Jamais. Prefiro me fingir de bom moço e conquistar o coração da minha funcionária de ouro.

— Às vezes, o jogo pode virar, Killz — avisa Alec sobre a herdeira do Russell.

Ninguém me tira da cabeça que Conan é um traidor, um assassino que calcula suas estratégias para não ser pego, portanto, o disfarce de bom homem não me convence. Ele é falso e sujo, até que me provem o contrário, Conan Russell é inimigo da minha família.

— Não vira — falo, enchendo meu copo com o uísque que está em cima da mesa. — Você precisava vê-la me expulsando do apartamento.

— Ainda não vi essa suposta herdeira. Deve ser gostosa *pra caralho*, para você estar se prestando a esse papel — comenta Alec, com seriedade.

— Killz, o que está fazendo é um jogo perigoso. Imagine se ela estiver infiltrada a mando de Conan, e você aqui, se achando o esperto, e, no fim das contas, essa mulher sabe tudo sobre os pais?

— Não sabe, já me certifiquei — garanto.

Neste momento, lembro-me também da expressão em seu rosto quando mencionei seu pai, em seu apartamento. Tenho certeza que ela não sabe nada.

— Ah, então me diga, o que pretende fazer? — ele instiga.

— Conquistar a confiança da mocinha, mas sem exagero, para ela não desconfiar. E depois, eu a faço me contar algumas coisas sobre o pai. Quem sabe até me dê mais informações que possam fazer com que a gente se dê bem?

— Me deixe ver se entendi — fala Alec, rindo. — Vai usá-la como fantoche?

— Não diria com essas palavras. — Dou de ombros. — A senhorita Lewis só será minha fonte de informações, mesmo sem querer.

— Ainda não concordo com o que está fazendo...

— E não deve, porque os Russell são um problema meu e não seu — eu o interrompo. — Sei o que estou fazendo.

— Como eu...

— Não se meta onde não deve, Alec, já tenho tudo arquitetado — revelo.

— Killz, não estamos falando só de você! — ele esbraveja. — Somos uma equipe, somos muitos, mas está pensando e decidindo sozinho.

— Ele matou meus pais, Alec! O que quer?! — pergunto, furioso. — Quer que eu continue sentado naquela porra de cadeira sem fazer nada, esperando mais uma sujeira de Conan no nosso território? — grito, jogando o copo no chão.

— Só uma coisa — murmura. — Não coloque o seu coração nessa merda. Você acha que está tomando decisões com a cabeça, mas não está. Pare com isso, seu comportamento pode afetar a todos nós. Você é um homem de trinta e três anos, mas parece Spencer, agindo como um moleque impulsivo e irresponsável.

— Me deixe sozinho — ordeno entredentes.

— Antes de qualquer coisa, somos melhores amigos, Killz. Espero que pense melhor — lembra Alec, levantando-se.

Eu já pensei, Aubrey será minha.

CAPÍTULO 7

AUBREY RUSSELL

Talvez meu comportamento em relação a Killz esteja sendo infantil, principalmente meus diálogos, mas é assim que me sinto quando estou perto do homem que desperta um misto de sensações em meu corpo. De qualquer maneira, a estratégia no momento é pôr a cabeça no lugar, e a melhor coisa que devo fazer é ir trabalhar e esquecer nosso beijo.

O peso na consciência dói.

Será que ele não tem namorada? Mulher? Filhos?

Nós nos beijamos há alguns dias. Foi inevitável e... Deus! Foi maravilhoso. O melhor beijo da minha vida.

Secretamente, amo seus olhos fulminantes, que me fascinam e me deixam louca para descobrir quais segredos estão escondidos por trás deles. O jeito como suas íris se dilatam é provocante. Estou maluca por me sentir atraída por tudo?

Mais cedo, vi uns dez homens entrando no prédio, todos vestidos com ternos elegantes. Será que terá alguma reunião importante? Preciso confirmar se o senhor Knight não avisou sobre isso. Scarlet não aparece na empresa desde semana passada, e isso me preocupa, mesmo ela não indo muito com a minha cara. Quando fui contratada, a mulher parecia não gostar muito da minha presença na empresa. Todas as vezes que me via, fechava a cara, e, quando eu a cumprimentava pelas manhãs, só faltava rosnar. Se dependesse dela, eu nem estaria trabalhando aqui. Ódio gratuito é a pior coisa da face da Terra.

Como a mulher me odeia sem mais nem menos? O olhar dela é mais venenoso que o da própria naja.

Verificarei isso agora mesmo, penso.

Pronta para bater à porta da sala de reunião do de James, ouço alguns gritos vindos do lado de dentro. Fico curiosa e me aproximo mais. Meu pai me ensinou que é falta de educação ouvir conversas que não me dizem respeito, porém, não tem outro jeito de saber se posso ou não participar da reunião que eu nem sabia que estava acontecendo.

Encosto meu ouvido na madeira e ouço as vozes masculinas alteradas.

— Que tipo de comando é esse? A máfia anda desorganizada! Seus irmãos vivem fazendo trabalhos sozinhos e não somos informados dos seus passos! — uma voz grossa esbraveja.

— Spencer já é maior de idade, mas o garoto só vive dando trabalho. Como herdeiro, ele tem de exercer alguma função! — Outro grito, que parece ser de um homem mais velho.

— Killz, nós não temos muito tempo para conseguir transportar a mercadoria até Tóquio. Você tem que liberar alguns de seus homens mais competentes para concluirmos a missão com sucesso — outra voz masculina fala, firme; parece zangada.

— Calem-se! Nenhum dos meus homens irá entrar no esquema de Tóquio, Chad! Você nem me deixou a par dos planos. Não vou resolver suas merdas.

Gelo com o tom da ira do meu chefe.

— Killz, como ficará a corrida do Carter?

— Alec, vamos falar sobre isso, mas não agora. Chad, Alec é meu homem de confiança, ele irá resolver tudo.

— Alec é só mais um empregado, Killz. Eu sou sócio e conselheiro.

— É melhor calar a boca. Não se esqueça de que essa porra toda é minha, e se você quiser continuar ocupando seu cargo de merda, vai fazer o que eu mandar, como e quando eu mandar, ou a corda vai arrebentar para o seu lado.

Afasto-me da porta quando reconheço a voz grave e ameaçadora do senhor Knight. Regulando a respiração, arrasto meus pés para longe dali, com o corpo trêmulo e a mente trabalhando sem parar. Estou apavorada com o que ouvi.

Fico impaciente com o que descobri. Eu não deveria ter ouvido atrás da porta, mas minha curiosidade falou mais alto e acabei sabendo o que não queria. Batendo os dedos na madeira da mesa, analiso mentalmente cada palavra dita naquela reunião secreta.

E agora? Não posso viver com a dúvida me corroendo por dentro. Não vou ter paz se não descobrir a verdade. Eu preciso disso, da verdade.

— Scarlet, envie aqueles documentos para o meu e-mail privado — fala senhor Knight, entrando na sala que divido com a mulher.

De repente, o homem fica pálido quando me vê. Por uns instantes seus olhos se mostram enfurecidos, mas rapidamente sua fisionomia muda quando percebe que abaixo o olhar.

Tenho medo de Killz James Knight. É oficial.

— Senhorita Lewis, o que faz aqui? Cadê Scarlet, digo, a senhorita Guzman? — pergunta.

— Não a vejo há alguns dias, mas posso ajudá-lo se quiser, senhor Knight. — Tento o máximo que posso parecer tranquila.

— Não! São assuntos particulares, me dê licença.

Ele some do meu campo de visão com pressa, deixando-me sozinha.

Penso em uma estratégia de descobrir mais e encurralá-lo.

Sei que não devo me meter nesse assunto, mas como meu pai diz: "Você é certinha demais para deixar algo errado". Pura exatidão, papai.

Senhor Russell tem razão. Vou investigar isso a fundo, começando pelo... computador da Scarlet. Se Killz confia nela para seus assuntos pessoais, então, ela deve guardar algum segredinho sujo dele.

Rapidamente, sento-me na cadeira dela, ligando seu computador. Quando a máquina inicia, vou direto para a pasta de documentos e procuro alguns arquivos salvos no Word, mas não encontro nada que não seja relacionado às contas da empresa. Volto para a área de trabalho e noto algo estranho. Duas contas estão vinculadas no computador, porém, diferente da outra, uma delas tem senha, e isso já é algo que vale a pena desconfiar.

CAPÍTULO 8

AUBREY RUSSELL

Estamos andando em direção à sala do senhor Knight para resolvermos alguns assuntos pendentes. Killz e eu engatamos uma conversa divertida, após ele dizer que finalmente parei de chamá-lo toda hora de senhor. A minha intenção é exatamente essa, fazê-lo pensar que baixei a guarda para ter mais acesso às coisas dele.

— Sério? — pergunta Killz, gargalhando.

Pondo a pasta debaixo do braço esquerdo, ele leva a mão à maçaneta da porta de sua sala.

Aproveito e ponho minha mão em cima da dele, impedindo-o de abrir a porta, pois ouço um gemido. Peço silêncio. São duas vozes, abafadas pelas paredes, ainda assim audíveis. Uma, eu consigo reconhecer; a outra, não.

— Espere — peço ao ver que o homem já captou minha mensagem silenciosa.

Sou ignorada, pois Killz se enfurece ao escutar um gemido alto.

— Eu não acredito nisso — resmunga, empurrando a porta com violência.

— Che... Chefe? — pergunta Scarlet, grogue.

A loira se mantém estática e com os olhos lacrimejados. Não deixo de notar quando ela engole em seco e abaixa a cabeça.

— Que porra, Killz — rosna o cara, empurrando Scarlet de cima dele.

Quase engasgo quando o vejo subir o zíper da calça. Senhor Knight voa para cima do rapaz.

— Spencer, tinha de ser você, seu incompetente. Fora daqui! Como faz isso na minha empresa? Na minha sala, caralho! Já não bastam os prejuízos lá fora? — rosna Killz, segurando o tal Spencer pela gola da camisa. — Gosta de ser visto, não é? Quer ser o centro das atenções? Por que não se mata? Assim vai receber toda a atenção que deseja!

— Me solte, porra! — grita Spencer.

— Acalmem-se, por favor — peço, assustada.

— Senhor, posso explicar... — interfere Scarlet.

— Suma da minha frente, sua... Scarlet! — urra Killz, chacoalhando o homem. — Quero você fora daqui agora mesmo ou vou mandar o Alec jogar seu corpo no primeiro buraco que encontrar!

— Perdão, Killz! — fala a mulher, saindo do cômodo com a cabeça baixa.

— Qual é, irmão? É por causa da gostosa aí? — indaga Spencer, olhando-me maliciosamente.

Imaturo.

Arregalo os olhos e fico desesperada quando Killz esmurra o garoto. *Meu Deus, são irmãos!*

— Finalmente arrumou uma puta para se aliviar? Só assim você se esquece do seu passado. Quero dizer, da morta — provoca o loiro, limpando o sangue no canto dos lábios.

— Não ouse me desafiar, Spencer. Eu não sou Ezra, que passa a mão em sua cabeça. Comigo as coisas são diferentes, muito diferentes — ameaça o mais velho.

— Senhor, acalme-se, por favor! Não se precipite — imploro, com pena do mais novo.

— Querida, não se aflija, somos assim mesmo. Lobos em pele de cordeiro — revela Spencer, aumentando minhas suspeitas.

— Senhorita Lewis, poderia olhar alguns relatórios que estão em sua sala? — pede meu chefe, calmo demais.

— Vê essa merda toda aqui? É pura fachada. Tudo neste cômodo cheira a falsidade. Cuidado para não se contaminar — dispara Spencer, penteando os fios dos seu cabelo loiro com os dedos.

— Spencer, você está drogado? — Aproximando-se, Killz segura firmemente no pescoço do irmão.

— Acha mesmo que usei drogas? Patético você, Killz. — Spencer soa irônico, mas o que me deixa assustada é a maneira como meu chefe aperta o pescoço do irmão, sem dó.

— Estarei na minha sala, senhor Knight — aviso, incomodada com a interação deselegante.

— Até depois, lindinha! — exclama o loiro.

— Senta aí, porra! E vamos ao que interessa. — Ouço Killz rosnar quando deixo a sala.

Silenciosamente, observo o corredor e, depois de confirmar que estou sozinha, coloco meu ouvido à porta depois de fechá-la.

— Desculpa ter comido a gostosa da Scarlet em cima da sua mesa e por ter usado a sua poltrona. Não resisti, a vadia me deu o maior mole.

— Já está na hora de você ter sua função — Killz determina.

— É isso? Abre uma boate e enche de mulheres gostosas. Terei o maior prazer em dirigir um lugar cheio de putas.

— Kurtz deve estar se revirando no túmulo agora mesmo, Spencer. Você está quebrando nossas regras, nossas leis!

Novamente, repreendo-me por estar ouvindo conversa alheia, então saio, deixando os homens enfurecidos para trás com a conversa mais estranha que já ouvi por aqui.

CAPÍTULO 9

KILLZ JAMES KNIGHT

Sou obrigado a seguir por esse caminho, pois seduzir Aubrey Lewis Russell é o melhor jeito de chegar até Conan, o homem mais desprezível da face da Terra e que odeio com todas as forças.

Verifico meu relógio de pulso, que marca 7h da manhã de sábado. Convidei Aubrey para sair e achei estranho quando ela aceitou. É melhor ficar atento.

A mulher me surpreende, aproximando-se com uma roupa bem diferente da que costuma usar no trabalho. Short curto, camisa branca e uma jaqueta marrom. Fixo meus olhos nela e fico por alguns segundos admirando seu belo cabelo castanho e liso, que está solto, e a sua boca pequena e rosada, que a deixa muito atraente quando está sorrindo. Desconcertado, continuo analisando cada detalhe minucioso da minha funcionária, e fico possesso por estar olhando mais do que eu deveria. Sinto minha boca ficar seca quando me pego pensando em como seria gostoso deslizar minha língua por cada pedacinho da sua pele branca como a neve.

Puto com meus pensamentos idiotas, pigarreio alto, assustando Aubrey, que logo se manifesta.

— Senhor, está tudo bem?

— Entre, por favor. — Ignorando a sua pergunta, abro a porta do carro para que ela se acomode no banco da frente.

— Aonde vamos? — pergunta, enquanto saio do estacionamento do prédio.

— Ao *London Aquarium,* e depois à *London Eye* — digo a ela. — Se quiser, podemos tomar um chá da tarde numa cafeteria perto do Palácio de Buckingham.

Pretendo investir para ela ficar na minha, cair no meu papo.

— Interessante... — comenta.

Admito que o maldito Conan tem uma puta genética. Mesmo assim, não me imagino me familiarizando com o desgraçado. Mas a filha dele é linda.

Como vou seguir com meus planos? Toda vez que olho para essa mulher, minhas fraquezas surgem de repente, e me pergunto que merda é essa.

Jamais aconteceu esse tipo de coisa. A garota não passa de um negócio que me trará a vingança dos meus sonhos. Talvez seja apenas atração ou algo passageiro.

— Seu celular está tocando, senhor — Aubrey avisa.

Vejo rapidamente o contato na tela do dispositivo, sem perder o foco do trânsito. Tenho de atender a ligação e parece que é sério, já que Alec não costuma me ligar se não tiver nada agendado.

— *Deu merda naquele carregamento que você mandou entregar, estamos sendo atacados por... Nosso general foi baleado!* — ele fala de uma vez só quando atendo a ligação.

Caralho, como Ezra dá um mole desses?

— Já disse para não transportar nada à luz do dia, porra! Me passa a merda do endereço por mensagem! — grito com ele, esquecendo completamente da presença de certa pessoa no meu carro.

Antes que Aubrey me pergunte o que está acontecendo, mudo a rota do carro bruscamente, fazendo o porta-luvas abrir e minha arma reserva cair sobre a mulher. Ela dá um grito e arregala os olhos para o revólver em seu colo.

— O que é isso? Para onde está me levando? — pergunta, um tanto abismada.

Cerro os dentes, olhando-a de relance. Acelero e, em alta velocidade, sigo ultrapassando qualquer automóvel que entre na minha frente.

— Sem perguntas, senhorita Lewis — rosno.

— O senhor é louco! Onde fui me meter?

— Quando chegarmos, fique no carro, entendeu? Tem um pé de cabra debaixo do tapete, mas só use em caso de emergência — aviso.

Ignoro o medo que exala da mulher, pois a família vem em primeiro lugar. Sempre.

Sigo acima de cem quilômetros por hora, e logo chegamos ao local que Alec informou. O carro chacoalha por conta dos buracos, e as britas fazem com que nossa presença seja notada.

— Eu me demito! — exclama, calando-se logo em seguida quando percebe onde fomos parar.

Alguns dos homens de Alec estão abaixados ao lado do contêiner do carregamento, perto de um enorme galpão, atirando contra alguns indivíduos escondidos por trás de carros pretos. Freio bruscamente e pego a arma do colo de Aubrey.

— Não saia. Fique abaixada. Deite no banco — ordeno e saio do carro.

Sigo abaixado até os homens. Ezra está ferido no ombro. Deito-me no chão, ponho todo o peso do corpo em meus cotovelos, segurando minha arma com firmeza, e me arrasto com cuidado para não tomar um tiro logo de primeira.

— Irei sobreviver... — Ezra balbucia quando me aproximo.

— Espero que sim — digo, posicionando a arma nos punhos, preparado para atirar. — Vaso ruim não quebra — afirmo, encostando-me em um dos contêineres.

Miro em um deles e puxo o gatilho, acertando perto do coração. Impressionante como meus próprios homens não conseguem sequer acertar alvos tão fáceis. Através de sinais em códigos silenciosos, Alec consegue fazer com que três dos nossos soldados descarreguem todas as balas na cabeça dos nossos inimigos.

Foi uma má ideia ter falado sobre o pé de cabra para Aubrey, e me enfureço ao vê-la vir atrás de mim. Tento sinalizar para que volte para o carro, porém, sou surpreendido quando a doida bate com o objeto nas costas de um cara que parece ser três vezes maior que a teimosa.

Puta que pariu! O miserável vai partir seu corpo em dois.

Não devia me importar com a filha do Conan quando vejo o homem se virando bruscamente e a pegando pelo cabelo. Ele joga Aubrey no chão, com força, fazendo um enorme estrago em sua testa, que sangra pelo baque violento.

Saio do meu esconderijo com intenção de salvar a idiota, mas algo me atinge bruscamente e minhas vistas aos poucos ficam turvas. Só consigo enxergar preto e branco, e mãos macias acariciando meu rosto antes de eu escutar tiros, vozes e gritos.

— Ki... Killz, olhe para mim e... Está me ouvindo?

CAPÍTULO 10

AUBREY RUSSELL

Sabe quando você, sem querer, põe a mão em um fio desencapado e toma um choque?

É esse o impacto que sinto quando vejo meu chefe caído no chão, todo ensanguentado, dando um último suspiro antes de apagar. Nesta hora, confirmo que não é simplesmente a preocupação de uma funcionária com o seu patrão, é algo mais. O curioso é que nem somos compatíveis, então, por que cargas d'água estou tão afetada com o seu estado?

Gosto dele sem sequer saber a razão. Ele é um babaca, e não faz sentido algum temer perdê-lo agora, mas não quero que isso aconteça.

— Killz! — grito seu nome.

As lágrimas aquecem meu rosto. Acaricio o rosto dele e sinto uma palma pousar em meu ombro. Olho para trás, assustada, e o homem apenas olha para seu suposto chefe apagado no chão. Meu coração dispara toda vez que encaro o desconhecido, porque tenho a impressão de tê-lo visto antes.

— Se afaste, garota — ele manda grosseiramente. — Venham, me ajudem aqui.

O homem faz um gesto e mais dois homens aparecem, pegando Killz pelos braços e pernas, levando-o para dentro de um carro preto.

Ando, com medo de tudo que presenciei. Por que meu chefe veio parar aqui? Em meio a um tiroteio? E... Ele tem uma arma!

— Venha, Aubrey. — O irmão do meu patrão, que parece ser tão importante quanto ele, me ajuda a levantar. Ele está com a mão no ombro, que sangra muito. Estou em choque com tudo isso. — Alec, arrume um espaço para ela.

Assim descubro o nome do cara que tanto me deixa desconfiada; Alec.

O mesmo nome que Killz disse no carro quando atendeu a ligação.

— Ezra, temos de levá-lo para o hospital, o tiro pegou numa região complicada e Axl não tem suporte para esse caso.

— Porra, temos de fazer com que acreditem que foi um assalto, não podemos chegar ao hospital e dizer que estávamos tro... — Ezra para de falar quando olha para mim e vê que estou atenta à conversa.

— A garota ainda está aqui. Não fale o que não deve — avisa o grosseiro.

— O que ela já viu foi o suficiente! Pegue o carro do Killz e nos leve até o hospital, depois mande Pietro avisar aos outros o que aconteceu.

Eu também ouvi antes esse nome. Assustada, olho para eles com mil coisas passando em minha mente.

— Você que manda.

— Vamos logo, mande colocarem Killz na caminhonete, iremos acompanhar Pietro até o hospital — Ezra fala, e eu engulo em seco.

Chegamos ao hospital, porém Killz permanece desacordado. Chamaram enfermeiros, que o levaram em uma maca para o centro cirúrgico. Ezra foi levado para fazer curativos na enfermaria.

— Senhorita, venha comigo, vou fazer um curativo na sua testa — oferece uma enfermeira.

— Estou bem aqui, posso cuidar disso em casa.

Estou preocupada demais com senhor Knight para me importar com um simples arranhão. A enfermeira me dá as costas, rendendo-se facilmente à minha rejeição.

— Você não viu nada, está me ouvindo? Não sabe o que está acontecendo aqui, então, não se envolva — Alec sussurra.

Estou sendo ameaçada?

— O que está acontecendo, então? Não vou ficar no meio de loucos! Como começou aquele tiroteio? Por que meu chefe estava no meio daquilo? — protesto com ousadia.

Alec passa a mão no cabelo e olha em volta, notando cada detalhe das pessoas que estão ali, antes de se voltar para mim.

— Seus pais nunca te ensinaram que é feio se meter em conversa de gente grande?

Levo um baque com a arrogância dele. Antes que eu possa protestar, o homem some no corredor do hospital.

Pergunto para a atendente quanto tempo durará a cirurgia. Ela informa que não sabe, que apenas o médico poderá dar alguma resposta e que eu posso aguardar na sala de espera. Assim que a mulher indica o caminho, sigo a passos largos e começo a rezar para que tudo ocorra bem.

O tempo se arrasta, fico atenta quando vejo dois homens saírem da sala, transportando o corpo de Killz para a ala pós-cirúrgica. Sigo-os, tão apressada quanto eles, depois de ter esperado por mais de duas horas.

— Doutor, como ele está? — pergunto baixinho e com um fio de esperança.

— Qual o seu parentesco com o paciente?

— É... É... — Minhas mãos estão suadas. — Um assalto, ele me salvou de um assalto! — disparo a primeira ideia que me vem à mente só então percebo que acabo de me tornar cúmplice de algo.

— Tudo bem, entendo. — Ele me encara, desconfiado. — O senhor Knight está bem, e creio que logo poderá ir para a casa, mas vai precisar fazer repouso pelos próximos dias.

— Ah, sim, entendi.

— Já fizeram um boletim de ocorrência? É necessário em casos como esse.

De repente, sinto-me encurralada com as palavras do médico.

— Para onde levaram meu irmão? — Mais uma voz desconhecida ecoa no corredor.

Olho para trás e vejo um homem muito lindo, cabelo castanho-escuro, alto, porte atlético e olhos quase iguais ao do senhor Knight. Ele tem um ar de mistério.

— E o senhor, quem é? — O homem de jaleco branco parece desconfortável com a prepotência do bonitão.

— Carter James Knight, irmão de Ezra e Killz.

Olhando para ele, tenho a impressão de que me meti em uma grande encrenca.

— Outro irmão?! — questiono sem pensar, surpresa. — Afinal, vocês são quantos?

— Nossa família é tudo, amor. Somos cinco e bons nos negócios, com as mulheres, com os carros e, especialmente, bons de cama. — A voz de Spencer preenche o local.

— Spencer, tenha mais respeito. — Ezra está ao lado dele, com um curativo no ombro ferido.

— Então, essa é Aubrey? — pergunta Carter, seu olhar malicioso percorrendo meu corpo.

— A própria. Eu disse que ela era muito gostosa!

— Olha o respeito, Spencer — urra Ezra.

— Senhor, tenha mais cuidado. Mesmo que tenha sido um tiro de raspão, seu braço ainda está machucado e precisa de cuidado — previne o médico.

— Cadê Axl? — Carter indaga.

— Deve estar vindo por aí. A cadela da Melissa não larga o osso — acrescenta Spencer com sarcasmo.

— Quando essa merda toda acabar quero você no meu escritório, Spencer — diz Ezra.

Posso perceber o incômodo do médico ao presenciar tudo isso, pois me sinto da mesma forma.

— Obrigada, doutor. Qualquer coisa nós entraremos em contato com o senhor.

CAPÍTULO 11

ALESSA RUSSELL

Olho à minha volta e ainda não consigo acreditar que estou realmente trabalhando como enfermeira no Hospital St. Mary, em Londres. É um sonho que meu tio Conan conseguiu realizar, graças à influência que possui.

Estava tudo preparado quando cheguei, e sei que se fosse qualquer outra pessoa, não conseguiria o estágio assim, antes mesmo de colocar os pés no país. Mas por se tratar do meu tio, nada segue o padrão. Ele sempre consegue o que quer, quando quer e como quer.

Nem sei como poderei agradecer o que fez, mas, ao mesmo tempo, sinto-me desconfortável por ter de manter essa conquista em segredo da minha prima Aubrey, a pedido de seu pai. Nós duas temos uma ligação muito forte e morro de vontade de fazer uma visita a ela desde que cheguei, mas não posso encontrá-la até que meu tio autorize.

Sei bem a razão e não gosto de esconder nada da minha prima, entretanto, Conan Russell é um homem misterioso e pressioná-lo contra a parede para descobrir alguma coisa é besteira.

Só não sei o que vou fazer se, por acaso, esbarrar com Aubrey por aí, pois ela ficará muito chateada se souber que estou em Londres e não a procurei. Mas não tenho tempo para pensar nisso agora. Hoje o movimento no hospital está grande e preciso manter meu foco no trabalho.

Um pouco mais cedo, dois homens baleados deram entrada. Um foi só de raspão, mas o outro precisou fazer uma cirurgia. Parece que são importantes, tinham muitas pessoas entrando e saindo da ala onde um deles foi colocado, e os médicos estão mais prestativos do que de costume.

Admito que estou curiosa para saber mais sobre os pacientes, porém, pode pegar mal se eu sair do meu posto para fazer perguntas assim. Então, vou ter de esperar até ouvir algum comentário das outras enfermeiras que trabalham aqui; o que não vai demorar muito, tenho certeza.

— Ei, Alessa. — Maggie vem em minha direção com a bandeja de medicamentos nas mãos. — A filha daquele senhor que você tem cuidado está querendo falar com você — ela fala, parecendo mais cansada que o normal.

— Já estou indo lá. Está tudo bem com você? — questiono, preocupada. — Parece mais abatida.

— Só um pouco cansada. Os Knights são muito exigentes e impacientes. Ficam fazendo as mesmas perguntas a cada segundo, e parece que não entendem que o irmão não vai acordar só porque eles querem.

Ela revira os olhos, e eu seguro uma risada. Maggie é sempre assim, vive reclamando das famílias dos pacientes.

— Quem é esse paciente? — pergunto, sem reconhecer o sobrenome.

— É o homem que foi baleado algumas horas atrás.

Hum... Bem que eu sabia que logo sairia algum comentário sobre isso.

— Ele é lindo e os irmãos também. Parece que ele e o outro rapaz que foi baleado no ombro colocaram a vida em risco para salvar uma mulher de um assalto. — Maggie vai revelando, sempre muito tagarela.

— Nossa, que heroico da parte deles! — falo com certa surpresa. — No mundo em que estamos vivendo hoje é raro uma pessoa se colocar em risco pela outra.

— Isso é verdade, infelizmente. — Maggie faz uma careta. — Bem, agora vou checar meus outros pacientes. Eu te vejo mais tarde, na nossa pausa.

— Vai lá, vou falar com a filha do senhor Smith — digo a ela e deixo o posto de atendimento, seguindo em direção ao meu destino, com os exames e a ficha do paciente em mãos.

No caminho, vou pensando no nome que Maggie disse e, não sei por que, mas algo me faz ficar ainda mais curiosa sobre essa tal família.

— Knight — falo baixo, analisando o som da pronúncia.

É, com um sobrenome assim, tenho certeza de que eles são realmente importantes. Talvez, depois eu dê um jeito de dar uma espiadinha lá no quarto e ver se são tão lindos como Maggie disse. Mas só talvez.

CAPÍTULO 12

AXL JAMES KNIGHT

Caminho pelo corredor, prendendo a respiração e praguejando por Spencer mandar mensagens a cada segundo perguntando se vim ver Killz. Disposto a recorrer a uma das enfermeiras do Hospital de St. Mary, ando de um lado para o outro e acabo me chocando com alguém no meio do corredor.

— Ai! — grunhe a garota, após derrubar no chão os papéis que segura.

Sem tirar os olhos da linda mulher à minha frente, dou um sorriso sem graça.

— Me desculpe, Alessa. — Ergo uma sobrancelha. Olhando para o nome bordado no bolso superior do jaleco dela, pergunto: — É Alessa, não é?

— É, sim! E o senhor, o que procura? — pergunta ela, olhando para seus papéis caídos no chão.

Com a intenção de ajudar, eu me abaixo ao mesmo tempo em que ela, que acaba batendo sua testa na minha.

— Nossa, parece que tiramos o dia para nos esbarrar, hein? — falo com divertimento e me atrevo a passar a mão na sua testa avermelhada.

— Eu que sou atrapalhada, me desculpe — declara, sem jeito, pegando seus papéis.

— Não se preocupe — digo, ajudando-a se levantar.

— O senhor está perdido?

— Sim e não. Meu irmão deu entrada neste hospital — explico.

— Se puder me dizer o nome dele, posso te ajudar.

— Killz James Knight. Ah, sou Axl. Axl James Knight.

— Axl James Knight — repete baixinho, como se recordasse de alguma coisa. Fico atento, colocando-me em modo de defesa, pois nunca é bom quando alguém se lembra de algo envolvendo nosso nome. — Não sei qual é o quarto de seu irmão, mas posso verificar.

— Não precisa, só me mostra onde fica o posto de atendimento do andar e eu me viro sozinho — murmuro, mudando meu modo de agir.

— Posso ajudá-lo, é para isso que estou estagiando.

— Garota, tenho duas pernas e dois olhos, posso me virar sozinho. — Acabo sendo estúpido.

— Alguns deficientes físicos se viram melhor que muitos que estão com seus membros e órgãos em perfeito estado. Faça como quiser, com licença — rebate a enfermeira de língua afiada, sem esconder o quanto ficou chateada, e desaparece do meu campo de visão em poucos segundos.

— Tanto faz. — Dou de ombros, sem entender por que fico perturbado pela bela mulher ter me enfrentado de forma tão atrevida.

Ando mais um pouco pelo corredor e encontro outra enfermeira, que sabe me responder sobre o quarto de Killz e me leva até ele. Spencer faz questão de alfinetar quando percebe que estou meio atordoado.

— Viu fantasma, Axl?

— Fale baixo, seu irmão está dormindo. — Uma voz feminina me chama a atenção.

— Você é...? — pergunto, estranhando ver uma mulher no mesmo espaço que Killz.

Será namorada ou amante de algum de meus irmãos? Não. Acho que Ezra não se envolve emocionalmente, e Carter se encaixa no mesmo padrão, já que está sempre pegando as garotas que pilotam nas corridas da máfia.

Spencer? Ah, esse só serve para dar prejuízo, prefiro não comentar.

— Aubrey, sou secretária na empresa do seu irmão.

— Antes que pergunte, ela não sabe — Ezra se adianta, surpreendendo todos.

— Não sei o quê? — Ela estreita os olhos, desconfiada.

— Que sou mais um dos irmãos Knights — minto, sem perder o suspiro de alívio de Ezra.

Mas Aubrey sente a mentira pairando no ar e cruza os braços acima do peito. O caçula se diverte com a situação, já que, assim como eu, percebeu que essa mulher não é burra.

— Ele acordou — avisa Carter, encostado na cama em que nosso irmão está.

CAPÍTULO 13

AUBREY RUSSELL

Passaram-se sete dias desde que o vi pela última vez de olhos abertos. O desespero era total, não sabia por quanto tempo ele ficaria desacordado. Nunca imaginei que uma reação alérgica a um simples anti-inflamatório pudesse derrubar um homem daquele jeito, principalmente um que conseguiu sair praticamente ileso após uma cirurgia para a retirada de uma bala.

Chega a ser engraçado como uma coisa tão pequena pode fazer mais estrago do que uma teoricamente muito mais grave.

O tempo que Killz ficou apagado por causa dos remédios para combater a alergia pareceu uma eternidade, quase enlouqueci. Mas agora já estamos aqui, discutindo os porquês de ele querer ir para a casa e eu não concordar com isso.

— Estou feliz por ter acordado, mas acho que preferiria que ainda estivesse inconsciente, assim não ficaria criando caso — digo, sem formalidade. Passei o tempo todo cuidando dele e não o vejo mais só como um patrão. — O senhor é muito teimoso! — esbravejo, irritada com sua atitude imatura.

Mal acordou e já quer ir para a casa! Killz James Knight me deixa louca.

— Quem você acha que é para dizer o que devo ou não fazer, garota? — questiona, com arrogância. — Não pedi sua opinião. Vou para casa, sim, não sou obrigado a ficar aqui feito um moribundo. E não estou mais sentindo dor.

Vejo a raiva espumando em seus olhos. Ele se mexe e reclama.

Eu me levanto e vou até a beirada da cama.

— Ah, sim, senhor poderoso, agora está com dor, então? — falo com deboche. — Olha, me desculpe se estou sendo grossa, mas largue de ser ridículo. Você precisa de cuidados e em casa não vai ficar quieto. Duvido muito que não saia daqui e vá direto para o escritório. — Continuo um tanto brava. — Parece que vive para o trabalho, com aquele bando de gente te bajulando.

Sinceramente, tenho vontade de dar um soco na cara dele, mas me controlo ao apoiar as mãos na cama, apesar de saber que seria libertador se fizesse isso. Somos interrompidos por batidas à porta, logo em seguida o doutor Mc'Adams entra.

— Vejo que o senhor Knight acordou e está melhor. Isso é ótimo, mas preciso de mais exames para me certificar que você está bem. Vai ter de ficar de repouso por mais uns dias — fala com tranquilidade.

— Não mesmo! Eu vou embora agora! Não aguento mais olhar para essas paredes brancas. Nem estou doente! — enfurecido, ele esbraveja.

Seguro sua mão, parece que meu gesto faz efeito, pois ele alivia um pouco o tom.

— Doutor, já estou ótimo. Posso me recuperar em casa com uma enfermeira à minha disposição. E ainda tem Aubrey, ela pode cuidar de mim, não é mesmo? — fala, olhando-me como se fosse uma intimação.

— Claro que não. Você não aceita ordens, vai ficar aqui até que esteja curado. — Contrariá-lo não parece uma boa ideia, mas sou salva pelo doutor Mc'Adams.

— Senhor Knight, apenas mais oito dias — diz o médico. — Prometo que não passará disso. Estando bem ou não, eu o libero. Você tem minha palavra.

Muito revoltado, Killz concorda. O doutor nos deixa a sós depois disso. Esse dia parece não ter fim...

CAPÍTULO 14

KILLZ JAMES KNIGHT

Mais de quinze dias se passaram desde que fui ferido e pude sair do hospital. Agora, já de volta a casa, o médico ainda quer que eu repouse. Repousar o caralho! Mas tenho de fazê-lo ou corro o risco de ficar com alguma porra de sequela. Então, estou aqui, deitado, pensando em um jeito de destruir os russos.

Enquanto morro de tédio, meus irmãos retomam suas vidas. Carter está se dividindo entre gerenciar os seus pilotos e temporariamente cuidar dos meus negócios na empresa. Axl e Spencer ficaram com o cassino e as transações dos armamentos, já que Ezra também precisa de descanso.

A campainha toca. Seguro o machucado e me levanto com dificuldade. Estou usando uma calça de moletom, apenas isso, mas não visto mais nada antes de ir até a porta.

— Como essa porra dói. Malditos russos! — Apresso meus passos e, quando destranco a porta, dou de cara com Aubrey Russell.

O que a mulher quer comigo? Já não basta ter feito merda?

— O que faz aqui, senhorita Lewis? — interrogo, com raiva.

Aubrey tem um curativo na testa, e engulo seco, sentindo um leve desconforto por me preocupar com o bem-estar dela. Já entrando no meu apartamento sem ser convidada, ela me ignora, deixando-me mais puto ainda, porque odeio ser ignorado.

— Ainda não respondeu a minha pergunta — rosno, batendo a porta com força.

Ela se senta na poltrona e cruza as pernas, que me fazem salivar. A garota é gostosa para caralho, não vou negar.

— Vim até aqui para ouvir suas respostas e não responder às suas perguntas — fala, imponente.

Estou enlouquecendo com essa ousadia, que me irrita ao mesmo tempo em que me atrai como um imã. Sinto-me sujo por desejar foder a herdeira de Russell, fazê-la gemer meu nome, implorar por mais do meu pau em sua doce boceta.

— O que quer saber? — ironizo, sentando-me numa poltrona ao lado da dela.

— Preciso entender o que aconteceu e quem eram aqueles homens.

Puxo tanto ar para os meus pulmões que acaba saindo um rosnado da minha boca. Puta que pariu, essa mulher é intrometida demais. Parece que quanto mais se aproxima, mais fodido fico. Ela é minha presa, não o contrário.

— Senhorita Lewis, levante a sua bunda do meu sofá e caia fora da minha casa. Não tem nada aqui para você.

Arregalando os olhos, Aubrey fica de pé de súbito, tropeça na borda do tapete e cambaleia, soltando um grito. Minha vontade é rir com a cena, mas, por instinto, eu a pego no ar. Seu cotovelo passa de raspão em meu abdômen, provocando pontadas fortes no local ferido. Essa merda dói.

— Caralho — xingo, encolhendo-me de dor.

— Killz! Ai, meu senhor! Está sangrando! — diz Aubrey, vendo o curativo manchado de sangue.

— Liga para Ezra, pede para arrumar uma enfermeira. — Mordo a boca, controlando-me para não demonstrar o quanto estou ferrado.

— Posso ajudar... com algo... — fala, desesperada.

— Pode ir embora.

— Cala essa boca e me diz onde está a malinha de primeiros socorros! — grita Aubrey, despertando o monstro que há tempos implorava para sair.

Seguro sua nuca com a mão direita, ignorando o latejar constante abaixo do peito. O aperto é duro, mas não o bastante para machucá-la. Seus olhos azuis arregalam quando notam os meus, enraivecidos para caralho com a sua ousadia neste momento.

— Não abuse da sorte, Russell. Você não vai gostar de me ver com raiva — brado, soltando-a devagar.

— Podemos debater sobre isso mais tarde. O senhor está ferido, só quero ajudar. Onde está a malinha de primeiros socorros? — Ela engole em seco, sei que está assustada.

— Em algum buraco do apartamento. — Finjo não ligar para o seu estado caótico.

— Está sangrando muito... Não tem muitos dias que o senhor operou — Aubrey diz, assustada ao ver o sangue escorrendo pela minha pele.

— Liga para Ezra. Ele sabe o que fazer.

— Seu irmão também está afastado. O que devo fazer?

Cacete! A mulher me deixou tão atordoado, que até me esqueci.

— Liga para o cassino, pede para uma das garotas trazer a porra dos remédios.

— Cassino? Espera, cassino? Onde? Que cassino?

Inferno de mulher curiosa.

— Quer parar de agir como se eu estivesse ao ponto de parir? É só uma merda de um machucado.

— Pensa que me engana? Qual deles tem um cassino?

Mulher chata.

Antes que eu possa mandá-la ficar quieta, a porta abre e Spencer entra segurando duas sacolas, acompanhado por Lily. Aubrey faz uma careta, sem conseguir esconder o incômodo ao ver a garota. Interessante.

— Bom dia, queridos — Spencer fala, divertindo-se com a situação.

— Quem é ela? — pergunta Aubrey, cruzando os braços.

Spencer sorri, debochado.

— Hum... Oi, Breyzinha! Essa é Lily, uma grande amiga que se prontificou a prestar todos os cuidados ao meu irmão. — Malicioso, ele tira os óculos de sol e sorri quando vê o curativo manchado de sangue.

Esse loiro é abusado!

— Você fica muito melhor quando está calado — murmura Aubrey.

— Olha, a garota está mais soltinha, língua afiada! Está no caminho certo, neném. Meu irmãozinho gosta das difíceis. Já eu, pego se for gostosa — Spencer provoca.

— Meu abdômen dói só de ouvir sua voz, Spencer. O que trouxe nessas sacolas? — pergunto, entediado.

— Algumas coisas que o Batman mandou trazer, e comida também, já que você nem contrata uma empregada. Grana é o que não te falta.

Spencer me irrita. Só não o matei ainda porque o sangue fala mais alto.

— Quem é Batman, bebê? — pergunta a acompanhante do bastardo.

— Tem certeza de que a ruiva falsificada vai cuidar do senhor Killz? — Aubrey indaga. — Cuidado para não confundir papel higiênico com gaze — alfineta, fazendo-me rir baixinho.

— O quê? — Lily pergunta, fazendo beicinho.

Reviro os olhos, impaciente.

— Você não vai entender, neném. É assunto de gente grande. Agora, dá o fora daqui — o pequeno bastardo ordena, com um sorriso debochado no rosto.

— Enquanto estão aí de conversa fiada, estou sentindo a dor aumentar — reclamo, vendo a tal Lily sair do apartamento, contrariada, e fechar a porta.

— Já deve ter pegado uma infecção — Spencer fala e se joga no sofá.

— O que esse moleque tem na cabeça? Me dá essas sacolas e esquenta um pouco de água — Aubrey ordena, olhando-o, furiosa.

— Para fazer mingau?

— Não, para queimar sua língua, Spencer — rebate, irritada.

— Isso que é mulher! — ele debocha, seguindo em direção à cozinha.

Aubrey retira com cuidado o curativo, concentrada para fazer tudo certo. Alguns minutos depois, Spencer grita da cozinha:

— *Baby*, a água esquentou demais, dá para usar assim mesmo ou tem de esfriar um pouco?

— Pode ser — Aubrey responde no mesmo tom. — Está doendo? — indaga, preocupada.

— Não, acho que...

— Cara, quanto tempo faz que você não transa? Tem uma porrada de camisinha naquela gaveta! — Spencer me interrompe, vindo da cozinha com uma vasilha na mão.

— Cala essa boca, Spencer! — Aubrey e eu falamos ao mesmo tempo.

— Está vendo? Até quando eu faço uma pergunta importante vocês reclamam — resmunga.

O moleque ainda me dará prejuízo.

CAPÍTULO 15

AUBREY RUSSELL

São 7h50 da manhã. Nem um pouquinho atrasada. Era para ser só uma cochilada de cinco minutos e acabei dormindo demais. Merda! Acordei às 6h50 da manhã!

Ainda tenho de subir de escada porque, logo hoje, o maldito elevador está em manutenção. Eu me agacho, segurando no corrimão de ferro para me livrar por alguns minutinhos dos saltos que fazem até meus dedos dos pés doerem. Do topo da escada, avisto o senhor Knight encostando-se na porta do escritório, e me xingo por achar que ele está muito gostoso hoje.

Como permiti que isso acontecesse?

Saber que Killz Knight tem o controle sobre mim está me matando, mas o que mais me incomoda é meu pai.

Ele me ligou ontem, às 2h da madrugada, o que é muito estranho. Como ele pôde me telefonar uma hora dessas depois de meses sem falar comigo? Tudo bem que lá eram 8h da noite, ainda assim... Além de dizer coisas totalmente estranhas, também me contou que Alessa, minha prima, está aqui em Londres, estagiando em um hospital.

Isso me pegou completamente de surpresa e me fez questioná-lo sobre a mudança repentina. Ele desconversou, garantindo que era o melhor para Alessa até a situação por lá melhorar, e encerrou a ligação jurando que estava morrendo de saudades. Não entendi nada, e agora essa confusão está me desgastando.

— Bom dia, Brey! — cumprimenta-me o desgraçado quando chego à sala, sorrindo de uma maneira sexy.

— Olá, senhor — respondo, cansada pelos inúmeros degraus que subi correndo e pela noite maldormida.

— Hum... O elevador não está funcionando? — indaga meu chefe, curioso, entrando no escritório atrás de mim e fechando a porta.

— O senhor é o dono e não sabe? Chegou até o último andar voando, por acaso? — indago, ofegante.

— Subi de elevador mesmo. — Faz uma pausa, parecendo se lembrar de algo. — Ah, aquele aviso é da semana passada — diz, dando de ombros.

Subi vários degraus em vão? Filho de uma puta!

— Não acredito que...

— Adiante seus passos. Temos muito trabalho pela frente — ele me corta amargamente e me dá as costas.

— Bipolar e estúpido! — resmungo baixo para que não possa ouvir.

De repente, sinto minhas costas baterem na madeira da parede. Arregalo os olhos por causa do estrondo assustador. Agora não tenho mais dúvidas, Killz pode realmente ser encantador, mas quando perde a paciência, o homem se transforma em um demônio.

— Garota, você passou dos limites. Olhe para mim — ordena com o rosto colado ao meu.

Seu olhar cravado ao meu é mortal.

— Está me machucando — reclamo, tentando me livrar do aperto.

— Quando sou contrariado, quero estrangular o filho da puta. — Ele desliza o nariz pelo meu pescoço. — Mas com você, fico excitado *pra caralho*! — sussurra, mordiscando minha orelha. — Seu cheiro me deixa louco.

— Senhor Knight... Por favor!

Meus pulsos são feitos de reféns por suas mãos e, ainda que saiba o quanto é errado, meu corpo se aquece com o toque inapropriado do meu chefe. Deus! Estou assustada e determinada a dar um fim nessa situação descabida, mas fico incapacitada de pensar com clareza quando sua mão acaricia minha coxa sob a saia lápis que visto.

— Tomei uma decisão. Uma não, várias — senhor Killz fala, apertando minha bunda.

Fico sem ar. Aperto seu ombro com a intenção de afastá-lo, mas contrariando a ordem do meu cérebro, acabo puxando seu corpo ainda mais perto.

— Não podemos fazer isso...

— Aqui é o meu território, Aubrey Lewis Russell. Eu mando nessa porra e posso fazer o que bem entender.

Seu jeito autoritário me tira do entorpecimento. Pisco, alarmada ao perceber que o homem está completamente fora de si. Antes de cometer uma loucura da qual certamente irei me arrepender, eu o afasto e falo com firmeza:

— Não! Estamos no escritório e alguém pode entrar a qualquer momento.

Ele paralisa na mesma hora e olha no fundo dos meus olhos.

— Me desculpe, senhorita. — Penteia o cabelo com os dedos, mudando repentinamente de conduta.

Bipolar, irritante, lindo, gostoso. Droga! Não posso pensar nele desse jeito.

— Senhor Knight, se é dessa maneira que o senhor quer que as coisas sejam, sinto muito, mas não posso fazer isso.

— Você sabe o que quero, Russell? — questiona, aproximando-se de novo.

— Posso imaginar — admito, sem conseguir resistir à sua voz rouca sussurrando ao meu ouvido.

Meu chefe cola sua boca na minha sem delicadeza. Os lábios carnudos são grosseiros quando forçam os meus a se abrirem para que a sua língua se enrosque à minha e me enlouqueça de tanto prazer. Ele roça o polegar em meu queixo, obrigando-me a fechar os olhos e arfar, apreciando mais do que deveria a sensação deliciosa.

— Estava louco para beijar você de novo. Seus lábios são o paraíso, porra!

Quero perder o controle. Nunca senti isso com nenhum outro homem. Não sou assim.

— Que horas são? — Nem sei por que faço essa pergunta. Mas é a primeira coisa que vem à minha cabeça numa tentativa de mudar de assunto e voltar a raciocinar com clareza.

— Essa porra toda é viciante, senhorita Aubrey — murmura na minha boca, acariciando meu rosto com a ponta dos dedos.

Killz se inclina e, no momento em que seus lábios quentes tocam meu rosto, levanto a cabeça para que nossas bocas se encontrem novamente. Antes que ele esboce qualquer reação, envolvo seu pescoço com os braços, colando ainda mais nossos corpos.

O clima explode, destruindo tudo ao nosso redor. Só existe meu chefe, eu e o tesão avassalador que nos consome vivos. O calor é insuportável. Uma descarga elétrica poderosa nos atinge quando nossos lábios se fundem como se fossem um só. Parece que Killz sente o mesmo, pois seu corpo paralisa quando o beijo com mais ousadia. Um gemido rouco escapa da sua garganta e, imediatamente, ele assume o controle de maneira possessiva.

Suas mãos apalpam meu traseiro com força e me puxam para perto dele, eliminando todo o espaço entre nós. Cada toque áspero de seus dedos, que me acariciam sem pudor, me enfeitiça. Sou gasolina indo ao encontro do fogo, pronta para entrar em combustão.

— Posso ser sincera? — pergunto, afastando-me para olhar em seus olhos.

— Não espero menos que isso, senhorita.

— Eu gostei do beijo, mas o que acabamos de fazer é errado. O senhor é meu chefe, e preciso do emprego. Nós devemos nos manter afastados.

— E se eu não quiser? — pergunta, com um sorriso sedutor e arrogante.

O brilho em seu olhar instiga e amedronta ao mesmo tempo, e em nada se parece com o do homem que conheci no dia da entrevista.

— Pode negar que me deseja tanto quanto desejo você, Aubrey — sussurra ao meu ouvido, esfregando descaradamente seu pau completamente enrijecido no meio das minhas pernas, atingindo o ponto mais necessitado do meu corpo. — Nós dois sabemos que você vai se render a mim. Não adianta tentar se esconder, *baby*. Você vai ser minha de qualquer jeito.

CAPÍTULO 16

AUBREY RUSSELL

Faz quarenta minutos que estou esperando Alessa na calçada em frente ao prédio em que ela está hospedada. Liguei cedo para a casa dos meus pais, pedindo o endereço dela. Estou morrendo de saudades da minha prima.

— Aubrey, é você? — Sua voz doce me faz sorrir quando finalmente se aproxima.

— Lessa! — exclamo. — Prima, que saudades!

Ela continua a mesma, o cabelo longo e achocolatado, os lábios grossos e bem desenhados. Alessa Russell é simplesmente linda. O homem que conquistar seu coração será um grande filho da mãe de sorte. A garota é um pacote completo, uma raridade. Na verdade, todas as Russell são.

— Há quanto tempo não a vejo! Meu tio me contou que você estava aqui, mas me pediu para não dizer nada sobre o meu estágio no hospital. Eu não tinha entendido muito bem, mas acho que descobri o motivo.

A afirmação da minha prima me pega de surpresa, e fico em dúvida se ela não está delirando.

— O que houve, de verdade? Meu pai não deixaria que você viesse sozinha para cá, muito menos pediria para guardar segredo sobre a sua chegada. É bem estranho.

— Podemos subir? — sugere.

— Tudo bem, vamos.

Quando chegamos ao sétimo andar, Alessa pega uma chave que está escondida embaixo do tapete em frente ao seu apartamento.

— Vem, Brey — minha prima me convida para entrar e fecha a porta em seguida.

— Conte tudo, Lessa. Desde o começo — insisto, sentando-me no sofá na sala.

— Bem, estávamos indo a um almoço de negócios do seu pai... — Lessa fecha os olhos e puxa o ar lentamente após se sentar ao meu lado.

— E...? — Tento soar firme.

— Tio Conan tinha pedido para Joel, o motorista, nos levar até o local em que íamos almoçar, mas quando estávamos prestes a chegar, ele teve de mudar de rota... — ela narra, seus olhos vidrados, parece perdida em seus próprios pensamentos.

— Continue, por favor — peço, nervosa.

— Alguns tiros foram ouvidos do lado de fora. Eu me desesperei, comecei a chorar sem parar e entrei em estado de choque. O mais impressionante foi que tia Celeste não se abalou. Fiquei me perguntado: como assim? Jamais uma coisa assim tinha acontecido antes. — Ela respira fundo, voltando a me encarar com seus olhos castanhos.

— Isso é tudo?

— Não, não... Seu pai sacou uma arma que carregava dentro do blazer.

A revelação me pega de surpresa. No mesmo instante, novamente me pergunto se minha prima não está delirando.

— Tem certeza? — Engulo em seco.

— Tenho, e ainda tinha um silenciador. Ele fez um sinal com o dedo para eu me calar, depois sussurrou alguma coisa do tipo "não deixarei que me tirem você ou não deixarei que levem você", e pegou o celular para falar com alguém sobre uma suposta promessa.

Lembro-me, então, do irmão gêmeo do meu pai, tio Castiel, pai de Alessa.

— Travei, sem saber o que fazer. Tia Celeste percebeu meu estado e me mandou me deitar no chão. Eu obedeci e fiquei lá, largada no tapete até o tiroteio acabar.

— Será que não foi um assalto? — indago.

— Não, não... — Ela nega com a cabeça, como se tivesse certeza. — Sabe o que eu descobri depois de quase ter morrido, quando chegamos a casa? — questiona. — Que o ataque era direcionado para você, Aubrey. Eu ouvi meu tio conversando com um homem chamado Enrique, acho que era um segurança da empresa do seu pai.

— O que mais você ouviu? — pergunto, assustada.

— Esse mesmo homem disse "descobriram sobre a herdeira, senhor. Ela está correndo perigo".

Alessa começa a contar o que escutou como se estivesse hipnotizada. *Herdeira* seria eu? Eu sou a primogênita dos meus pais.

— "Enrique, como descobriram sobre ela? Você sabe que ela tem de permanecer exatamente onde está! Aqueles russos nem podem imaginar, porque tenho um acordo. A porra do acordo!" — narra. Então, sai de seus pensamentos e olha para mim de novo. — Seu pai socou alguma coisa, que não consegui ver o que era porque o corredor estava escuro. Sim, eu estava ouvindo toda a conversa atrás da porta do escritório — fala Alessa, sorrindo fracamente.

— Continue... — Um nó se forma em minha garganta, meu coração bate mais acelerado a cada segundo que as palavras saem da boca da minha prima.

— Tudo bem com você? — questiona. Apenas assinto com a cabeça. — Aí eu ouvi o tal homem dizendo: "houve invasão no nosso sistema, alguém invadiu a rede M.F.R, senhor".

— Sabe qual rede era essa?

— Acho que era a dos arquivos confidenciais que estavam em algum computador, Aubrey — ela supõe. — Aí o tio Conan disse: "como assim, Enrique? Martz não estava à frente disso?".

— E esse Enrique respondeu o quê? — pergunto, cada vez mais confusa.

— Que estava, mas algum *hacker* conseguiu furar quase todos os bloqueios do sistema — conta ela, imitando a voz do homem. — E o tio disse: "Quer dizer quê?", aí escutei o homem dizendo: "Suas meninas correm perigo, senhor, é melhor tirar a outra daqui. Ela é a herdeira da segunda posição".

— Essa outra seria você, Alessa? — pergunto, amedrontada.

Ela me olha, assustada, antes de desviar para a grande janela e começar a chorar.

— Sim, a herdeira é você, e eu sou a outra! O que eles querem da gente? — ela pergunta. — Preciso desesperadamente de respostas, mas o meu tio só me mandou fazer as malas e entrar no carro com um dos seguranças dele, que ficou responsável pelo meu embarque em um jatinho. Ele disse que, assim que eu chegasse aqui, teria um guarda-costas atrás de mim vinte e quatro horas por dia, sete dias por semana.

— Está sozinha aqui? — pergunto, ainda atordoada. — Veio fazer o que no hospital de Londres?

— Tio Conan arrumou uma vaga como estagiária, nem me pergunte como ele conseguiu.

— Fique calma, nós vamos descobrir toda a verdade. Conheço alguém que pode ajudar — falo, convicta.

— Faz dias que sinto que estou sendo seguida, Aubrey — ela confessa.

— É a mesma impressão que tenho há anos, Alessa...

— Temos de nos unir — fala, olhando-me com temor. — A verdade tem de aparecer.

— Concordo, só assim teremos a nossa vida de volta.

CAPÍTULO 17

KILLZ JAMES KNIGHT

Os russos estão rondando Londres. Ainda não sei de onde vem tanta coragem, já que aqui é a casa da minha máfia inglesa, o meu território. A segunda equipe de Alec, que ele também comanda no outro galpão onde os nossos *hackers* trabalham, preparou um memorando informando alguma coisa sobre a prima de Aubrey, Alessa, filha de um dos inimigos da minha linhagem.

Meus irmãos, Alec e eu estamos reunidos em uma das salas do galpão para uma breve reunião. Há uma semana, meu amigo tem investigado alguns contrabandistas que andam rondando nossos esquemas no centro de Londres. Não permitirei que esses filhos da puta invadam o meu território. O território é da minha família, se for para começar uma guerra eu começo, não deixarei que nos tirem o poder.

Nem que eu tenha que sair matando um por um para que isso não aconteça! Penso cruzando os braços sobre o peito quando percebo que meus irmãos olham para mim, esperando que eu me pronuncie.

— Já que todos estão aqui, vamos começar a nossa reunião — falo, olhando para cada um deles, de pé.

Puxo a última cadeira da mesa para me sentar e gesticulo, pedindo para que cada um encontre um lugar para fazer o mesmo. Espalmo as mãos no gr5ande tampo marrom, logo depois ergo o rosto e os encaro. Nem sequer abri a boca para falar e já noto que estão ansiosos. Respiro fundo antes de dizer qualquer coisa, mas meus pensamentos são interrompidos por Carter, que pergunta:

— O que houve, Killz? Tive que largar uma estratégia da corrida com meus pilotos para vir até você. Espero que seja algo tão importante quanto os meus negócios.

Sua expressão está fechada. Ele se senta em uma das cadeiras e desabotoa seu paletó preto, encarando-me com seus olhos azuis carregados de preocupação.

Não respondo, deixando a sua dúvida no ar.

— É, Killz. Precisamos saber o que está acontecendo. O seu silêncio está nos matando. Tive de deixar meus afazeres nas mãos dos meus homens, não gosto disso — fala Ezra, passando os dedos pelo cabelo. Percebo sua revolta.

— Estou com Carter e Ezra, cara. Diga logo o que tem a nos dizer, tenho meus compromissos. Não poderia ter ligado para cada um? — Axl se manifesta, fazendo careta e ajeitando o colarinho da camisa como se estivesse o apertando.

Puxo ar para os pulmões e sinto minhas narinas arderem. Caralho, só preciso de um minuto de silêncio para pensar com mais clareza, mas esses cuzões só pensam em seus próprios rabos.

— Soube que os russos estão rondando nosso território. Estão vendendo drogas em alguns pontos mais frequentados e levando mulheres daqui para a Rússia para os prostíbulos deles. Estão fodendo os nossos negócios e temos de eliminar cada um que ousou colocar a porra dos pés em nossa área! — Bato com os punhos na mesa.

Ao terminar de falar, em poucos segundos ouvimos uma risada alta. Com o seu humor ácido Spencer fala:

— E como eu entro nessa história? Nunca fui útil nessa merda, então minha presença aqui é dispensável, meus caros. Marquei de sair com alguns amigos, só vim para cá para ouvir ladainhas.

Ele tira a jaqueta preta e a coloca no colo, deixando à mostra suas tatuagens espalhadas.

Insatisfeito com a forma como meu irmão mais novo age, balanço a cabeça em reprovação. O único que não se manifestou ainda foi Alec, que está sentado com a cabeça baixa. Parece perdido em seus pensamentos.

Meus três irmãos pigarreiam, e eu tamborilo com os dedos na mesa, calado, observando Spencer pegar o celular. Ele digita alguma merda que o faz sorrir despreocupadamente.

— Infelizmente você é a porra de um herdeiro, por obrigação deve estar nas nossas reuniões. Então sugiro que continue sentado e escute até o final tudo que tenho para dizer. — Abro dois botões do meu blazer e me levanto. Vou em direção a ele, que continua a escrever no celular.

Percebendo minha intenção, Ezra salta da cadeira e se põe na frente de Spencer. O filho da puta acha que pode brincar com a minha cara e ficar por isso mesmo.

— Spencer, saia — ordena Ezra, erguendo as mãos em frente ao seu corpo para eu continue onde estou.

— Saia da minha frente — rosno em tom de ameaça.

Mas ele não se abala, porque o mesmo sangue quente que corre nas veias dele também corre nas minhas. Nosso DNA não nega.

— Estou de saída, tenham uma boa reunião. — O desgraçado guarda o celular no bolso da calça, logo depois passa a mão pelo cabelo loiro bagunçado, e levanta o rosto para me encarar.

— Dê o fora daqui antes que eu o faça se arrepender por cada palavra que deixou sair da sua boca fodida. — Estreito os olhos e passo a mão na minha arma por cima do tecido do meu blazer.

Reparando que não estou para brincadeira, o medo atravessa seu rosto. Spencer engole em seco e balança a cabeça, concordando.

Olho para os outros, que continuam assistindo calados ao showzinho de merda que estamos dando de graça.

— Só vá, Spencer — manda Ezra, gélido, e o caçula o obedece.

— O moleque ainda vai me dar prejuízo. — Massageio a nuca, sentindo algumas pontadas latejantes.

Era só o que me faltava: sentir dor de cabeça. Estou puto da vida com aquele insolente. Sorte dele que o nosso irmão intercedeu por ele, mas, em sua próxima falha, mostrarei onde é o seu lugar.

— Vamos esquecer Spencer, temos assuntos mais importantes. Ele que se foda — diz Axl, a boca transformada numa linha dura. Está com raiva, assim como eu.

— Concordo com você, irmão — fala Carter, dando uma risada amarga. — Se Spencer deseja viver uma vida boêmia, não somos nós que iremos colocar juízo naquela mente de merda dele. Ele já é maior de idade, e se não quer assumir um cargo dentro da máfia, que se dane. Se estamos aqui, ao seu lado, é porque sabemos a importância da nossa união. Antes de mais nada, preciso dizer que as coisas que mais importam são a nossa família e os negócios. Só depois pensamos em curtições.

O que mais me orgulha em Carter James Knight é saber que, mesmo aparecendo poucas vezes, e sendo mais focado em seu mundo — que são os carros e as corridas — seja um homem de poucas palavras, quando fala alguma coisa é para deixar registrado. Não precisa de muito para marcar presença.

— Estou de acordo — declaro. Ele balança a cabeça concordando, e Alec o acompanha. Só Ezra ainda está com o semblante fechado e pensativo. — Vamos continuar de onde paramos.

Solto um suspiro.

A reunião dura mais horas do que eu imaginava. Todo transtorno que passei mais cedo não mudou o foco do nosso grupo e consegui transmitir todas as minhas estratégias para eles, sem deixar nenhum detalhe passar.

Alec nos disse que também está montando uma estratégia há cerca de um mês, mas ainda não conseguiu finalizar, porque precisamos de novos *hackers* para que possamos encontrar as coordenadas dos russos. Os que temos não estão dando conta do serviço.

Temos um plano B também, que é invadir o território deles e matar um por um até chegar ao chefe, mas, por enquanto, estamos deixando-o de lado, porque não iremos agir por impulso e perder nossos homens, que têm suas famílias, em uma guerra da qual poderíamos sair perdendo.

— Pietro, cadê Julian? — Alec questiona assim que Pietro atende à sua ligação. — Mande que arrume alguns homens do galpão 16. É ordem do general...

Alec fica em silêncio, atento, antes de rosnar, irritado.

— Conseguiu, Alec? — pergunto.

— Sim. Eles vão pegar a estrada de chão e chegarão antes que Spencer tenha tempo de fazer alguma merda — fala, encerrando a ligação e pegando da cintura a arma com silenciador.

— Merda, preciso ir. Isso pode ser perigoso, e não vou permitir que ela se machuque! — Ezra brada e sai em disparada, sumindo do nosso campo de visão em questão de segundos.

Pelo jeito, sou o único confuso, porque a reação dele não parece nada anormal para Axl e Alec.

— Ele foi atrás da nova garota do cassino — explica Alec.

— Fergie Luther, a amiguinha do minibastardo — completa Axl, sorrindo com divertimento enquanto olha para a porra do celular.

Aposto que tem a ver com a vagabunda da Melissa.

— Já que não temos mais nada para resolver, não vou ficar aqui perdendo tempo. Tenho muitos problemas na empresa — declaro, preparando-me para sair.

— Leve a maleta com as armas, Killz. Estou indo para a casa da minha garota e não quero que ela veja isso — murmura Axl, guardando o celular no bolso.

— Esse é o meu trabalho, senhores. Agora levantem suas bundas daí e vazem — fala Alec, divertido.

— Como é mesmo o nome da prima da Aubrey, Killz? — Axl pergunta, de repente.

— Alessa. A garota está estagiando em um hospital aqui perto, mandei um dos meus homens ficar de olho nela, disfarçado. Os homens de Russell estão na cola dela como malditas sombras — revelo sem problema algum.

— Hum... Acho que sei quem é. Mas, para ter certeza, preciso vê-la, nem que seja de longe. Pietro disse que a garota parece ser boa. Talvez seja uma boa ideia arrumá-la para ele — idealiza Axl, sorrindo amargamente.

— Não! Ninguém toca nas garotas. Estou avisando, se eu souber que um dos nossos homens chegou perto de Aubrey ou de Alessa sem meu consentimento, eu mato. Não é a porra de um pedido.

— Foda-se! A última coisa que eu quero é uma mulher para me dar dor de cabeça — Alec se defende.

— Estou satisfeito com a minha. Fora que meu pau se recusa a comer uma mulher com sangue do inimigo correndo nas veias. Agora, se me dão licença, quem está de saída sou eu — exclama Axl, ajeitando a jaqueta de couro por cima do ombro.

— Estamos de acordo.

— Sim. — Suspira Alec.

— Alec, acabe com o informante e mande aos russos as mãos e a língua dele em uma caixa de presente com as minhas lembranças — ordeno, retomando um dos pontos da reunião.

— Agora mesmo. — Alec parece uma criança que acaba de ganhar um presente de Natal quando segue Axl para fora e me deixa sozinho.

Os desgraçados acham que podem fazer o que bem entendem bem debaixo do meu nariz. Está na hora de mostrar que estão enganados. Posso até fingir que não vejo, mas a verdade é que sempre vou estar um passo à frente, pronto para atacar e destruir qualquer um que se meta no meu caminho.

CAPÍTULO 18

AUBREY RUSSELL

Depois que descobrimos, no decorrer da semana, que somos alvos de supostos inimigos, convenci minha prima a sair do apartamento que meu pai arrumou para ela. Sou tirada dos meus pensamentos quando Lessa aparece, soltando um suspiro de cansaço. Ela esfrega uma das mãos na coxa por cima da calça jeans, e com a outra puxa a bagagem de rodinhas.

— Está pronta? — Levanto-me da cadeira.

Ela pressiona os dedos nos lábios como se estivesse pensando em algo, mas logo sorri, divertida.

— Sim.

Ela coloca uma mecha de cabelo atrás da orelha, encarando-me, sorridente. Fico por alguns instantes admirando a sua beleza. Minha prima é muito linda; corpo de mulher, mas rosto angelical. Nem parece ter a idade que consta em sua certidão de nascimento, parece ser uma menina. Apesar de muitos falarem que meus olhos azuis são lindos como o mar, eu gostaria de ter os dela, cor de mel, intensos.

— É só colocar as malas no carro e podemos partir — avisa, caminhando até a porta, arrastando a bagagem de rodinhas.

— Certo. Cadê as chaves do seu carro? — Balanço a cabeça, concordando.

Vou até a janela e espio, afastando a cortina para ter ampla visão da cidade.

— No bolso da minha calça — fala.

Continuo de costas para ela, observando a movimentação da rua. Há algum tempo, eu estaria pensando que todas as viagens eram para meu aprendizado e seriam levadas para a vida toda, mas agora consigo enxergar que fui enganada pelas pessoas em quem eu mais confiava. Ainda assim, muitas dúvidas martelam em minha cabeça.

— Ok — respondo.

E se eu estiver errada? E se não for nada disso? E se eu estiver me precipitando? Droga! Preciso ficar calma e tentar compreender, afinal, nada na vida acontece sem um motivo.

Respire. Analise. Pense. Você é Aubrey Lewis Russell, você pode, seja forte!

Estreito os olhos quando noto uma movimentação suspeita do outro lado da rua. Tem um homem mal-encarado olhando para o nosso andar. Meus joelhos tremem quando percebo que ele tem uma arma. Procurando não alarmar Alessa, continuo olhando em sua direção, mas ele parece não ter me notado, fala sozinho. Quem não entende o que está acontecendo, pode até achar que ele é louco. Mas com certeza é um informante. Não podemos vacilar logo agora que o perigo está batendo à nossa porta.

— Meu Deus... — Meus lábios tremem e eu estremeço.

— O que houve?

Escuto alguns passos atrás de mim. Viro o rosto e vejo Lessa se aproximando com expressão assustada.

— Tem um cara... Ele estava olhando para cá. Não me viu, mas... Eu vi uma arma.

Recuo alguns passos e acabo trombando em minha prima.

— Como ele é? — Alessa toma minha frente e vai até a janela.

Com o corpo enrijecido, sigo até ela e coloco a mão em seu ombro.

— Aquele ali. O que está no canto, à direita — gaguejo, apontando para o homem mal-encarado do outro lado da rua.

— Por Deus! — Alessa puxa a cortina, tapando nossa visão.

— Por que fez isso?! — pergunto, meio alterada, ofegando.

— Ele está me seguindo desde que cheguei a Londres!

Ela balança a cabeça em modo de negativa. Lágrimas enchem seus olhos, e sinto os meus ficarem molhados também. *Estamos apavoradas.*

— Fica calma e respira. Olha para mim, Alessa.

Abraço-a com força e, em seguida, afasto o seu corpo do meu. Toco em seu rosto banhado em lágrimas.

— Será que nós vamos morrer tão jovens? Eu sempre acreditei que esse negócio de máfia só existisse em filmes.

Seu peito sobe e desce. Lessa permanece de pé, olhando-me amedrontada e com o queixo trêmulo. No mesmo instante em que eu vou consolá-la e dizer que estamos juntas nessa, a porta é arrombada brutalmente. Somos pegas de surpresa. Na verdade, o pressentimento ruim que eu estava sentindo talvez fosse isso. Dois homens de jaqueta preta e calça rasgada, com tatuagens no pescoço, invadem o apartamento com armas em punho. Alessa parece a ponto de ter uma crise de pânico, seu corpo treme da cabeça aos pés. Quero gritar e pedir socorro, quando vejo o terror atravessar o rosto dela.

— Rápido! Coloquem as duas na van — o careca tatuado ordena, enquanto abre os armários e joga no chão tudo que vê pela frente. — Shawn, fique de olho no lado esquerdo da janela.

Ele nos lança um olhar porco.

— Claro — responde o de cabelo loiro, que, aliás, é muito bonito para ser criminoso.

— Calma, respira e não grita, por favor! Ou vai ser pior... — sussurro ao ouvido da minha prima.

Assentindo baixinho, ouço-a cantarolar uma canção.

Talvez o senhor Conan tenha subestimado seus rivais. Solto um gemido de dor quando sou puxada pelo cabelo. Minhas costas batem no peito duro do homem asqueroso, as mãos ásperas se fecham em meu pescoço e eu arregalo os olhos. Temerosa, olho para minha prima, que também está presa pelas mãos de um dos homens. O punho dele está fechado no cabelo dela.

— Vamos vazar daqui! — Sou arrastada pelo cabelo. Grito, mas me arrependo no mesmo instante ao receber um tapa no rosto. — Ouse gritar de novo e quebro seus dentes, gatinha. Está me ouvindo?

Eu assinto, amedrontada.

— Isso aí, vadia. — O homem dá uma risada sombria e para de me arrastar.

— Seu porco, se não nos deixar em paz, você vai se arrepender! — grito, mesmo com medo do que está por vir.

Ouço risadas altas e me encolho.

— Quem vai te proteger de nós, docinho? Seu papai ou o fodido do Killz? Bem, acho que a segunda opção está fora de cogitação, porque ele só quer te usar para se vingar do seu velho, então pode esquecer. Se você morrer, vai estar fazendo um favor a Knight.

O desgraçado me aperta e eu solto um grunhindo.

O que esse cara está falando?

— Mentiroso! Nos deixem em paz — rosno e me debato em seus braços, porém, sou impedida ao receber um aperto no pescoço.

— Foda-se se você acredita ou não, mas Killz só quer vingança, e você foi o melhor caminho que ele encontrou — ele fala perto do meu ouvido.

O hálito quente do homem me dá náuseas.

— Prove que está falando a verdade, não acredito em você! — insisto, mesmo sabendo que pode não ser uma boa ideia.

— Shawn, a princesinha do Conan não acredita que está sendo usada. — O careca ri, bem-humorado.

— Fred, cala a porra da boca! Vamos logo, pare de perder tempo com essa piranha. — O tal Shawn, que segura Alessa, me encara com raiva. — Estou ficando sem paciência! Se você abrir sua boca mais uma vez, eu mato a sua priminha, está me ouvindo?

Malditos covardes.

Com o coração acelerado, assinto. Sentindo-me derrotada, fecho os olhos, já pensando no pior. Ele me coloca em seu ombro e bate em minha bunda. Debato-me com raiva, a ânsia me toma por completo.

— Vamos levar as vadias.

Eles riem. Os dois homens descem as escadarias dos fundos do prédio comigo e Alessa em seus ombros.

Sem ter as respostas para as provocações do homem, deixo as lágrimas caírem. Como assim estou sendo usada para uma vingança? O que ele falou é sem sentindo, talvez seja armação desses nojentos para me deixar mais amedrontada.

Tudo fica bem mais complicado quando somos arremessadas dentro da van. De repente, estamos em meio a uma perseguição, com os carros se movimentando em alta velocidade. Tiros são disparados contra o carro em que estamos e podemos ouvir os caras gritando. Lessa está em choque, não consegue se mexer. Obrigo-me a reprimir todo o medo que me assola para poder agir e nos proteger.

Vasculho a van em busca de algo que possa nos ajudar. O espaço é todo fechado, apenas os buracos na lataria feitos pelas balas possibilitam a entrada de luz. Noto que meu braço está ferido, certamente fui atingida em um dos disparos contra esse veículo. Preciso pensar e não alarmar Alessa, que já está pirando. Recordo-me de que na infância brincávamos na van de papai e tinham compartimentos ocultos nas paredes, pode ser que tenhamos sorte e eu encontre algo para nos ajudar a sair daqui. Rastejo por toda van em busca de algo nas paredes, até que encontro um fundo falso com armas.

Pensa, Aubrey, pensa!

Preciso salvar nós duas. Vou tentar o que aprendi com meu pai, e seja o que Deus quiser.

O tiroteio fica mais intenso. Aproveito a oportunidade para disparar cinco tiros na porta, na direção de onde acho que é a maçaneta. Alessa cobre a cabeça, deitada de bruços. Ela só chora e se encolhe. Seu pavor é perigoso demais, pois nessa situação ela não tem reação, e preciso que me ajude.

Somos arremessadas para o fundo da van com um impacto forte. Minha cabeça dói demais. Tento me ajustar e recuperar a força que me foi tomada pela pancada. A porta abre, dando-me a certeza de que atirei no local correto, violando-a. O impacto fez com que nosso único meio de fuga abrisse. Rastejo até Lessa, que está em choque. Examino-a e encontro somente pequenos arranhões. Posso ouvir os xingamentos enfurecidos dos sequestradores e os gritos de alguém falando que o motorista foi atingido e perdeu a direção. Aparentemente, estamos encurralados, em meio ao fogo cruzado, mas temos somente essa oportunidade para sair sem sermos mortas por esses miseráveis.

Sem pensar, e impulsionada pela adrenalina, pego as mãos de Lessa, que está deitada ao meu lado. Meus olhos embaçam com as lágrimas. Fecho-os e me lembro de quando meu pai me ensinou a usar uma arma. Não tinha entendido os motivos dele, mas agora, ainda que seja um grande absurdo, tudo faz sentido.

— Estou com medo... Aterrorizada — sussurra Alessa.

Antes que se lembrem de nós, precisamos sair daqui.

— Prima, me escute. A porta já está aberta, precisamos somente sair, tudo bem? — falo com a voz embargada. — Precisamos sair agora. Consegue andar? Você tem de ser forte! Preciso da sua ajuda, sem você, não vou sair! — peço, encarando Alessa, que assente com o medo estampado em seu rosto.

Rastejamos até a porta e descemos devagar. Estamos num lugar esquisito, deserto, mas tem uma espécie de estacionamento aberto. Com muito medo de ser atingida por um tiro, puxo minha prima comigo.

— O único jeito de escapar é correndo. Juntas, vamos conseguir, está bem? — incentivo, pegando em seu rosto.

— Tudo bem, vamos.

Entrelaço nossas mãos e saímos em disparada.

Já estamos sem fôlego quando encontramos uma construção. Não me enganei com o primeiro julgamento, supondo que fosse um estacionamento. Aparentemente, está tudo abandonado. Corremos tanto que meu coração parece querer sair pela boca.

— Lessa, aqui vamos ficar seguras até que passe o tiroteio — digo, tentando consolar minha prima.

Analiso o espaço que parece o esqueleto de um mercado ou shopping. É tão grande e tem tantos escombros que assusta, mas, no momento, nos abriga, é o que importa. Acaricio a cabeça de Alessa para tentar mantê-la mais calma. Assusto-me ao ouvir meu nome.

— Aubrey! — Ouço novamente, ecoando pelo local.

Reconheço a voz de imediato.

— Killz! — falo com Alessa, confusa e amedrontada ao mesmo tempo.

Encolho-me, abraçando-a. Com medo de estar ouvindo coisas, percebo que minha prima desmaiou.

— Estão aqui, Killz. — Tirando os óculos de sol, Axl pega Alessa completamente apagada.

Dou graças a Deus por ver um rosto familiar nos ajudando.

— O que está acontecendo? — indago ao ver Killz, chorosa.

Ele me apoia e eu o abraço, afundando o rosto em seu peito, sentindo tremerem todos os ossos do meu corpo.

— A garota vai ter uma convulsão, temos de sair daqui agora — alerta Axl, carregando minha prima.

— Ela só está assustada.

— Sou formado em Medicina, sei o que estou falando, Aubrey — o irmão de Killz fala e nos deixa para trás.

— Isso é verdade? Ele sabe o que está falando? — assustada, questiono.

— Tem muitas coisas que você precisa saber sobre a minha família, prometo que vou contar tudo. Agora, vamos dar o fora daqui — Killz fala e me pega no colo.

Sinto-me segura em seus braços. Fecho os olhos, encontrando a paz onde jamais imaginei ser possível. Killz rapidamente, e de uma maneira tão errada, está se tornando um porto seguro que eu mal conheço, mas onde desejo tanto me atracar. Meu repentino amor impossível.

CAPÍTULO 19

KILLZ JAMES KNIGHT

Reunidos na mansão da nossa família, Axl me dá um olhar preocupado ao aferir a pressão de Alessa. Aubrey percebe e dá um beijo suave no rosto da prima.

— A pressão está boa, a convulsão é o que me preocupa. Ela já teve isso antes? — Axl pergunta, pegando o termômetro.

— Não, mas acho que quando passa muito nervoso, fica assim — fala Aubrey, acariciando o rosto da prima.

Ela nem imagina, mas nós sabemos tudo que passa na vida delas, inclusive que Alessa é filha de Castiel Russell, e que foi depois de ele ser assassinado que o problema de convulsão da prima começou, quando ela ainda era pequena.

— É normal, muitas pessoas passam por isso quando enfrentam situações estressantes — meu irmão fala, enquanto guarda alguns objetos na mala.

Ouço um grunhido vindo da garota que está acordando, e seus olhos se arregalam. Ela olha para Axl, sentado ao lado dela, e, neste momento, peço aos céus para que Aubrey não se lembre da vez em que tomei o tiro. Espero que não pergunte por que ele não cuidou de mim, já que é médico. Não posso contar a verdade e dizer que ele estava em outro lugar, resolvendo problemas no cassino de Ezra, pois seria o fim do sigilo dos nossos negócios.

— Quem são vocês? Eu te conheço de algum lugar... — murmura Alessa, olhando para meu irmão, que acaba de engolir em seco.

— Trombamos no hospital — ele confirma, dando de ombros.

— Vocês se conhecem? — interfere Aubrey, cruzando os braços sobre o peito.

— Foi no dia em que Killz tomou o tiro — responde Axl, saindo de perto da garota Russell. — Minha parte está feita. Já vou indo. Estou atrasado para me encontrar com Mel.

— Axl — repreendo-o. — Devia seguir meus conselhos. Essa mulher não serve para você.

Faço menção de continuar minha fala, de repente, o local é invadido por marmanjos; meus irmãos.

Finalmente o caçula e eu estamos cara a cara novamente depois da raiva que ele me fez passar na reunião. A sorte dele foi Ezra ter intercedido por ele, mas foi a última vez que nosso irmão atravessou meu caminho para que eu não colocasse Spencer no devido lugar.

— Aqui está o fujão — provoca Carter, empurrando Spencer para se sentar na poltrona do quarto, distante das duas mulheres. — Largou a nossa reunião para fazer racha com os amiguinhos.

— É perda de tempo esse daí — Axl declara, seguindo em direção à saída do quarto. — Agora, com licença, estou de saída.

— Temos visita — pigarreio, alertando-os. — Essa é Aubrey, e a outra é Alessa Russell, prima dela, como vocês já sabem.

— Senhor Knight, preciso conversar com o senhor em particular — pede Aubrey, aproximando-se. — É coisa rápida. Logo minha prima e eu iremos embora.

Assinto, passando a mão pelas costas dela.

— Vamos — chamo-a, tentando conduzi-la até o escritório no andar de baixo.

— Vou ficar aqui com eles, sozinha? — pergunta Alessa, saltando da cama onde foi acomodada. — Por favor, Aubrey. Nem ao menos conheço esses homens.

Travo os pés com as palavras da garota atrevida.

— Não vamos te devorar, docinho. Você não faz nosso tipo. Tem cara de lesada e inocente demais, gostamos de garotas fogosas — diz o bastardo. — Pelo menos, eu gosto — debocha, levantando-se da poltrona e saindo, sendo seguido por Carter e Ezra, que se mantiveram calados todo o tempo.

— Alessa, fique no quarto, já volto para conversarmos — assegura Aubrey.

Assentindo, Alessa se tranca no quarto.

— Preciso falar seriamente com você, senhorita Lewis — digo, quando estamos do lado de fora do quarto.

— Digo o mesmo, Killz James Knight, primeiro herdeiro da máfia inglesa. Qual a sua intenção em me ter por perto se o que mais quer é ver a minha família debaixo dos pés da sua? — Ela me pega de surpresa. — Por que não nos matou quando pôde? O que deseja de mim, Killz? — dispara, enfática. — Vai me usar de isca para ter o meu pai? É isso?

Logo começa a chorar. Rio da situação e jogo um lenço que pego em meu blazer para que enxugue as lágrimas superficiais.

— Deixe de paranoia, mulher. Esse negócio de máfia é coisa da sua cabeça, isso não existe.

Ela não pode saber, não agora. Continuo seguindo em direção às escadarias, mas ela volta a me interpelar.

— Tenho provas de que você está querendo me enganar! Esse negócio todo é fachada só para concretizar uma vingança sem valor! — A mulher chora, alcançando-me enquanto desço as escadas de madeira. — Se vai nos usar, peço que deixe a minha prima ir. É nas minhas veias que o sangue de Conan Russell corre! — grita Aubrey, já em cima de mim.

Como descobriu que sua família é meu alvo?

Seguro seus dois braços e a imobilizo. Coloco-os para trás e encosto nossos rostos, olhando no fundo dos seus olhos assustados, e, ao mesmo tempo, determinados.

— Cala essa boca, porra! — digo entredentes. Ela se encolhe. — Como descobriu isso? Quem te contou, foi Scarlet?

— Não vem ao caso, senhor Knight! — Aubrey exclama, debatendo-se.

Se ela prefere assim, é assim que vai ser. Pego-a pela cintura, jogo-a sobre o meu ombro e termino de descer os degraus, seguindo para o escritório.

— Me larga! Seu... Seu... Asqueroso!

— Não foi isso que me disse quando estava me beijando — provoco, dando um tapa na sua bunda, fazendo-a se debater ainda mais.

— Que merda é essa? — pergunta Ezra, com uma taça de vinho nas mãos, quando entramos no cômodo.

— Não se meta.

Aponto com o indicador para a porta. Meu irmão sai, fechando a porta.

— Me solte, Killz.

Ponho Aubrey no chão e seguro seu pescoço, fazendo com que olhe para mim.

— É a porra da verdade que quer? — vocifero. — Então, querida, seu paizinho é meu alvo desde que decidi que seria, e você faz parte do pacote — falo, vendo a mulher arregalar os olhos. — O DNA de cada Knight é sujo, sabe por quê?

Rio, apertando suas bochechas com minhas mãos.

— Não — sussurra, assustada e decepcionada ao mesmo tempo.

— Porque máfia predomina em nossas veias, nosso sangue é contaminado por essa fodida herança. Isso vem de berço, nem morrendo pode ser mudado — revelo, vidrado em sua reação.

Se for para estragar tudo, eu estrago com estilo.

CAPÍTULO 20

KILLZ JAMES KNIGHT

Estou transtornado. Não posso cair de bandeja nos braços dela. Até fiquei com pena quando disse palavras duras, e há dias tento reprimir o fodido desejo que sinto por ela. Aubrey é filha do homem que matou meus pais, foi isso que descobri depois de anos de investigação.

Se algum dia quiser ter algo com ela, não sei se Spencer aceitará facilmente, não se souber que o pai da mulher com quem estou me envolvendo foi o mandante do assassinato dos nossos pais. Ele amava muito os dois, por isso é assim hoje; irresponsável, compulsivo e viciado.

Esse selo eu levo dentro de mim: a família vem em primeiro lugar. Vivemos para proteger um ao outro, não importam as circunstâncias. Se for possível, movemos céus, terras e, principalmente, o inferno, para que cada um de nós esteja seguro.

Desde o momento em que a herdeira de Conan completou dezesseis anos, soube da sua existência, graças ao dossiê deixado por nosso pai. Foi então que comecei a arquitetar um plano para atraí-la sem que o filho da puta do Conan desconfiasse. Durante todo o tempo, fingi desconhecer a paternidade da Russell, mas sei até quando aconteceu seu primeiro beijo, que foi debaixo de uma árvore no campus da faculdade, assim como sei da tentativa de perder a virgindade numa festa no Marrocos.

— Senhor, o irmão de Josh está na sala — avisa Pietro, referindo-se ao soldado que acabou sendo morto semanas atrás durante uma das confusões que Spencer arrumou.

— Mande todos saírem do corredor, não quero ninguém aqui. Hoje a diversão é minha.

Sigo até ele e empurro a porta preta do cômodo onde Jason Woddy está. A sala é toda fechada, só tem duas pequenas saídas de ar a três metros de altura, perto da cobertura do teto.

— Killz, voltei de viagem e logo de cara soube da morte do meu irmão mais novo. Morreu com um tiro no meio da testa dado por seu irmão! — grita Jason, esmurrando a parede.

Simplesmente continuo observando-o. Só agirei no momento certo.

— Quem acha que é para falar comigo desse jeito, Woody? — pronuncio bem baixinho.

O homem fica pálido de repente, no entanto, muda de expressão em seguida.

— Sou um conselheiro dessa merda, e vai ter de me engolir.

Inclino-me para frente e depois jogo a cabeça para trás, soltando um riso abafado. Todos que conhecem o limite da minha paciência sabem o que significa esse riso irônico.

— Foda-se! Quem se importa se você é um fodido membro, porra? Quem é você perto de um Knight?

Fecho meus punhos de tanto ódio que estou sentindo. Desejo arrancar o maxilar dele com as mãos e jogar para os cães famintos das ruas.

Como havia combinado com meu irmão, puxo a manga do paletó um pouco para cima e aciono o contato de Alec no *smartwatch* em meu pulso. Deixo a ligação no ar, ele já sabe o que precisa fazer. De repente, a sala escurece e um pequeno refletor surge no centro, exatamente onde está o pobre saco de merda.

— Que palhaçada é essa? — Jason grita; seus olhos arregalados.

Como uma ovelha desgarrada a fim de se juntar novamente ao seu rebanho, sigo lentamente, aproximando-me dele, que vacila e recua alguns passos. Cuzão do caralho!

— Vou mostrar o que acontece com quem me desafia, Jason. Ninguém dá nada por mim. Sou daqueles que gostam de entrar em acordos, sabe? Mas não gosto de sobrecarga e sempre elimino o peso extra.

Treinado para lutar desde pequeno, dou um murro na costela esquerda de Jason, que arqueia as costas, soltando um grunhido de dor. No canto da sala, bem perto de onde estamos, há uma mesa que comporta bem um corpo humano. Mandei grudarem os pés dela no chão para não correr risco de tombar com alguma cobaia pesada.

— Se sentindo ameaçado, Knight? — provoca Jason, partindo para cima de mim. Eu o seguro pelo pescoço, jogando-o sobre a mesa de ferro. — Sabe a vagabunda da herdeira do Conan? Ela está em perigo, sabia? Temos muitos homens infiltrados dentro do seu grupinho de nada. Agora eu te pergunto, Killz, quem é você perto da máfia russa?

O filho da puta gargalha.

Enfurecido, caminho com calma até a prateleira e pego um conjunto de navalhas e alicates, antes de tirar minha arma com silenciador da cintura.

— Deslealdade não é o meu forte, Jason. E você deveria saber disso. — Prendo seus pulsos com as algemas e deixo as pernas livres. Quero vê-lo em pânico até mijar nas calças. — Em breve, vai estar com seu irmão, porque não posso permitir que um escroto como você continue entre nós.

— Desgraçado!

— Prefere morrer por minhas mãos ou passar por aquele corredor e ser cravado de bala por trinta homens? — sugiro, rindo. — Hum, você não é aliado dos russos? — Dou de ombros. — O que acha da roleta-russa?

— Você não é o poderoso chefe? Faça o que quiser — Jason me afronta.

— Vou deixar a roleta-russa para outra ocasião. Agora, me conte mais sobre a história da filha do Conan. — Pego três dedos dele, porém, o do meio é o escolhido. — Papai Noel mandou dizer que era para escolher esse aqui, mas como sou teimoso vou escolher esse daqui — cantarolo, arrancando a unha.

O grito ecoa pelo cômodo, fazendo-me rir com seu desespero inútil. Vai morrer mesmo, para que se exaltar? Sinceramente, paciência não é o meu forte.

— Filho da puta! Foda-se você e seus malditos irmãos!

Solto-o e puxo o lencinho de dentro do bolso do paletó para limpar o sangue nas minhas mãos.

— Da próxima vez será o dedo. Agora me diga, quem sabe da existência da garota?

Foco. Minha calma está prestes a acabar.

Mais uma falha e irei furar os olhos dele.

— Prefiro a morte a trair a confiança deles. — Jason se debate, tentando se soltar.

— Dessa vez não terá Papai Noel. — Uso um falso tom triste. — Resposta errada, seu filho da puta.

Sem pensar nas consequências, arranco seu dedo do meio.

Como diz o ditado: ninguém pode fugir do que é, nem de si mesmo. E eu sou Killz James Knight, o chefe da máfia britânica.

— Pare, pare! Basta!

Ainda existem aqueles que dizem que chorar é coisa de mulher, que ninguém nunca o veria se borrando nas calças. Mas eu afirmo que chorar é um tipo de arte inspirada pela dor, e eu sou um sádico especialista em causá-la.

— Por favor... Porra! Pare!

Jason Woods chora como um bebê, implorando para não sentir mais dor. E estou só me aquecendo. Esses filhos da mãe realmente acreditam que são fortes. Fortes o caralho!

— Dói? — pergunto com ironia. — Sabe como é, nunca perdi um fio de cabelo, então não sei como é a porra da dor. — Gargalho, balançando a cabeça.

— Por que não me mata logo?!

Mexeu com meu sangue.

Mexeu com a memória dos Knight.

Um tiro.

Dois tiros.

Três tiros.

Certeiros, para não dar o que ele quer. Um na ponta da orelha, um na perna direita e outro perto do órgão genital.

— Estarei te dando 2% de chance de viver. Se não for um garoto obediente, vou mandar um dos meus homens encher o seu crânio com as balas do meu 38 guardado naquela gaveta ali. Estamos combinados?

— Sim... — Jason sussurra.

A dor nos seus olhos é visível.

— Ficará dois dias aqui, mas, lembre-se: só 2 % de chance de sobreviver. Agora me dê licença, tenho uma mulher para cortejar.

Abro a porta e saio, deixando o imbecil para trás analisando suas opções.

— Killz, o que fez com ele? — indaga Ezra, ofegante, assim que me vê do lado de fora.

— Nada de mais — respondo, jogando o lenço ensanguentado na lixeira. — Torture-o até falar o que a máfia russa quer com Aubrey, depois corte a cabeça dele e mande de recordação para Blood.

Ninguém fará mal a Aubrey, nem à família dela.

Até que eu decida ser o momento de mandar todos eles para uma dança com o capeta.

CAPÍTULO 21

AUBREY RUSSELL

Desde que Killz me prendeu aqui no quarto dele, não consigo fugir. O cômodo do desgraçado é trancado a sete chaves, nem ao menos tem janela. Seria mais fácil se estivesse no apartamento dele, mas, por azar, ele decidiu me trazer para a mansão Knight.

Sei que Alessa e eu estamos envolvidas nisso da ponta dos dedos dos pés até o último fio de cabelo. Maldita hora em que meu pai me deu aquela lista de nomes de países para escolher minha próxima moradia. Nunca me arrependi tanto por ter escolhido Londres e por ele ter me apoiado tão facilmente.

Há doze horas não como nada. Meu estômago grita por abastecimento, meu corpo está ficando fraco. Será que Killz se voltou contra mim e vai mesmo me matar para se vingar do meu pai? Ele saiu, deixando-me sozinha no quarto escuro com apenas um abajur ligado e uma câmera no topo da porta. Odeio ser vigiada e preciso fazer algo para mudar isso.

Olho em volta e enxergo uma cadeira no canto, perto do guarda-roupa, então me levanto para pegá-la. Talvez possa usá-la para arrancar essa merda, mas quando estou preparada para levar as mãos até lá, a porta é aberta brutalmente.

Acabo caindo com a bunda no chão e solto um grunhido de dor. Ergo os olhos e vejo uma mulher cheia de músculos e piercings com uma bandeja nas mãos. Ambos os braços dela têm tatuagens coloridas, o cabelo é um moicano rebelde, espichado, e os cantos dos lábios são preenchidos por metais. A criatura me assusta.

— Aqui é o quarto que a donzela está hospedada? Mandaram que trouxesse chá para você, herdeira de Conan Russell.

— Quem mandou foi Killz? — sussurro, com uma faísca de medo no coração.

— Não. Há dois dias ele saiu e não voltou, nos deixou no comando da mansão. — A mulher sorri, mostrando os dentes de ouro.

— Como assim? Cadê minha prima? — grito, sem querer.

— Olha o respeito, vagabunda. Todos os caras da organização já sabem que você é a filha do nosso inimigo. Killz é o nosso chefe, ele traiu a família dele! Não devia proteger um inimigo bem debaixo do próprio teto.

— Você não sabe o que está falando, não sabe! Talvez seu chefe tenha uma causa maior...

Começo a chorar de tanto medo. O olhar da mulher se torna frio.

De repente, ela coloca a bandeja na cadeira de madeira e vem em minha direção. Rapidamente, arrasto-me até a cama, tentando manter a distância.

— Causa maior tem a Rússia. — A mulher sorri, acertando em cheio um tapa no meu rosto. — Desculpa bater nessa carinha linda, mas meu futuro depende disso, entregar você para eles.

Meu cabelo é embolado por um punho formado pela desconhecida assustadora.

Sem pensar na possibilidade de Killz enfiar uma bala na sua cabeça, ela me joga contra a parede. Bato minhas costas com muita força e deslizo até o chão. Fecho meus olhos, tentando conter as lágrimas.

— Isso dói, pare! — grito.

Não sou capaz de me defender. A mulher tem quase dois metros e a força de um homem.

— Por isso o chefe te exilou. Você é bem gostosa, assim como sua priminha. Sorte dela que a direção não permitiu que tocássemos nela.

Quando a minha prima é mencionada, minha alma parece corrompida. Perco o foco, a respiração, e começo a gritar o quanto posso. Debato-me, mesmo amedrontada pela possibilidade de ser cruelmente assassinada sem ter a chance de conhecer um amor de verdade.

— Cala a boca, garota! — Sou arremessada mais uma vez, no entanto, agora para fora do quarto. — Pode gritar, ninguém vai ouvir. Todos estão fora — debocha. — Killz, em algum buraco, e os outros Knight estão todos ocupados.

O corredor está escuro e as luzes apagadas. Encontro forças e me levanto. Corro o quanto posso e chego às escadas, mas tropeço nos meus próprios pés e caio. O baque é grande e minha boca sangra, o gosto faz meu estômago embrulhar.

Fico parada, gemendo horrores com a dor que surge na perna esquerda.

— Vai, Aubrey, você consegue... — Passo dois dedos no canto da boca e tiro o sangue que escorre em meu queixo.

— Um, dois, três, quatro, cinco, seis... Achei! — ela praticamente grita quando me alcança ao pé da escada.

— Por favor, não me machuque! — imploro a ela. — Não machuque a minha prima também, nós não fizemos nada para vocês!

Eu só consigo chorar.

— Doparei você até voltarmos, é a melhor maneira de acalmar um bichinho de estimação desesperado.

Posicionando uma arma, a tatuada sorri diabolicamente e puxa o gatilho.

Morro antes mesmo de ser atingida pela bala.

Depois disso tudo, estou disposta a fazer um exame do coração, porque a minha vida nunca foi tão agitada como está sendo aqui em Londres.

— Solto ou não? — pergunta ela, com a voz divertida.

Um chute na minha cabeça, outro na coluna e um último no abdômen.

Grito, cuspindo sangue.

Minhas vistas ficam turvas, mas antes de perder os sentidos, ouço tiros soando ao longe e uma voz que reconheço:

— É uma pena, Gale. A garota é minha.

CAPÍTULO 22

KILLZ JAMES KNIGHT

Tentei amenizar algumas situações que estavam saindo do controle. Alguns rivais decidiram mostrar a cara novamente e um grupo invadiu o galpão onde Ezra e eu fomos feridos anteriormente. Alec foi quem me ligou para avisar sobre a guerra iniciada. Por todos os lados, havia sangue, mortos e feridos.

Ele me pediu para ir até lá dar algumas ordens para meus soldados, que estariam com os olhos abaixados para nossos inimigos, os russos. Tenho sede de sangue daquela maldita máfia.

Por causa de Jason e toda essa merda, tem dois dias que saí da mansão e me arrependo amargamente de ter deixado Aubrey sozinha, mesmo que tenha deixado alguns homens vigiando-a. Estou puto, pois não deveria tê-la deixado com fome, sede e medo.

Pensei que deixando Aubrey trancada, estaria segura, mas quando Alec e eu estamos indo para a casa, no momento em que entramos no carro, o celular dele começa a tocar. Ele atende e me olha. Pela primeira vez em muito tempo, sinto minha alma estremecer, porque posso presumir que a má notícia será direcionada para mim, não preciso de descrição verbalizada.

Eu sei que algo aconteceu.

Minha garota está em perigo, meus irmãos nem se importaram em certificar da segurança dela. Merda! Axl me decepcionou. Pedi que ficasse de olho nela, mas o filho da puta preferiu ir comer a vagabunda da Melissa ao invés de fazer a segurança de Aubrey.

Sinto-me um fodido, porra! A Russell está me possuindo aos poucos.

— Ele está aqui — diz Alec ao telefone. — Foda-se, junte alguns de sua confiança. Apesar de, no momento, estar difícil encontrar fiéis... — Ele faz uma pausa e respira fundo. Após ouvir algo que o homem disse do outro lado da linha, grita: — Quero todos mortos, Pietro! Todos!

Fico gelado, o gosto ilusório do sangue escorre nas paredes da minha garganta e me pergunto o que me tornaria fraco diante dos meus inimigos. Há alguns meses, eu daria um grande foda-se, mas, agora? Meu ponto fraco é a garota de olhos azuis e cabelo castanho. Eu me nego a admitir que sinto algo mais por ela, ainda que secretamente.

— Solte toda a merda que tem para mim, Alec — ordeno.

— Levaram a garota. Disseram que uma equipe do outro setor, que não tinha acesso à mansão, se infiltrou na casa e fez um arrastão por lá — explica. — Os indícios são que os nossos afiliados deram as costas para nós.

Meu corpo inteiro fica tenso. Meus pulmões se recusam a trabalhar, sinto-me sufocado pela grande bolha de culpa que paira ao meu redor. Perco todo o raciocínio. No instante em que capto a merda toda, percebo que isso não era para ter acontecido.

Ela ganhou. Aubrey está arruinando meus planos, meus ideais. A linda jovem está me destruindo sem perceber.

Trato de engolir o veneno, empurro-o para dentro, lutando contra a corrente insistente que tenta me puxar para o fundo da escuridão.

Não permitirei ser quebrado por ela. Por ninguém.

Kurtz foi assassinado num dos nossos galpões, assim como nossa mãe. Todos os vestígios mostraram que a máfia rival tinha culpa, que cruelmente os maltrataram.

Naquele dia, Carter, Axl, Ezra e eu estávamos treinando, aprendendo alguns truques no outro galpão, e só nos demos conta da desgraça quando voltamos à noite. Spencer, pelo menos, era muito pequeno e não entendia o que estava acontecendo.

— Me ouviu, Killz? — pergunta Alec, já conduzindo o carro.

— Não é como se eu tivesse ficado surdo, a porra do meu ouvido não entupiu, Alec.

Recuso-me a admitir estar gostando da Aubrey Russell sem nunca ter tido contato íntimo com ela. Só um simples beijo.

— Acabaram de me mandar um rastreamento. Vão levar sua garota para um hotel abandonado perto da estação Kings Cross.

— Liga para Axl, mande-o largar a cadela dele e vir conosco — rosno.

Aubrey é minha e de mais ninguém. Somente minha.

Sem se importar com o limite de velocidade, Alec faz cantar os pneus do carro. Prontamente, preparo uma boa quantidade de munição para minha pistola Taurus .45. Por hora, estou pronto para tirar sangue de qualquer desgraçado que a tenha machucado e que tente machucá-la.

— Houve uma conversa de que Guzman andou aprontando no setor que você a pôs, Killz — revela Alec, lembrando-me da puta da Scarlet.

— Não tenho cabeça para isso agora.

— Faltam dois minutos para chegarmos.

— Se for possível, fure os pneus, dê toda a velocidade que puder — peço, e assim faz o meu braço direito.

O lugar está movimentado, há pessoas indo de um lado para o outro.

Alec e eu somos comuns aos seus olhos.

— Não podemos ser impulsivos, há muita gente nas calçadas — digo. — O movimento é perigoso e nossa intenção não é machucar inocentes, temos de ser discretos.

— Vamos estacionar o carro ao lado daquele hotel ali e fingir interesse em nos hospedar, depois sairemos pela escada que dá para os fundos da rua — instrui Alec, colocando a arma no cós da calça.

— Feito — concordo, saindo do carro.

Ando a passos largos, ultrapassando alguns jovens que caminham lentamente, sorridentes com suas malas de rodinhas. Sem perder tempo, bato no sininho, alarmando a recepcionista.

— Seja bem-vindo ao nosso hotel! O senhor tem interesse em algum quarto? — A oferecida sorri, olhando-me dos pés à cabeça.

— Não teria perdido meu tempo vindo até aqui se não estivesse interessado — falo, sendo um tanto arrogante e direto. — Me dê o melhor.

A mulher abre a boca, percebo o quão assustada fica com a minha grosseria, mas não me importo. O tempo está passando e Aubrey corre perigo.

— Nome, por favor — ela pede, sem olhar para mim.

— Killz James Knight — digo, acenando com a cabeça para Alec, que já adianta o nosso plano.

— O senhor é aquele famoso empresário daqui de Londres?

— Há tantos famosos por aí, acho que não estou incluído no meio. Ter dinheiro não é sinônimo de fama — retruco, irritado. — Agora me dê licença, a senhora conversa demais.

Jogo um pequeno bolo de notas em cima do balcão, sem sequer contar quanto tem ali.

Meu tempo vale mais.

— As chaves! — a mulher fala, alterada, atraindo atenção de todos na recepção.

— Talvez mais tarde.

Essa merda não é necessária. A única coisa que me interessa é o acesso às escadas que dão para os fundos da outra rua.

— Conseguiu? — pergunta Alec.

— Sim, agora vamos.

Olhamos para os cantos e atravessamos o local, descendo as escadarias escuras.

— Segue aquela rota e eu sigo aquela — sugere Alec, apontando em direções opostas.

— Tudo bem. — Assinto.

— Graças ao rastreador que pôs no celular dela, conseguimos localizá-la. Aubrey está no último andar.

Faço como o planejado. Subo por umas escadas velhas, sujas de lama e limo. As paredes estão pichadas e há papelões em todos os cantos. O odor de fezes bate em minhas narinas e a vontade de vomitar ocorre em um segundo.

— Puta que pariu! — resmungo, andando na ponta dos pés pela rua, travando ao ouvir uma voz atrás de mim.

— Killz James Knight, primeiro herdeiro de Kurtz.

Viro-me e vejo o homem com o charuto nos lábios, seguido por dez homens, que surgem do nada ao seu redor.

— Conan Russell. — Sinto o mais venenoso ódio só de olhá-lo.

— Vim proteger minha filha. — O desgraçado olha para mim com imponência.

— Pegue seus cachorros e saiam do meu território!

— Aubrey e minha sobrinha estão em perigo — diz o infeliz, ignorando minha ordem. — Fodam-se as suas leis, seu moleque. Não é o melhor momento para um confronto. Agora mexa seu rabo e vamos buscar minhas meninas.

O miserável fala como se estivesse me dando uma ordem, mas ele vai entender que nenhum fodido manda em mim.

— Só no inferno que lhe darei esse gosto, seu velho!

Puxo minha arma e aponto para sua cabeça. No mesmo instante, os dez capachos fazem o mesmo na minha direção. Esse homem é um traiçoeiro.

— Você cresceu, Killz — fala Conan, levantando dois dedos.

Rapidamente os homens abaixam as armas.

— A vida toda eu me fortaleci para poder enfiar uma bala no seu crânio! — urro, fazendo o velho rir.

— *Killz, a garota está chorando, já estou aqui em cima, no quarto ao lado. Fiz um pequeno buraco para ter uma visão melhor*. — Ouço o aviso de Alec pelo pequeno fone interno de comunicação que encaixei em meu ouvido quando chegarmos ao hotel.

— Alec, espere — ordeno, nervoso.

— Falando sozinho, jovem?

Ignoro sua pergunta.

— Resolvemos depois, velho, agora venha salvar sua filha.

O único jeito é nos aliarmos por algumas horas. Quem sabe não surja uma oportunidade de matar o inútil?

— Enrique, encontre Alessa, já que você é o guarda-costas dela — ordena o velho para um homem com porte de agente.

— Sim, senhor — ele concorda e sai.

— Sabem os sinais, nada de barulho. Se a minha filha tiver um arranhão sequer, eu mesmo mato todos vocês, sem piedade.

Essas são as últimas palavras de Conan Russell antes de partimos em busca de Aubrey.

CAPÍTULO 23

AUBREY RUSSELL

Nunca senti tanto frio quanto agora, nem mesmo na chegada do inverno.

Sinto meu corpo fraquejar a cada suspiro que dou e a cada piscada arriscada. Meus lábios doem quando faço qualquer movimento. No canto do olho deve ter algum hematoma arroxeado, posso sentir isso.

— Ela está acordando, Blitz. — Uma voz desconhecida se refere a mim com bastante malícia.

— Quem fez essa merda toda com ela? — A outra voz se altera.

— A causadora está, no momento, queimando no inferno.

Eles gargalham.

Abro os olhos, mas só enxergo o borrão preto. Pisco três vezes para conseguir ver melhor.

— Olá, Aubrey Russell. — Um homem ruivo se aproxima de mim, mostrando a fileira de dentes de ouro. — Pode me chamar de Blitz. Sou o irmão do Blood, chefe da máfia russa. Já ouviu falar? — indaga, erguendo meu queixo dolorido.

— Não... — sussurro, sentindo a boca seca.

O gosto do sangue permanece na minha garganta, a dor é miserável.

— Uhum. Esqueci que Conan escondia você, até que uma putinha do Knight abriu a boca para nós, sabia? Conhece Scarlet Guzman? — Assinto, querendo chorar. — Abre a porra da boca, cachorra! — Blitz grita, empurrando minha cabeça para a parede.

— Pare, por favor... — peço com dificuldade. — Está me machucando, por favor.

Viro o rosto e cuspo sangue.

— Pegue-a, vamos levá-la para a Rússia. Deixarei minha querida esposa fazer o que quiser com ela. — Sorrindo diabolicamente, um cara alto e moreno enfia uma bola feita de pano dentro da minha boca, causando dor. Em seguida, aperta a corda presa em meus pulsos. — Vamos, leve a cadelinha no ombro — ordena Blitz.

Os cantos do cômodo são feios de se ver. A estrutura é horrível, as paredes pichadas, papelões sujos no chão, o péssimo odor me faz querer vomitar. Com os braços abertos para me pegar, o mal-encarado me dá um sacode e logo gargalha, fazendo-me chorar sem parar.

A minha realidade é irreal, como um cenário daqueles filmes de Hollywood.

Vejo Alec aparecer à porta velha com uma arma em punho, pedindo silêncio para mim. Os homens estão distraídos e de costas para ele. Na ponta dos pés, o capanga de Killz faz um sinal que não entendo muito bem. Dando um passo para frente, ele exclama:

— Ponham as mãos na cabeça e joguem as armas no chão!

Os dois homens imediatamente apontam suas armas para Alec. Em seguida, o que me segura firme nos braços pressiona o cano da sua arma no meu abdômen.

— Não se mova, Alec, ou a garota morre! — esbraveja Blitz.

O desespero é tanto que as batidas do meu coração estão num ritmo totalmente incomum. Quando imagino ser o meu último suspiro nessa terra, acontece a magia. Fecho os olhos, acreditando no milagre. Viro a cabeça e vejo meu pai e Killz lado a lado entrando pela porta.

O medo cria tanta ilusão assim? Dois inimigos, juntos? Será possível?

— Largue-a ou eu estouro os seus miolos, Blitz — ordena Killz, sem tirar os olhos do homem que me segura.

Gargalhando, o ruivo provoca:

— A garota tem uma arma apontada para o abdômen, Killz. Vai arriscar?

Distraído, o russo não nota os passos de Alec, que mira a arma na cabeça dele.

— Mande seu soldado de merda entregar a garota para nós ou seu irmão mais novo morrerá, Blitz! Olhe para aquela tela ali — pede Alec.

Um dos seguranças do meu pai dá dois passos para frente, mostrando para Blitz a tela do *smartphone*. Consigo ver o vídeo em tempo real que exibe um jovem rodeado de garotas, perto de uma *Ferrari*. O garoto é lindo. Com o cabelo ruivo-escuro, de costas para o carro, sorri por uma menina ter passado a mão em seu peito. A distração do ser humano pode ser sua derrota. Aquele garoto todo feliz não desconfia que está prestes a ser uma vítima de uma bala atrás do crânio.

Blitz grita várias palavras em sua língua.

— Brends estuda há onze anos na mesma escola, é jogador de basquete nas horas vagas, tem uma namorada chamada Zoe. Ambos usam muitas drogas. Isso não posso julgar, já que é um hábito de família, não é, Blitz? — Killz desafia o inimigo. — O que me diz, soltará Aubrey? A vida do bastardo drogado pela vida da garota — acrescenta, segurando a arma firmemente.

— Shawn, solta a vagabunda e tire o pano de sua boca! — grita Blitz, sem tirar os olhos da tela do celular.

— Terei a oportunidade de fazê-lo engolir essas palavras, mas meu tempo é precioso demais para gastar com algo tão tóxico como você — diz meu pai. — Agora, mande seu cão de guarda largar minha filha — ordena, fazendo um sinal estranho com dedos.

Só eu percebo o ato.

— Mande quem quer que seja tirar a porra da mira da cabeça do meu irmão, Knight.

— Alec — ordena Killz.

— Spencer, pode deixar o alvo. — Alec deve ter algum dispositivo, ele parece estar falando sozinho.

As minhas pernas fraquejam quando sinto o impacto de ser jogada nos braços de alguém. Não preciso olhar para saber que é Killz acariciando meu rosto contra seu peito.

— Calma, vamos embora. Eu vou cuidar de você — sussurra contra meu ouvido.

Puxando-me para fora com toda força, Killz me protege com seu corpo enquanto os tiros ecoam pelo hotel abandonado.

— E... Estou com sede...

— Vamos, tenho de dar banho em você e fazer algo para que possa se fortalecer. Está com muitos machucados — diz ele.

Dentro do quarto, ficam meu pai, Alec e os outros desconhecidos. O barulho é abafado após Alec fechar a porta.

— Meu pai e Alessa?

— Seu pai é velho nisso, ele não se machucará — afirma Killz, que me acomoda melhor no seu colo.

— Eles não têm outros homens na rua? — Encosto meu nariz na camisa dele, tentando fechar os olhos e pensar que amanhã será um dia melhor.

— Foram burros, vieram apenas quatro. Pensaram que éramos idiotas demais para isso.

— Meu corpo dói, Killz — sussurro.

— Pode descansar um pouco. Estou aqui, e não vou deixar ninguém te machucar, Brey. Eu prometo.

Posso confiar em suas palavras?

Sinceramente, não sei, mas não tenho escolha. Estou à sua mercê e acabo dormindo em seus braços fortes.

CAPÍTULO 24

KILLZ JAMES KNIGHT

Faz horas que estou velando o sono de Aubrey, e o maldito arrependimento me corrói por dentro cada vez que reparo nos machucados em seu lindo rosto. Entretanto, em vez de ficar me culpando, vou matar um por um que fez isso com ela. Na verdade, já estão mortos, mas quero a cabeça do chefe da máfia russa. O desgraçado que se acha no direito de invadir meu território e machucar as pessoas que me rodeiam, os meus protegidos. Se for necessário, farei de Conan Russell meu aliado, assim terei mais força e logo o descartarei também, simples assim.

Durante a madrugada inteira, ela gemeu de dor. Chamei Axl para examiná-la, e ele passou alguns anti-inflamatórios e disse que ela teve sorte por não ter uma lesão na coluna.

Que merda! Seria demais para alguém inocente nessa história toda.

Depois de dois longos dias, finalmente ouço Aubrey dar sinal de vida.

— Não, não me machuquem, por favor... — ela resmunga, mexendo-se com os olhos fechados. — Killz, cadê você? — chia baixinho.

Parece estar sonhando.

Inclino-me para perto dela, acariciando seu rosto, e minha doce menina abre os olhos, que denunciam o quanto está machucada e amedrontada.

— Estou aqui, *baby* — sussurro, limpando as lágrimas que escorrem por sua bochecha.

— Você ainda quer me machucar? — Ela me pega de surpresa com a pergunta. — Vai me usar para se vingar do meu pai? — Aubrey olha para mim com desespero. — Se quiser, faça logo, porque não tenho mais forças para resistir.

Ela chora, abruptamente se sentando na ponta da cama e deixando escapar alguns gemidos.

— Eu não sou capaz, não agora. Não mais. — Olho-a nos olhos. — É tudo novo para mim, Aubrey.

— O que quer dizer? — Ela me encara, curiosa.

— Não tenho coragem de te machucar, nem ao menos suporto o pensamento de fazer algo de ruim com você. E se for para destruir alguém, pode ter certeza de que não será você — falo com sinceridade, fitando-a no fundo dos seus olhos.

Aproximo-me do seu corpo encolhido. Deslizo os dedos em suas costas, sentindo seu corpo arrepiar sob meu toque.

— O que quer de mim, Killz James Knight? Diga — pede, enfiando uma das mãos dentro do meu cabelo.

— Quero tudo que você quiser me dar, Russell.

— Nossas famílias não se dão bem. Além disso, pelo que andei pesquisando, existem regras entre as máfias — ela aponta.

— Não sou nenhum moleque, Aubrey. Conheço as leis, e é para resolver situações como a nossa que serve o conselho.

Acaricio o rosto dela, que me encara por alguns instantes.

— Quanto tempo eu dormi? — pergunta por fim.

— Dois dias, precisamente — revelo, deixando-a abismada.

— Nossa! Isso tudo? — Aubrey pergunta, e eu assinto. — E o meu pai?

— O velho deve estar em algum hotel no centro de Londres.

— Por que chama meu pai de velho? — questiona ela. — Qual o motivo da rivalidade entre vocês?

Com dificuldade, ela fica de pé e se afasta de mim, escorando-se em uma cômoda.

— Assuntos pessoais. Agora volte para a cama e venha descansar, Aubrey.

— Já me sinto melhor, Killz — ela exclama, ignorando-me.

— Teimosa! Fique aí enquanto preparo alguma coisa para você comer. — Levanto-me da cama rapidamente e levo a mão à maçaneta da porta. — Mulher difícil! — resmungo, indo em direção às escadarias da casa de campo para onde a trouxe.

Ela não percebeu a diferença dos locais e nem quero pensar na sua reação quando perceber.

— Como você me trouxe para sua casa de campo?! — grita Aubrey, abrindo a janela do quarto.

— Não reclame. Aqui você vai poder descansar e se recuperar melhor — falo, pegando a bandeja em cima da cômoda, vazia após ela ter acabado de comer.

— Devo acreditar nisso, Killz? — Ela me encara. — Desde o momento em que descobri seus segredinhos sujos, não consigo confiar em você.

Ela solta tudo sem se importar com nada. A mulher estreita os olhos atrevidos e tenta sair do quarto.

— Não me dê as costas quando eu estiver falando com você! — grito, vendo-a abrir a porta. — Aonde pensa que vai?

Sigo seus passos conforme caminha pelo corredor.

— Embora, Killz! — responde, deixando-me para trás.

— Voando, querida? — ironizo. — Porque o único carro que tem aqui é o meu, e a chave está bem guardada.

Gargalho quando ela estaca no lugar, travando os pés no topo da escada.

— Filho da pu... — Calando-se, começa a descer os degraus.

— Respeite a memória da minha mãezinha, amor — falo, enfurecido. Corro para alcançá-la e abraço sua cintura, tirando seus pés do chão. Ela solta um gritinho que faz meu pau ganhar vida. — Se não quiser levar umas palmadas na bunda, pare de agir com infantilidade e vamos resolver essa merda como dois adultos — falo com firmeza, arrastando-a de volta escada acima.

— Vai me prender em algum depósito? — a mulher ironiza.

— O único lugar em que vou te prender é na minha cama, *baby*. É só pedir e ficamos o tempo que quiser.

Dou um tapa na sua bunda para provocá-la, mas é meu pau que reage primeiro. Porra, eu estou muito fodido.

— Filho da mãe!

Arrasto Aubrey para o meu quarto, o mesmo em que me hospedei desde que a trouxe para cá, desacordada. Ela bate as pernas e lamenta em um protesto frustrado.

— Quanta infantilidade, Russell.

Giro a maçaneta e a coloco no chão assim que entramos.

— Vai fazer o que comigo? — Aubrey ri.

— Nada que não queira.

— Onde está Alessa? — ela indaga, cruzando os braços sobre do peito.

— Com Enrique, o suposto guarda-costas dela.

— E Axl está com ela também?

Não respondo, meu silêncio já diz tudo.

— Tem uma coisa que quero fazer com você — falo, já incapaz de controlar o desejo que sinto por essa garota.

— O que é?

Sorrio de lado quando ela entra no meu jogo. Encurto a distância entre nós e puxo seu corpo, colando-o ao meu.

— Isso.

Com uma das mãos em sua nuca e a outra na base da sua coluna, abaixo a cabeça e colo nossos lábios. Ela não me repele, ao contrário, Aubrey oferece passagem para minha língua encontrar a sua, e aproveito o convite para apalpar sua bunda empinada por cima do vestido. Aperto-a ainda mais, esfregando minha ereção em sua barriga para que saiba o quanto eu a quero em baixo de mim, nua.

— Seu pervertido — sussurra.

— Me deixe te tocar, *baby*? — peço permissão, porque Aubrey é digna de ser tratada como rainha.

Sim, porra, uma rainha. Foda-se!

— Não quero mais negar o que sinto, Killz James Knight... E quero ser sua... — Aubrey me olha com fascínio e roça seus lábios nos meus.

— Você se protege?

Sei a resposta, mas pergunto mesmo assim. Não pretendo dizer a ela que vigio seus passos como um perseguidor maníaco.

— Eu tomo anticoncepcional, mas... — Ela finge uma tosse. — Só fiz isso uma vez e já faz algum tempo — fala timidamente, e um rubor colore seu rosto, deixando-a ainda mais linda.

— Deve ter camisinha em algum lugar.

Claro que tenho vários pacotes de preservativo, mas também não pretendo dizer a ela.

Meu pau vai acabar estourando se eu não me afastar. Caralho, até as bolas estão doendo agora.

— Vou tomar um banho — avisa. Seus olhos nublados pela excitação só pioram o meu estado. Ela recua um passo, respirando com dificuldade. — Pode me emprestar uma camisa?

— Claro, pode escolher no guarda-roupa.

Aponto para o móvel, mas muito tentado a dizer que não precisa se preocupar em se vestir, porque ela não vai precisar de roupa pelas próximas horas, ou, quem sabe, dias. Por fim, acabo ficando quieto para não a assustar.

— Eu já volto — fala por cima dos ombros antes de entrar no banheiro da suíte com uma camisa de botões na mão.

Deito-me na cama e fico contando os minutos desde que Aubrey entrou lá. Estou mais ansioso que adolescente virgem, porra! Dez minutos se passam, e já me sinto aflito. Vinte, e nada. Meu pau endurece mais quando imagino Aubrey esfregando o sabonete pelo corpo.

Puta merda! Lá se vão trinta minutos e, quando vai dar quarenta, estou quase tocando uma, mas, para meu delírio, a porta finalmente se abre. Nunca fiquei tão feliz em ter esperado tanto tempo. A mulher mais linda que já vi se revela para mim. Gostosa para caralho!

— Desculpe a demora, quando me disse que dormi por dois dias, senti falta da água lavando meu corpo. — Envergonhada, abaixa a cabeça.

Em um salto, vou até Aubrey.

— Não precisa se explicar. Valeu a pena cada segundo. Vamos aproveitar o momento, ok? — sugiro, deslizando os dedos por seus braços, testando todo meu autocontrole para não arrancar sua roupa e foder sua boceta aqui mesmo.

— É estranho estar aqui com você sabendo o que vai acontecer...

— Eu sou homem, você é mulher — sussurro com a voz rouca.

Desço os dedos até os botões da camisa branca e começo a abrir um por um sem deixar de olhar em seus olhos enquanto minhas mãos trabalham habilmente.

— Eu quero você, e você me quer. — Afasto as mangas para baixo e sou presenteado com a visão dos seios empinados e os mamilos rosados. Lindos, perfeitos. — Vou fazer você gozar como nunca gozou e te comer tanto que vai ficar sem andar por dias — falo baixinho, lambendo seu pescoço e beliscando os bicos durinhos quando ela joga a cabeça para trás e se oferece ainda mais. — E você vai dar essa bocetinha pra mim, vai gemer meu nome e levar o meu pau tão, mas tão fundo, que nunca mais vai querer outro homem dentro de você, *baby*.

— Killz... — Aubrey geme baixinho, revirando os olhos. Tira minha camisa sem nenhuma paciência e ri nervosamente. Eu acaricio seu cabelo, chupando e lambendo cada pedacinho de pele exposta. Constrangida, confessa: — Estou nervosa.

Ajudo Aubrey com as minhas próprias roupas e meu pau agradece a libertação.

— Relaxa, querida. Vou cuidar de você.

Deito minha garota na cama, acomodando-me entre suas pernas.

À medida que a beijo, sinto seu corpo aquecer, incendiando o meu. Seu cheiro é uma mistura irresistível de morango e chocolate. Sua pele macia emana vibrações positivas e uma sensação única de paz. Não posso negar que isso me atrai como um maldito imã.

— Hum... — geme entre nossos beijos.

— Seu cheiro é tão bom...

Ela geme novamente e arqueia as costas, empinando os mamilos que imploram pelo toque que sou incapaz de negar. Deslizo os lábios por seu pescoço, descendo pelo colo até alcançar o seio direito. Mando a delicadeza para o inferno e abocanho o monte farto, mamando como um filhote esfomeado, enquanto massageio o outro seio. Meu pau está tão duro que pode furar o colchão.

— Por... Por favor... — Aubrey suplica e se contorce.

Ela ergue o quadril e esfrega a boceta na minha coxa, desesperada pelo atrito, fodendo a porra do meu juízo.

— Por favor, o quê, Brey? — Parto para o outro peitinho, dando a mesma atenção, e aproveito para escorregar minha mão até o meio das suas pernas. Quase fico sem fôlego quando alcanço sua doce boceta pingando para mim. — Responde a porra da pergunta e me fala o que você quer, *baby*?

— Quero você, Killz.

— Me quer onde?

Ela geme, rebola, tenta desesperadamente se esfregar com mais força.

Eu vou dar o que ela quer e o que precisa, mas antes quero enlouquecê-la. Preciso que Aubrey me deseje tanto a ponto de implorar pelo meu pau.

Deposito beijos em sua barriga, deslizando minha língua por cada centímetro da sua pele macia e perfumada. Cada parte dela me inebria, pelo simples fato de ser uma mulher tão maravilhosa quanto um homem como eu pode desejar.

— Está molhadinha para mim?

Sinto que cheguei ao paraíso quando escorrego na cama e arrasto o nariz em sua boceta rosada, coberta por uma fina camada de pelos. Inalo seu cheiro de fêmea que está doida para ser fodida. Aubrey rebola na minha cara com as mãos apertando com força meu cabelo, fazendo o couro cabeludo arder.

— Sim. Sim, Killz... Ahhh... Por favor, por favor...

Suas lamúrias são o meu fim. Devoro seu clitóris, chupando, sugando, pressionando entre os lábios. Fodo sua boceta com um dedo, e quando Aubrey grita alto, acrescento mais um, aumentando a velocidade.

Seu canal estreito sufoca meus dedos, indicando que ela está perto, mas para o seu desespero e o meu deleite, eu me afasto rapidamente para cobrir meu pau com preservativo, voltando a me posicionar sobre ela.

— Olhe para mim.

Aubrey não tem tempo para protestar a frustração de não gozar. Ela me encara com seus lindos olhos sob as pálpebras que mal conseguem se manter abertas. Esfrego meu pau em sua boceta, indo e vindo numa lentidão torturante. Para ela e para mim.

— O que você quer, *baby*? — repito a pergunta, mordiscando seu queixo.

— Você...

— Onde?

— Dentro de mim.

Seus braços envolvem minha cintura. Suas mãos apertam minha bunda e me puxam para ela. Sorrio satisfeito, delirando com a sensação única de poder. Poder sobre o seu corpo, seus desejos mais sacanas e seu prazer.

— Vai me deixar comer sua bocetinha? — Aumento a pressão sobre o seu nervo inchado.

— Não me faça implorar mais. Preciso que me coma logo, senhor Knight.

Posiciono a cabeça do meu pau em sua entradinha claramente apertada. Aubrey afasta mais os joelhos, arreganhando-se para mim quando começo a meter devagar para que ela se acostume.

Porra! É como se ela fosse virgem de tão apertada.

Abaixo a cabeça, capturando seu peitinho com a boca, sentindo meu autocontrole desaparecer rapidamente conforme me perco dentro dela. Aubrey finca as unhas na minha pele quando me enterro até o talo em sua pequena boceta e é neste momento que o meu mundo desaba.

— Foda-se... — resmungo. — Estar dentro de você é a porra do paraíso, *baby* — sussurro ao seu ouvido.

Mordendo meu ombro, Aubrey move os quadris. Seguro-a com firmeza e meto com força, ensandecido com a quentura escorregadia que acolhe meu pau como nenhuma outra. Soco duro. Aubrey geme, rebola e me arranha. Soco fundo. Suas pernas abraçam minha cintura. Soco rápido. Ela me puxa para baixo e captura minha boca, completamente fora de si.

Sem demora, um gemido ecoa pelos quatro cantos do meu quarto.

— Oh, Killz... — Meu nome murmurado contra minha boca me impulsiona e motiva a comer sua boceta com brutalidade. Apoio os joelhos na cama, afundo a cabeça no vão do seu pescoço e deixo que ela me engula e cuspa, sem parar, quente como o inferno e molhada como apenas a perfeição deve ser. — Estou quase...

Sua boceta esmaga meu pau, preparando-se para o orgasmo que já está a caminho. Apoio seus pés nos meus ombros, usando a posição para prolongar ainda mais o seu prazer.

Uma.

Duas.

Três.

— Oh, Deus... Killz... Eu vou, eu vou... Ahhh!

Porra! Aubrey se desmancha e me leva com ela. Gozamos juntos, perdidos entre gemidos de prazer. Desabo sobre ela, que acaricia minhas costas.

— Você foi incrível, Knight...

— E você é a minha garota, Aubrey Lewis Russell.

— Meio pretensioso, não? — Aubrey ri contra meu ombro.

— Realista, *baby*. Você é minha e ninguém encosta no que é meu.

CAPÍTULO 25

AUBREY RUSSELL

Sinto uma trilha de beijos pelas minhas costas, então sorrio contra a fronha do travesseiro. Entrelaçando nossos dedos, Killz dá uma pequena mordida em meu ombro, fazendo-me virar para encará-lo. O sorriso dele é divino, espontâneo. Sorrio da mesma forma.

— Bom dia! — Sua voz é rouca quando ele beija meu cabelo espalhado.

— Bom dia...

Vagarosamente, levo meus lábios até os dele. Mordo com gosto o lábio inferior e, gostando da iniciativa, ele enfia a língua em minha boca, conseguindo arrancar um gemido de satisfação.

— Quero ser acordada assim todos os dias.

— Sou o único que vai te dar muito mais do que deseja.

Gargalho da maneira tão maliciosa com que Killz fala, mas logo me contenho quando sinto um toque ousado perto da minha virilha.

— Hum... Mãos bobas tão cedo? — brinco, acariciando seu rosto.

— Com quantos anos perdeu a virgindade?

— Dezenove. E você? — Fico curiosa.

— Digamos que com dezesseis eu já poderia estar fazendo filhos, mas optei por deixar isso para mais tarde.

— Vida sexual agitada na adolescência, senhor Knight?

— Até que não. Só tive quatro mulheres, cinco com você — revela.

— Posso saber quais foram as anteriores?

Sei que não é coerente perguntar sobre as outras mulheres que passaram pela vida dele, mas é mais forte do que eu. Vai que alguma delas ainda desperte o desejo do homem com quem acabei de me deitar?

— Somente uma foi importante para mim, ela se chamava Roselyn.

É doloroso ouvir Killz dizer que só uma teve importância para ele. Ainda que eu não tenha o direito de sentir ciúme ou fazer qualquer tipo de cobrança.

— Por quanto tempo viveu com ela? — A curiosidade e o ciúme invadem minha língua.

— Na época, Roselyn tinha dezenove e eu vinte e cinco. Ela era filha de um conselheiro da máfia — conta. — Robert a trouxe para morar numa das casas que oferecemos para os nossos conselheiros mais importantes. Mas não existe mais, acabei com isso assim que ela se foi.

Killz encosta a cabeça em seu travesseiro e olha para mim como se estivesse tentando decifrar meus movimentos inquietos.

— Uhum... Como se envolveram?

— Em uma noite que havíamos conseguido fechar um negócio muito favorável contra os rivais.

— Os Russos?

Ele confirma, continuando a falar.

— Roselyn era linda, tinha olhos grandes e arredondados, lábios finos e desenhados. Fiquei encantado pela filha de Robert desde o momento em que Lyn entrou no meu escritório, sem querer.

Sinceramente, não acredito muito no acaso. Killz fala tão docemente da Roselyn, que me dá náuseas de ciúmes e inveja.

— Você a venera, não é? — sussurro, virando as costas para ele.

— Venerava. Roselyn morreu. Ele a matou, Brey.

— Ele quem, Killz? — Engulo em seco.

— Blitz Ivanovich, o russo miserável.

— Por que odeia meu pai?

Acho que chegou a hora de colocar as cartas na mesa e aproveitar que ele está fazendo revelações tão dolorosas para sofrer de uma só vez.

— Conan é o culpado pela morte dos meus pais, Aubrey.

Eu não estava preparada para ouvir a revelação de Killz James Knight. É um choque. Levanto-me da cama em um salto, sem me importar com minha nudez. Abro a porta do quarto e saio correndo, deixando-o sozinho. Atravesso o corredor e me enfio no primeiro quarto que encontro aberto. Acendo a luz e me deparo com um cômodo luxuoso. A chave está na fechadura. Sem pensar direito, tranco a porta e respiro com alívio.

Eu não posso acreditar! Não! Já não basta descobrir que Conan é chefe de uma máfia, agora assassino dos pais do Killz? É muita coisa para assimilar. Fiz pesquisas sobre minha família e me recuso a acreditar. Meu pai não chegaria a esse ponto.

— Por quê, pai? O senhor sempre pareceu um homem tão correto...

Jogo-me numa das camas, ainda nua. Eu me encolho, permitindo que as lágrimas de arrependimento me destruam por dentro quando sou tomada pelas dúvidas mais cafonas como uma criança carente e confusa. O problema é que o meu caso é muito pior, porque sou a única culpada por ter sido curiosa e me intrometido em um assunto que não era da minha conta.

Está doendo demais.

Destroçando tudo.

Meu coração bate freneticamente. A dor não me abandona.

— Aubrey, abre essa porta e vamos conversar — Killz chama meu nome e bate na madeira.

Ignoro-o, fechando os olhos.

— Conan não é um assassino — sussurro.

— Não vou pedir outra vez. Seja uma boa garota e abra a porta.

O silêncio me toma. Travo a respiração quando ouço o estrondo. Abro os olhos e me surpreendo com meu chefe encostado no batente, a porta aberta e a fechadura destruída.

— Co... Como fez isso?

— Muitos anos de prática. Quer parar para me ouvir, Aubrey? Se todas as vezes que eu falar alguma coisa que não te agrade você sair correndo pelada por aí, nós nunca vamos conseguir resolver nossos problemas. — Sua voz é calma, mas seu olhar tem um brilho que não consigo definir o que é.

— Prove que Conan matou seus pais, prove! — peço, soluçando.

— Aubrey, confesso que no início eu quis te usar pra vingar a morte dos meus pais, mas durante os meses que passamos juntos, compreendi que você não fazia parte dessa guerra. Você me conquistou muito antes de eu fazer uma grande merda.

— Quis me usar? Você tinha a intenção de me levar para cama por causa de uma vingança, Killz James? — questiono e me forço a segurar um soluço. — É muita hipocrisia vir aqui me pedir para agir como adulta quando você foi um tremendo babaca imaturo.

Não consigo me conter, meus soluços se tornam cada vez mais altos.

— Escute!

— Não quero escutar você! — grito com ele. — Conseguiu sua vingança, pode me levar embora. Ou melhor, por que não me mata logo e manda alguma parte do meu corpo para Conan Russell, seu inimigo mortal?

Killz avança e, quando se aproxima de mim na cama, cuspo em seu rosto, pegando-o de surpresa. Atordoado, ele segura meu pescoço com uma das mãos e limpa a face suja com a outra.

— Sua ousadia me fascina, mas para tudo existe um limite, e você acabou de ultrapassar o meu.

— O que vai fazer? Vai me bater, por acaso? — pergunto ironicamente.

— Nunca bati em mulheres, Aubrey, e não vou começar agora — vocifera, intensificando o aperto.

— Então, por que está segurando meu pescoço?

— Porque tenho meus próprios métodos de punição, *baby*. — Sua mão desliza para o meio das minhas pernas, fazendo-me ofegar. — Não sou capaz de te machucar de propósito, mas garanto que posso fazer coisas muito, muito cruéis com você, querida — Killz revela em sussurros ameaçadores.

Seguro seus braços para não me desequilibrar quando ele dedilha meu clitóris, sem aliviar a pressão em meu pescoço.

— Por que aqueles homens me levaram? — Mudo o foco, tentando distraí-lo.

— A maior fraqueza de um homem é a mulher — ele fala, introduzindo um dedo em mim, então aperto uma coxa contra a outra.

— Como assim? — Mal consigo falar, respirar, nem sequer pensar.

— Eu quero você, mulher.

Ele afasta minhas pernas com o joelho, a mão que estava em meu pescoço puxa meu cabelo para trás num tranco forte. Levanto a cabeça, obrigada a olhar em seus olhos. Os movimentos no meio das minhas pernas aceleram e me deixam zonza.

— O que fará com meu pai? — Ignoro suas palavras.

— Kurtz foi assassinado, mas deixou um dossiê.

Kurtz deve ser seu pai, mas não tenho certeza e também não consigo raciocinar. Killz explora meu pescoço com sua boca quente e sua língua maliciosa numa tortura deliciosa.

— Essas são suas evidências? Isso não prova nada! Procure mais provas, por favor, por mim — imploro, mas ele sabe que não é apenas pelo meu pai que estou implorando.

Sua boca atrevida suga meu mamilo, sua mão aperta e puxa os fios longos, provocando uma ardência no couro cabeludo. Além de seus dedos entrando e saindo de mim, agora o polegar áspero maltrata meu clitóris.

— O que você quiser, Aubrey. Tudo por você.

Posso sentir o tom malicioso, ambíguo e... mentiroso. No entanto, não estou em condições de avaliar absolutamente nada.

— Onde está meu pai e Alessa?

O esforço para me manter lúcida é surreal. Prendo o lábio inferior entre os dentes, preparando-me para atingir o orgasmo.

— Seu pai está com os homens dele em um hotel no centro de Londres, dei ordem direta para que ninguém tocasse nele. — Sua língua explora minha orelha, queixo e lábios, mas ele não me beija na boca, divertindo-se com a minha frustração. — Alessa está com Axl, e você está aqui, *baby*, sendo fodida pelos meus dedos, doida para gozar. O que mais quer saber, querida?

— Surgiram muitas oportunidades de matar meu pai nessa trajetória toda, por que não o fez?

Minha voz falha miseravelmente quando o desgraçado simplesmente se afasta, levantando-se. Se eu não estivesse na cama me desequilibraria.

— Não é tão simples assim matar um membro importante de uma máfia, sabia? São muitas leis por debaixo de tantas rivalidades.

Killz mantém sua expressão neutra, indiferente, como se não tivesse acabado de me deixar na mão. Mas se ele pensa que eu vou dar a ele o gostinho de me ver implorar, está muito enganado.

— Ainda vai matá-lo? — pergunto, tentando disfarçar o latejar no meio das minhas pernas que anseia pela libertação prometida.

— Podemos mudar de assunto, Aubrey?

Acho que ele percebe, pois o tom da sua voz muda e seus olhos desviam dos meus, percorrendo meu corpo com gula.

— Tudo bem, Killz — concordo. — É obrigatório o casamento dentro da máfia?

Apoio as costas na cabeceira.

— Sim e não, depende da posição do homem dentro da... máfia.

Pegando-me desprevenida, Killz segura meus tornozelos e me puxa. Ele ajeita meu corpo, deixando minha bunda na beirada da cama.

— Como assim? — murmuro, revirando os olhos de prazer quando ele começa a chupar os meus dedos; um de cada vez.

— Cargos, Aubrey — fala Killz, com a voz rouca, abrindo minhas pernas que estão suspensas no ar e totalmente bambas. — Sou o chefe, meu cargo é o mais alto. Se eu engravidar uma mulher, mesmo que ela faça parte da máfia ou seja filha de algum conselheiro, posso optar por casar ou não. A decisão é minha, *baby*.

— Sim... Oh... — Engulo o gemido quando sua boca assopra meu núcleo superaquecido.

— Caso outra máfia queira fazer aliança, ambas são obrigadas a manter um elo.

Gemo mais alto ao sentir a ponta da sua língua percorrer todo o caminho, de cima a baixo em um vai e vem avassalador.

— Que... Que tipo... de... — Agarro o lençol e aperto os olhos, indo ao delírio de prazer. Sua língua atormenta meu nervo inchado, sensível e carente. — Elo?

— Casamento — fala, chupa e lambe o ponto sensível.

Fico sem ar.

— É verdade que, quando se casar, terá de ceder seu poder para Ezra? — Minha voz falha e solto um grito quando ele me penetra com um dedo.

— Não. Quem te contou isso?

Meus pensamentos nublam, confundem-se, perdem-se com os movimentos certeiros indo e vindo, dentro e fora. Rápido e gostoso; muito gostoso.

— Estou com fome, nessa casa tem comida? — Mudo rapidamente de assunto, envergonhada por estar à sua mercê. — Mas as regras não são essas?

Já não estou mais no controle de mim e me rendo, abrindo mais as pernas para dar mais acesso a ele.

— Meus irmãos são meus sucessores, e um dia eles irão assumir os negócios, serão chefes. Mas o meu poder dentro da máfia jamais acabará. Meu pai me deu esse direito antes de morrer, e eu sou um homem viciado em poder, Brey. — A voz é autoritária, poderosa e me domina facilmente.

— Não entendo dessas coisas.

Killz se afasta bruscamente, abro os olhos, sentindo falta dele dentro de mim. Ele está de pé, olhando intensamente o lugar abandonado e carente de atenção.

— Meus irmãos sempre terão poder na máfia, mas nunca poderão tirar o meu. — Ele se livra da calça, pega um preservativo e o coloca rapidamente antes de cobrir meu corpo com o dele. — Porque Kurtz cedeu seu poder para mim quando morreu, e agora é a sua vez de ceder, *baby*.

— Ceder o quê? — pergunto, sem entender o que ele está querendo dizer.

— O poder do seu corpo, querida — ele fala. Morde meu lábio inferior e me preenche de uma só vez, escorregando com facilidade. — Ele é meu agora. Sempre que eu quiser te foder, é assim que você vai ficar. — Killz não pede, ele me toma para si, e não tenho mais forças para negar. — Aberta, molhadinha e louca pelo meu pau.

A cama pequena balança, range e parece que vai quebrar a qualquer momento por conta das estocadas duras, que me endoidecem e entorpecem. Killz me beija com paixão e finalmente me permite gozar, alcançando sua própria libertação após algumas estocadas.

Ele se deita ao meu lado, ofegante, suado, e me puxa para me deitar em seu peito forte. Sei que deveria me afastar, mas não consigo e também não quero.

— Quando eu decidir formar minha própria família e quiser me aposentar... Aí, sim, posso ceder meu cargo para um dos meus irmãos — Killz diz depois de alguns minutos.

Seus dedos acariciam minhas costas.

— Quero tomar um banho — murmuro, incomodada com a quentura do local fechado e a sensação estranha que sinto com esse tipo de intimidade que nunca tive com ninguém.

— Vamos para meu quarto, deixei a banheira enchendo para você — ele fala.

Afastando-se, Killz se levanta e oferece sua mão para mim.

— Tem comida aqui? — pergunto novamente, aceitando o convite e também ficando de pé.

— Mandei comprar antes de trazê-la para cá. — Ele pisca e deposita um beijo casto em minha testa.

— Bem prestativo, chefe — debocho, dando as costas para ele e seguindo até a porta.

— Tudo por você, *baby* — zomba, passando por mim e dando um tapa na minha bunda.

Não tenho ideia do que está acontecendo comigo, porque eu deveria ficar irritada com a sua provocação, no entanto, fico mais excitada e ansiosa para saber o que ele vai fazer comigo quando chegar a hora da sobremesa.

CAPÍTULO 26

ALESSA RUSSELL

— Ela está acordando, se afaste! — Ouço uma voz, ou uma ordem, bem perto de mim. Vagarosamente, abro os olhos e vejo Axl, irmão do chefe da minha prima, e o meu suposto guarda-costas, ambos olhando-me estranhamente. — Pode ir, Enrique, vou cuidar dela — adverte Axl, dando um sorriso convencido para o homem que meu tio contratou para fazer minha segurança.

— Tenho ordens para protegê-la, Axl — pigarreia Enrique.

— Pode ir embora. É uma ordem.

Axl está irritado com a insistência do homem, que continua com sua postura de soldado e com o nariz arrebitado, encarando-o com deboche.

— Enrique, por favor, pode ir. — Decido interferir antes que algo ruim aconteça no quarto.

Concordando com o meu pedido, ele sai, deixando-me sozinha com Axl.

— Seu tio não sabe treinar os funcionários. — Não sei ao que ele se refere, então fico calada. — Já conhecia Enrique antes disso tudo? — indaga, fechando a janela de vidro.

— Não, mas ele sempre estava nos mesmos lugares que eu costumava frequentar. Achei que era somente coincidência.

— Não existe isso, Alessa.

— É, pude perceber. — Dou de ombros.

— Quantos anos você tem?

— Dezenove, por quê?

— Hum-hum... Sério? Você é... É... Tem corpo de mulher — ele gagueja.

— Óbvio que tenho, afinal, sou uma. — Reviro os olhos.

— Você é uma criança. Só tem dezenove anos, apesar de não parecer — fala Axl.

Idiota. Criança, onde ele está vendo a criança?

— Meu irmão me ligou, disse que já está trazendo sua prima — diz novamente e verifica o horário no relógio em seu pulso.

— Onde está meu tio, Axl?

A aflição toma conta de mim, mesmo sabendo que Conan Russell sabe se cuidar.

— O velho está em um dos hotéis no centro de Londres.

Axl é tão imprevisível, doce e amargo ao mesmo tempo. O homem me atrai.

Sei que está tudo errado, que ele tem uma namorada e a ama muito, mas não posso me privar de sentir.

— Por que vocês falam assim do meu tio?

— Pergunte ao meu irmão, garota. Tenho muita coisa para fazer. Vou mandar Enrique ficar à porta, se precisar de alguma coisa fale com ele.

Ele me encara com desdém e age como se mandasse em mim, o que me irrita, e não é pouco.

— Estou perguntado a você e não ao seu irmão, Axl.

— Tenho de ir, vou falar com o seu guarda-costas — declara, ignorando-me e se afastando.

— Vai ver a namorada? — As palavras saem da minha boca antes que eu consiga freá-las.

— Sim, tenho de ver se ela está bem depois dessa tragédia.

Suas palavras me afetam de uma forma tão constrangedora e inaceitável, que me pergunto por que estou incomodada com o carinho que ele demonstra sentir pela mulher.

— Boa sorte — falo, envergonhada.

— Você nunca namorou? — indaga Axl, surpreendendo-me.

— Suas perguntas são tão sem noção.

— Responda, Alessa. Você já namorou? — Ele desiste de sair e se senta ao meu lado.

— Qual é o seu interesse na minha vida amorosa? Nem mesmo meu tio quer saber sobre os homens com quem eu saio.

— Sabe o que eu percebi? — Nego com a cabeça. — Se lembra daquela vez que a gente se esbarrou no hospital? — Eu assinto. — Senti seu corpo estremecer, seus lábios abriam e fechavam a cada três segundos, seus olhos procuravam outra distração. Você fazia de tudo para não me passar as informações que eu realmente necessitava.

— Seu ego é grande demais para chegar a essa conclusão, senhor Knight.

— Eu amo muito a minha garota, mas nada me impede de fazer isso.

Não entendo exatamente o que ele quer dizer, até sentir sua boca se chocando contra a minha. Não sei o que acontece comigo, mas acabo mordendo seu lábio.

— Ai! Por que fez isso? — Ele me encara, levando a mão aos lábios. — Cacete, minha boca está sangrando! Você é louca, garota!

— Posso ser uma criança, como você mesmo disse, inexperiente e virgem, mas não sou idiota para cair no seu joguinho manipulador — rebato no mesmo tom. — Comigo não cola! Se quiser levar alguém para cama, procure sua namoradinha ou alguma prostituta!

Enrique entra como flecha dentro do quarto.

— O que está acontecendo aqui? — pergunta, analisando Axl.

— Essa maluca quase arrancou meus lábios com os dentes!

— O quê? — questiona o homem. — Você está bem, senhorita Alessa?

Enrique parece preocupado e descubro que gosto disso.

— Estou, sim, Enrique, fico feliz por estar aqui — digo a ele. — Você já pode ir, Axl — falo, ajeitando minhas costas na almofada como se nada tivesse acontecido.

— A casa é minha, garota — rebate Axl.

— E daí? Você não tinha um compromisso? Pode ir! — dispenso-o.

— Quem decide essa porra sou eu!

— Tudo bem. Enrique, pode me levar até meu tio Conan? — Levanto-me da cama, sentido um pouco de tontura por conta do efeito das medicações.

— Você não vai a lugar algum. Tenho ordens para ficar de olho em você — interfere Axl, puxando-me firmemente contra seu tórax.

— Não estava de saída? Por que está preocupado? — questiono com um tom de indignação. — Onde você estava quando precisei?

— Não confunda obrigação com intimidade, Russell. — Axl assopra as palavras contra meus cílios.

— Estarei na sala, senhorita Russell. Qualquer coisa é só me chamar — avisa Enrique, saindo novamente do quarto, deixando-me mais uma vez a sós com Axl.

— Tudo bem, Enrique. — Dou um pequeno sorriso ao segurança e volto a falar com Axl. — A culpa é minha, em algum momento eu me confundi. Agora, pode tirar suas mãos de cima de mim.

— Está errada, doce menina. — Ele sorri para mim. — A gente vai se encontrar com frequência, sabia? — fala com ironia. — Meu irmão e sua priminha estão de namorico. Quem sabe até role casamento? Bem, está mais do que na hora do meu irmão arrumar alguém.

Por fim, o desgraçado me solta.

— O que quer dizer com isso?

— Killz é tipo careta, gosta de tudo certo, e aposto que na terceira noite de sexo pedirá sua prima em namoro — fala, fazendo-me querer dar em sua cara.

— Mas duas máfias rivais podem se unir? — A curiosidade me toma.

— Basta ter uma causa e tudo se ajeita.

— Quer dizer que Aubrey irá morar com seu irmão?

— Não sei. Aliás, chega de perguntas.

Céus, o homem é bipolar.

— Seus dilemas são estranhos — provoco, e está na cara que ele não gosta muito das minhas palavras. — Estou com fome, aqui tem comida? — Mudo de assunto.

— Siga-me, se for capaz — fala, dando-me as costas.

CAPÍTULO 27

AXL JAMES KNIGHT

Há dois ou três anos, tenho um relacionamento com Melissa Jones, uma jovem que veio de família simples, um doce de mulher. É encantadora e meu fascínio por ela será eterno.

Quero ter coragem de contar sobre minha segunda identidade. Quero dizer a ela que, na verdade, eu não me chamo Axl Smith, sim, Axl James Knight, filho de um dos mafiosos mais conhecidos de Londres.

— Amor, como está seu emprego em Chicago?

Com as costas apoiadas em meu peito, Mel sorri para mim. Não resisto e beijo seu rosto. Mel acha que sou corretor de imóveis e que vivo viajando mundo afora.

— Está indo bem, querida. E o seu?

— Hum, chegou gente nova no setor...

Melissa trabalha como gerente de uma empresa de roupas na loja mais famosa de Londres. Consegui uma vaga para ela por ter muitos conhecidos no mercado. Claro, sem ela saber, porque se descobrir que tem um dedo meu nisso, estarei encrencado.

— Isso é bom ou ruim?

— É bom, mas eu tive de trabalhar dobrado no escritório ontem. Recebi novas recomendações do chefe e tive de fiscalizar o rendimento dos novatos, para ver se eles se encaixariam no padrão que a loja exige.

Ela fecha os olhos e suspira. Aproveito a distração e acaricio as pontas do seu cabelo loiro, descendo uma das mãos por baixo do lençol que cobre seu corpo perfeito.

— Acabamos de fazer sexo e você já está me querendo de novo, senhor Smith? — minha namorada sussurra, entrelaçando nossas mãos sob o tecido fino.

— Nunca vou ter o bastante de você, bebê.

— É bom ouvir isso, Axl.

— Eu te amo, Melissa. Nunca se esqueça. — Ela assente. — A única mulher que faz o meu coração estremecer é você — falo ao seu ouvido, e aproveito para lamber seu pescoço.

— Eu também te amo. Nós poderíamos morar juntos, o que me diz? — Mel sugere sorrindo, fazendo-me pensar no assunto.

— É uma ótima ideia. Mas antes de tudo, preciso contar algo muito importante.

— Sabe que somos confidentes um do outro. Nada de segredos, esqueceu? — indaga, beijando-me no ombro.

— É... Alessa... — Porra! Porra! — Mel, me perdoa...

— Me chamou do quê, Axl?

Melissa se levanta, nua. Cobre-se com o lençol e cruza os braços, emburrada e esperando por respostas.

Maldita garota!

Como Alessa Russell tomou conta dos meus pensamentos e não percebi?

Depois do que aconteceu com a prima Aubrey e o segurança metido a soldado do exército, vim atrás da Mel, que me questionou sobre o machucado em meu lábio e eu acabei mentindo para ela. Prometi que ficaria o dia todo com ela, e agora estamos prestes a brigar por uma fedelha que não significa nada para mim.

— Não é nada, só estou cheio de problemas que estão me deixando com a cabeça nas nuvens. — Levanto-me da cama também e vou até ela.

— Quem é Alessa, Axl Smith?! — Melissa pergunta, seus olhos marejados.

— É uma idiota que não sabe dirigir e sem querer acabei batendo na traseira do carro dela, apenas isso — minto, sentindo-me um filho da puta covarde.

— Está dizendo a verdade?

— E por que eu mentiria?

Mantenho minha postura séria diante dela. Não vou admitir que aquela provocadora invada até meus pensamentos.

— O que ia me dizer, amor? — Mel sussurra, entrelaçando os braços no meu pescoço.

— Na verdade, eu não sou...

Meu celular começa a vibrar em cima da mesinha de centro.

Foda-se! Porra, quem está me ligando justamente agora?

— O celular está tocando, Axl.

— Percebi.

Melissa me solta, e eu pego o aparelho para ver quem está me ligando. Reviro os olhos e atendo quando vejo o nome de Killz na tela.

— Axl, onde você está, seu filho da...

— O que deseja, senhor? — Com um aceno de cabeça, peço que Melissa me deixe sozinho.

— Vou tomar banho no outro quarto e aproveitar para fazer nosso chá — ela sussurra com um sorriso nos lábios.

— *Está na casa da sua namoradinha?* — meu irmão pergunta com deboche.

— Sim, por quê?

— *Arraste sua bunda daí e venha para a empresa. Temos uma reunião com os conselheiros, se é que me entende* — Killz avisa, pretensioso como sempre.

— Para que precisa de mim aí?

Sinceramente, a minha paciência está no zero.

— *Vamos julgar Scarlet Guzman, e você é um dos principais da nossa ordem.*

— O que ela fez? — pergunto, entediado.

— *Isso não é da sua conta. A única coisa que precisa saber é que estou mandando você vir e, se não estiver aqui em dez minutos, a sua namoradinha vai descobrir que você é um fodido mentiroso que não tem coragem de falar a verdade sobre a porra da sua família. Fui claro, Axl?*

— Não seria capaz.

— *Pague para ver e me teste, irmão.*

— Merda, daqui a quarenta minutos chego aí — falo, desesperado.

— *Eu disse dez, é melhor se apressar.*

— Não pode fazer isso comigo, Killz! Sou seu irmão!

— *Se nem a sua namorada sabe disso, por que eu tenho de me preocupar?* — ele rosna e desliga na minha cara.

Maldito seja, Killz James Knight!

CAPÍTULO 28

KILLZ JAMES KNIGHT

Meu pai me ensinou que é errado fazer uma promessa e não cumprir, isso só torna um homem em uma grande mentira, sem virtudes e desonesto. É assim que me sinto em relação a Conan Russell, pai de Aubrey, a garota que me fez jurar que não mataria o velho sem ter provas.

Mas o que eu poderia fazer?

Gritar? Bater? Jamais.

Não bato em mulheres, a não ser na hora da foda. Não sou capaz de machucar fisicamente uma mulher. O que não significa que nunca tive vontade, mas é uma puta covardia, e odeio covardes.

Aubrey e eu chegamos à cidade no meio da tarde e vamos direto para o meu apartamento. A mulher suspira aliviada por estar em casa.

— Finalmente, não aguentava mais ver mato e ouvir os grilos cantando — diz Brey, sorrindo lindamente.

— Não gosta da tranquilidade do campo, senhorita?

— Não é isso. Gosto da sensação de ar livre, mas meu peito ainda está angustiado por tudo que aconteceu na mansão... E acho que ainda estou com medo. Foi muito cruel. Ainda sonho com aquela mulher horrorosa me batendo e eu não sei se vou conseguir superar tão cedo.

— Sinto muito por isso — falo, acariciando sua nuca por baixo do cabelo solto.

— Por que vocês são tão calmos? Eu li em alguns livros que os mafiosos são violentos, batem nas esposas, xingam o tempo todo...

— Brey, ficção é ficção, o mundo real é diferente. Não precisa ser mafioso para bater na esposa, tem homens de todo tipo. Mas só um idiota não sabe adorar e contemplar o corpo de uma mulher — admito, com sinceridade.

Cada um tem um gênio e uma personalidade. Eu, com certeza, prefiro dar uma surra de pica bem dada na minha mulher do que uma surra de cinta.

— Como assim? — Aubrey sorri, encostando o rosto na almofada pequena que enfeita o sofá quando se acomoda ali.

— Eu nunca maltratei as mulheres que passaram pela minha cama.

— As mulheres? — Brey brinca.

— Ciúmes, senhorita Lewis?

Eu me inclino sobre ela e beijo seus lábios, encaixando-me entre suas pernas. Apesar de parecer surpresa, ela agarra meu cabelo e geme baixinho quando sente o quanto estou duro.

— Hum... Não tenho ciúmes, Killz — confessa, dando-me selinhos.

— Se você diz, não tenho por que duvidar. — Chupo sua língua, exploro sua boca e aproveito sua rendição para desabotoar o short jeans que deixa a sua bunda arrebitada ainda mais deliciosa. — Abre as pernas e dá essa bocetinha para mim.

Aubrey não se faz de rogada e se deita, usando o braço do sofá como apoio. Seu corpo é delicioso, com curvas perfeitas para minha língua explorar.

— Vou achar o preservativo na gaveta, espera — aviso, saindo de cima dela.

— Não se preocupe com isso, estou prevenida — Aubrey fala timidamente.

— Eu a desejo demais para lhe fazer mal, Aubrey, pode confiar em mim — falo, descendo o jeans pelas suas pernas.

— Eu sei. Quero senti-lo dentro de mim sem nenhuma barreira entre nós, Killz.

Saber que ela confia em mim me deixa ainda mais duro. Ela sorri e tira minha camisa. Seus olhos vagueiam pelo meu peito, e me controlo para não arreganhar suas pernas e foder sua boceta sem dó.

— Vou te comer no sofá e depois na minha cama — falo de um jeito sacana para deixá-la à vontade. — Me fala o que você quer, *baby*.

— Você... em qualquer lugar... — geme. — Quero em qualquer lugar...

Aubrey termina de tirar meu jeans e morde o lábio inferior, acariciando meu pau por cima da cueca, deliciando-se com a minha reação ao seu toque inexperiente. Porra, ela é tão gostosa, que até sem saber direito o que fazer consegue me deixar excitado para caralho.

— Parece que alguém está animado — brinca, satisfeita consigo mesma, massageando para cima e para baixo.

— Puta que pariu... — resmungo. — Você quer me provocar mesmo, não é?

Tomo as rédeas, decido provocá-la também. Afasto nossos corpos e desço até pairar sobre a sua calcinha minúscula.

— Hum... O que vai fazer, senhor Knight?

Não respondo e beijo sua barriga antes de lamber seu umbigo.

— Você é nojento... — Ela ri gostosamente. — Como põe a língua dentro do meu umbigo? Sabe se está limpo ou se eu tomei banho e o lavei?

Ela geme quando mordisco seus seios sobre o sutiã.

— Apenas aproveite, *baby*, sei que vai gostar do que pretendo fazer com você.

Ela me ajuda a tirar a peça de renda, rindo baixinho.

— Acho que está falando demais. — Aubrey me beija, meu pau lateja de tanto tesão.

— Concordo.

Arranco a última peça, deixando-a completamente nua. Minhas mãos parecem ter vida própria, percorrendo cada centímetro do seu corpo. Saboreio Aubrey como se ela fosse um banquete preparado exclusivamente para mim e a puxo para o chão.

Encaixo seu corpo de frente para mim, uma perna de cada lado e sua boceta em cima do meu pau, completamente duro. Eu a beijo ferozmente.

— Quero você...

— Você já me tem, mas se quiser que eu te foda, vai ter de pedir direito — falo, fazendo-a revirar os olhos, encosto no sofá e espero.

— Eu quero você dentro de mim. Agora.

— É só dizer as palavras, *baby* — sussurro ao seu ouvido. — Libera a vadia que tem dentro de você, Brey, e fala o que quer.

— Estou encharcada — confessa.

Ela se afasta o suficiente para que eu tire a cueca e apoia suas mãos no sofá, ficando com o rosto próximo ao meu e a bunda para cima. Deliciosa!

— Senta no meu pau — falo, posicionando a glande em sua entrada, e ela me engole por inteiro, descendo devagar. Caralho de boceta gostosa! — Porra!

Seguro sua cintura para mantê-la no lugar e meto com força. Seus peitos batem no meu queixo e seus gemidos me levam à loucura.

— Oh... Killz. — Aubrey rebola, entrega-se e grita meu nome.

Nossos corpos se encaixam com perfeição, movimentando-se em uma sintonia única. Estamos suados e famintos um pelo outro.

— Tão apertada, tão quente, tão molhadinha! — Agarro seu cabelo umedecido.

— Hum... Mais rápido, Killz — Ela geme, jogando a cabeça para trás.

— Caralho, mulher!

Soco fundo em sua doce boceta, que quase estrangula meu pau quando o orgasmo se aproxima.

— E... Eu... Ah...

— Isso, *baby*, goza gostoso no meu pau.

Aubrey me obedece e eu gozo logo em seguida.

— De... Depois dessa, precisamos de um banho — fala, desabando por cima do meu corpo.

— Concordo, estou louco pra te comer embaixo do chuveiro.

Batidas insistentes à porta assustam Aubrey, que tenta se levantar. Eu a abraço e impeço que se afaste.

— Quem é? — grito, enfurecido.

— Sou eu, Killz. — A voz do meu irmão caçula vem do outro lado da porta.

— Que caralho, Spencer! O que você quer?

Saindo do meu colo, Brey engole o gemido e se apressa em vestir suas roupas espalhadas pelo chão, mas esquece a calcinha.

— Agora que sou pombo-correio, Ezra mandou alguns documentos para você conferir — explica o bastardo, soltando risinhos do lado de fora.

— Já abro, espere — resmungo e, vestindo apenas a cueca e a calça, abro a porta.

— Vou para o quarto — Aubrey fala atrás de mim, envergonhada.

— Não saia daí! — ordeno.

Spencer entra como se fosse o dono do apartamento.

— Boa tarde, cunhadinha — ele fala, lançando uma piscadela para mim.

— Hum-hum... Oi! — ela responde, acanhada, olhando para os pés.

— Entregue os documentos e cai fora — instruo.

O idiota me ignora e se senta no sofá com a sua típica cara de deboche.

— Não tem nenhum chá, irmão? — ironiza. — Hum... Que cheiro é esse?

— Acredite, irmão, você não vai querer jogar esse jogo comigo — ameaço, segurando-me para não jogá-lo na rua.

— Sexo no sofá e depois no chão... — comenta. — Olha, uma calcinha fio-dental, delícia! É sua, cunhadinha?

Gargalhando com o olhar de espanto que Aubrey me lança, Spencer dá um pulo do sofá.

Perco a paciência e avanço sobre ele, agarrando sua camisa e o puxando para cima.

— Chega dessa merda ou vou arrebentar a sua cara, porra!

— Calma, cara! Não precisa ficar nervoso! — Ele levanta as mãos em um sinal de rendição.

— Deixe os papéis na mesa e saia. Saia daqui, porra!

Spencer parece aquelas crianças mimadas que adoram fazer birra para chamar a atenção. Eu o empurro para fora sem nenhuma delicadeza.

— Usaram proteção ou já estão planejando os primeiros herdeiros para a família? — debocha, balançando as sobrancelhas.

— Spencer! — Bato a porta com força, trancando-o do lado de fora.

— Seu irmão é tão... — gagueja Aubrey.

— Insuportável e imaturo. — Aproximo-me dela e a abraço por trás. — A única pessoa com quem você precisa se preocupar é comigo.

— E meu pai, Killz. Como vamos fazer? — indaga Brey, encostando a cabeça no meu peito.

— Tenho uma proposta para ele. Vou fazer de tudo para não deixar que o passado atrapalhe o nosso futuro.

— Promete não machucar meu pai?

Sinto o seu corpo tremer contra o meu.

— Prometo — murmuro. — Você é minha agora e isso é o mais importante. Um passo de cada vez, ok?

— É uma ótima ideia. — Rio com suas palavras — Vamos tomar banho, Killz?

— Era o que eu mais queria, mas tenho de resolver algumas pendências com os conselheiros — falo, lembrando-me de outro assunto importante que preciso discutir com Aubrey.

— Tudo bem. É sobre a empresa?

— Sim — minto.

Não quero que fique assustada se souber que estou indo caçar a maldita Scarlet Guzman. Seguro seu rosto e beijo suavemente seus lábios.

— Não se esqueça de tomar o anticoncepcional. Você é muito jovem e ainda tem muito que aproveitar.

CAPÍTULO 29

KILLZ JAMES KNIGHT

Fui um dos primeiros a chegar à sala de reuniões, como sempre. Logo após, chegou Oliver e, em seguida, Chad; quase todos os outros chegaram logo depois. Assim que saí do apartamento, liguei para Ezra e pedi que reunisse os conselheiros mais importantes e mais velhos; Chad, Oliver e Zacky. Quero fazer uma pequena surpresa, nenhum deles sabe que o motivo é a filha de um deles. Já sentado em minha cadeira, eu me recosto no espaldar e fecho os olhos, esperando que todos os membros estejam presentes.

Estou me sentindo culpado por ter mentido para Brey, no entanto, foi necessário. Ela anda com a cabeça conturbada, sei que ainda sente pavor dos momentos difíceis que passou nas mãos daqueles porcos.

— Bom dia! — Ouço a voz de Zacky.

Apenas aceno com a cabeça para ele, que não demora muito para encontrar um lugar para se sentar. O homem é conselheiro desde a época em que meu pai era vivo, deve estar com seus sessenta e sete anos. Miro meus olhos nele. O velho tem um semblante de cansado, mas nunca deixa de ser vaidoso. Está com um terno preto de alta costura e o cabelo grisalhado bem penteado; no pulso, carrega um relógio de ouro.

Faltam apenas três membros do conselho. Olho meu relógio e noto que as horas estão passando, e estou ficando com o tempo curto. Odeio pessoas descompromissadas.

— Qual o motivo da reunião, Knight? Nenhum de nós sabe o que está acontecendo — alfineta Oliver, chamando a minha atenção.

Ele é outro velho intrometido, nunca escondeu seu interesse pelo poder dos Knight. É também um dos membros mais velhos. Recordo-me de vê-lo nas reuniões desde a época que Kurtz era o chefe, nas reuniões que meu pai fazia lá na nossa mansão.

Ignoro-o por completo e me viro para o pai de Scarlet, que está sentado na terceira cadeira à minha esquerda. Ele é um insolente, assim como ela.

— Chad, pode vir até aqui? — Faço um sinal com a mão para que se aproxime.

Aparentando nervosismo, ele sai do seu lugar e vem até mim.

— O que deseja, Killz? — pergunta, meio desconfiado.

— Onde está Scarlet agora? — Um músculo da minha mandíbula se contrai. A cor do rosto dele se esvai. O pai da vagabunda me encara com seus olhos verdes arregalados. — Não vou perguntar outra vez. Onde está a sua filha?

O homem finge um sorriso quando o nome da traidora é mencionado por mim. Parece surpreso, talvez esteja imaginando algum compromisso, o que jamais acontecerá, pois nunca vou colocar minhas mãos naquela mulher.

— Minha filha querida está em Tóquio. Por que a pergunta?

Sei que está mentindo.

— Há quanto tempo ela viajou? — questiono, encarando-o com desafio. — Com a permissão de quem?

— Qual o seu interesse? — indaga Chad, com um sorriso de orelha a orelha.

Fiz o favor de separar Ezra e Scarlet, porque sabia que a mulher iria destruí-lo.

— Mande um recado para ela. — Ajeito minha gravata. — Diga que eu a quero aqui em Londres amanhã e, se tentar fugir, irei caçá-la no inferno — sussurro a última parte baixo para que somente ele ouça.

— O que aquela insolente fez de errado?

Melhor ser órfão que ter um pai assim. Não é à toa que Scarlet é fácil de ser manipulada por qualquer idiota que lhe ofereça um pouco de atenção.

— Cala a boca e vá se sentar, Chad. Meu assunto com você está encerrado — rosno, dando-lhe um olhar mortal.

Ele engole em seco as palavras, mas não contesta minha ordem. Minha paciência está se esgotando, odeio essa porra e até hoje me pergunto por que Kurtz partiu tão cedo e me deixou responsável por toda essa merda. Se meu pai não tivesse sido assassinado, talvez estivesse sentado nessa maldita cadeira, decidindo nossos fodidos destinos.

— Senhores, podemos iniciar a reunião. Carter, Axl e Spencer estão chegando neste instante — anuncia Ezra, entregando as pastas com uma falsa pauta da reunião.

Ele se senta em seguida, cita alguns pontos importantes das nossas regras, tendo toda atenção dos homens presentes.

— Alguma dúvida, senhores? — pergunto, lançando um olhar enviesado a Ezra, questionando silenciosamente sobre os meus irmãos que ainda não chegaram.

Ele entende na mesma hora e acena, confirmando que os idiotas já estão a caminho.

Ouço murmúrios dos homens e os ignoro.

A sala de reuniões é bem decorada, com tons de marrom e preto, móveis de primeira linha. A única coisa certa que a traidora fez foi decorar minha empresa, disso ela entende bem. Todos estão sentados em cadeiras com encostos altos e acolchoados, a grande mesa de madeira de lei é bem polida, há quadros nas paredes de lugares onde estive; muitos deles com meus pais.

Sou interrompido de meus pensamentos com a chegada dos bastardos atrasados.

— Boa tarde! — cumprimenta Carter, deixando o capacete da sua moto em cima do aparador à esquerda da sala, próximo às janelas.

Spencer parece um desconhecido. O moleque veste um terno, seu maxilar está travado e sua expressão é séria. Axl estreita os olhos para mim, provavelmente está puto por ter sido interrompido com a vagabunda. Carter não para de sorrir como um adolescente, de certo arrumou uma nova boceta para se divertir.

— Sentem-se, estamos atrasados — aviso, fuzilando cada um dos meus irmãos. Nenhum deles ousa me desafiar. — Ezra iniciará a reunião e espero que todos entendam a gravidade da situação.

Minha voz é firme e enérgica para que todos saibam o tamanho do problema que terão se me enfrentarem. O silêncio confirma que todos estão de acordo.

— Killz James Knight, o primeiro herdeiro de Kurtz James Knight, nomeado sucessor do Chefe, seguindo a hierarquia da organização e o tornando o único membro com poder absoluto para tomar qualquer decisão. Killz foi severamente treinado para ocupar essa cadeira e chegou até aqui por merecimento. Como chefe, é seu dever cuidar dos negócios e do bem-estar dos membros, portanto, ele fará o que tiver que ser feito para assegurar a segurança de todos — Ezra discursa, olhando nos olhos de cada conselheiro.

— Sabemos disso — diz Victor, sentado na ponta oposta da mesa, com seu terno de linho fino em tom verde-claro, corte de alfaiataria, bem alinhado; diferente de seu pai, Oliver, sentado a sua destra, com terno marrom simples que parece ter sido adquirido no *free shop.*

— Se soubessem, não teríamos um traidor entre vocês, disposto a atacá-lo como um covarde de merda. — Ezra mantém a postura passiva, embora sua expressão demonstre seu desejo de sangue.

— Esse é o motivo da reunião? — Victor questiona.

— O motivo tem nome — informo, tomando à frente.

— De quem estamos falando? — Chad, que está à minha esquerda, se intromete, acabando com a minha diversão.

— Scarlet Guzman, a puta traidora que abriu as pernas para os russos e resolveu foder os meus negócios por puro capricho — falo, sem alterar a voz, ansioso para que o velho exploda e me dê um único motivo para enfiar uma bala na cabeça dele.

— Minha filha jamais faria isso! — grita, áspero.

— Está me chamando de mentiroso, Chad?

Ergo uma sobrancelha, apoio meu cotovelo na mesa e o queixo na mão, desafiando-o e torcendo para que ele caia na armadilha.

— Por favor, Killz, eu acredito em você, mas preciso que me dê uma chance para falar com ela e esclarecer o mal-entendido.

Rio com suas palavras.

— Chad, vá para casa, esfrie a cabeça e prepare seu psicológico. Scarlet me traiu e vai pagar por isso — falo calmamente.

A tensão na sala é tão pesada quanto o silêncio que recai sobre ela.

— Sinto muito, Guzman. Killz tem provas concretas da traição e, pela lei, traidores pagam com a vida — fala Ezra.

— Scarlet estará de volta amanhã. Alec vai encontrá-la onde quer que esteja e eu cuidarei do resto. Axl enviará a pauta oficial da reunião a vocês por e-mail — aviso, lamentando o autocontrole do velho filho da puta que eu queria matar.

— Vai matá-la? — o inútil ainda pergunta.

Se ele soubesse o que pretendo fazer com a filhinha dele, com certeza teria ficado quieto.

— É melhor não forçar a barra, Chad. Sua filha me traiu e ainda não estou convencido de que você não sabia de nada. Saia da minha frente antes que eu me irrite e faça o que estou querendo desde o momento que olhei para essa sua cara feia — aviso e empurro a cadeira para trás.

Levanto-me, abotoando o paletó do meu terno marrom, e saio da sala, batendo a porta atrás de mim. Os corredores do prédio têm baixa iluminação, mas posso ver o temor dos funcionários que trabalham para mim. Eles abaixam a cabeça quando passo, alguns com medo, outros em sinal de respeito. Todos me temem, pois sabem que não brinco em serviço.

Chad está pedindo para morrer e não vejo a hora de atender ao seu pedido.

CAPÍTULO 30

AUBREY RUSSELL

É impossível não perceber que Killz está me escondendo algo. Desde ontem à noite, ele disfarça e muda de assunto sempre que pergunto alguma coisa sobre a máfia.

Faz meia hora que estou trocando mensagens com Alessa. Ela me conta que não foi ferida, e por sorte não bateram nela; só lhe deram um tapa no rosto, nada mais. Fico aliviada com isso.

Há três dias não vejo minha prima nem meu pai. Estou morrendo de saudades.

Lessa prima: O maldito Axl tentou me beijar, acredita? O idiota se acha irresistível.

[10:15 AM]

Eu: Oi? Axl não é apaixonado pela namorada? Ele vive brigando com os irmãos por causa daquela garota.

[Mensagem enviada]

Alessa prima: Vai saber! Esses Knights são bipolares.

[10:19 AM]

Eu: Se Axl não fosse tão apaixonado pela namorada, eu poderia dizer que vocês têm futuro (risos).

[Mensagem enviada]

Alessa prima: Está louca? Dessa praga eu não morro! Ele é grosso demais e se acha muito melhor do que é.

[10: 21 AM]

No mesmo instante em que vou enviar o próximo SMS para Lessa, a campainha começa a tocar incansavelmente. Pulo do sofá e vou atender. Pode ser Ezra ou Alec, os dois têm passado para saber se estou bem.

— Já vai...

Quando abro a porta, nem tenho tempo de ver quem é. Meu nariz dói e sinto o gosto de sangue no lábio.

Scarlet está de pé do lado de fora, os olhos cheios de lágrimas e as mãos trêmulas.

— O que está fazendo aqui? E por que me bateu, sua louca? — grito.

Ela me empurra para trás. A mulher se veste vulgarmente. O cabelo loiro está preso em um rabo de cavalo, os lábios cobertos por um batom preto, um macacão fino se ajusta ao seu corpo detalhando cada curva.

— Eles estão atrás de mim e a culpa é sua! Ezra me odeia! — vocifera, tentando me dar outro golpe com as pernas, porém, sou mais rápida e consigo me esquivar do chute.

Posso até ter apanhado daqueles trogloditas, por ter sido pega de surpresa e os homens serem mais fortes que eu, mas não vou permitir que essa vadia encoste em mim. Não mesmo!

— Não me diga que o papai também ensinou o bichinho dele a lutar? — pergunta com a voz trêmula e tenta me acertar por trás.

Covarde.

Não me movo e deixo que se aproxime. Fecho um punho e apoio a outra mão no chão. Então, Scarlet se agacha para puxar meu cabelo.

— Me deixe em paz, sua louca... — murmuro movimentando meu corpo para o lado.

A vagabunda sorri, só que ela não sabe que sou eu quem está prestes a sorrir agora. Arrasto meu corpo até a mulher, sabendo sua intenção. Ela quer chutar meu rosto, no entanto, mantenho a encenação.

Meu pai me ensinou alguns truques, que agora estão sendo bem úteis.

— Sabe o tamanho do estrago que esse salto pode fazer na sua cara? — Scarlet, levanta a ponta afiada do salto de cor prateada.

— Infelizmente, não vamos descobrir isso hoje.

Seguro os saltos dela e os empurro para cima. Ela cambaleia, arregalando os olhos. Tenta se apoiar na madeira da porta, e aproveito a sua distração para dar um chute em sua barriga.

— Saia daqui agora ou eu juro que vou acabar com você! — aviso, encarando Scarlet, sem demonstrar o quanto estou assustada.

— Meu pai disse que Killz mandou Alec ir atrás de mim em Tóquio! Pensei que você havia morrido... Ela... A... Arly... Fui mandada para essa merda e agora estou aqui! — A louca engasga, falando palavras sem nexo algum.

— O que quer dizer com isso? — pergunto, desconfiada.

— Nã... Não te interessa! Agora preciso concluir o que...

Antes que Scarlet conclua a frase, Spencer invade o apartamento com uma arma na mão.

— Saia de perto dela! Agora, Scarlet! — ordena de uma maneira tão séria que até estranho.

— Spencer, o que está fazendo aqui? — A mulher fica pálida quando vê o caçula armado.

— Cale a porra da boca e faça o que eu mandei — urra, pronto para apertar o gatilho.

O maxilar dele está travado, seus olhos fulminam Scarlet.

Fico assustada, nunca o vi tão sério.

— Vai defendê-la? Sabe o que ela é? — A dissimulada começa a chorar.

— Não quero ouvir uma palavra, porra! — Spencer rosna e avança alguns passos na direção dela.

— Você não tem coragem de fazer isso comigo — Scarlet desafia, mas está tão assustada quanto eu.

— Já ouviu aquela frase de Aristóteles? — o garoto pergunta com sarcasmo. — "Nunca existiu uma grande inteligência sem uma veia de loucura". Bem, tenho essas duas coisas dentro de mim e posso usar quando eu quiser, então sugiro que se afaste da mulher do meu irmão — adverte o irmão caçula de Killz.

— Tenho pena de você, o pequeno bastardo que não teve a chance de ser educado pela mamãe — Scarlet rebate no mesmo tom.

Se eu não visse com meus próprios olhos, não acreditaria. Spencer dispara duas vezes, seus olhos encobertos de fúria e isentos de culpa. Scarlet cai no chão, sangue jorrando de seu corpo. Não consigo acreditar que isso realmente aconteceu. Um tiro de raspão no abdômen da mulher e outro no ombro.

— Não me machuque, por favor... — ela implora, com as duas mãos segurando o próprio corpo ensanguentado.

— Alec, mande dois homens no prédio de Killz. Tem um saco de lixo para ser recolhido... — Spencer fala, deixando-me confusa. — Hum... Sim, a sujeira foi feia, mas nada que uma estadia no galpão não resolva.

Só então percebo o seu dedo indicador na orelha.

— O que vai fazer com ela? — pergunto, um tanto preocupada.

— Ela tem duas opções: morrer no galpão ou ser torturada até a morte... — ele fala com uma naturalidade assustadora. — Mas se bem que são três opções! Killz meter uma bala no meio da testa é a última.

O irmão mais novo de Killz ficou irreconhecível depois que Scarlet mencionou a mãe dele.

— Não podem fazer isso comigo, sou filha do sócio e conselheiro... e eu... — a mulher geme e chora ao mesmo tempo.

Spencer se aproxima dela e envolve seu pescoço com as mãos.

— Meus irmãos estavam certos, esse mundo é maravilhoso — diz ele, com um sorriso perturbador. — Nunca me senti tão bem em toda minha vida. Acho que está na hora de assumir meu posto. Afinal, sou Spencer James Knight, o último herdeiro com o sangue de Kurtz Knight — rosna Spencer, passando a língua no ombro ensanguentado de Scarlet. A cena me faz virar o rosto. — O sangue é tão podre quanto a dona.

— O que você fez? — grita Axl, aparecendo em nosso campo de visão.

— Veio me dar as boas-vindas, irmãozinho? Espero que sim, porque a partir de hoje sou oficialmente um Knight!

CAPÍTULO 31

KILLZ JAMES KNIGHT

Quando Spencer nasceu, fui o primeiro a pegá-lo no colo. Apesar disso, ele sempre foi o preferido de Ezra. Acho que essa necessidade de proteger o caçula começou quando nossa mãe morreu. Ezra prometeu a ela que cuidaria de Spencer quando ele nasceu, e tem cumprido a promessa como se fosse uma dívida. Desde aquele dia, meu irmão se tornou o protetor do nosso mini-herdeiro problemático.

Spencer começou a usar drogas aos dezoito anos, foi induzido numa festa por uma garota de quem ele gostava. A menina prometeu dar uma chance a ele se usasse a cocaína e, juntando a dor e o amor, acabou com tudo. As drogas se tornaram a única saída para escapar do desespero que o corrompe. Ele se decepcionou no final da noite ao flagrar a garota transando com o seu melhor amigo da escola. Foi assim que o Knight mais novo acabou expulso da instituição, e nós tivemos um trabalho infernal para evitar que as coisas ficassem piores, pois Spen aprendeu a atirar cedo.

Ele sempre teve boa mira, no entanto, utilizou suas habilidades para atirar três vezes no tórax do cara que dizia ser seu amigo. Por sorte, não houve um enterro naquele dia e consegui abafar tudo, evitando que fosse preso por tentativa de homicídio.

Há quatro anos, Ezra vem lutando para tirar Spencer do vício. Não vejo isso do mesmo modo, já que o moleque o faz só por curtição. Às vezes aparece sóbrio e, em outras, tão chapado que dá pena.

Quando Alec me ligou dizendo que Scarlet tinha sumido, presumi que a vagabunda estivesse aprontando alguma merda e o mandei ir ver se Aubrey estava segura em meu apartamento. Horas depois, recebi a notícia que a traidora tinha levado dois tiros.

Agora, sentado na poltrona do meu escritório, Spencer ignora o sermão que seu protetor dá nele.

— Por que fez aquela loucura? — grita Ezra.

— Chega, Ezra. Fiz porque achei certo!

Explosivo, Spen nos olha com os olhos cheios de lágrimas. Engulo seco, nunca o vi tão vulnerável. Sem reação, Ez se cala. A única coisa que faz é seguir o movimento do nosso irmão, que anda de um lado para o outro, agitado.

— Desembucha logo, Spencer. Não temos tempo para suas crises — murmuro baixinho.

— Aquela vagabunda mencionou a minha mãe...

— Você tem de cair na realidade. Nossa mãe morreu há dezessete anos, caralho! Tente aceitar essa merda toda! Você já é um homem, já passou da hora de aceitar que a vida não é um conto de fadas! — grito.

— Killz, pare com...

Antes de Ezra interferir, levanto dois dedos, fazendo-o se calar na mesma hora.

— Desde crianças, fomos criados para esse trabalho. Matar a sangue-frio, eliminar nossos inimigos e cuidar dos negócios da nossa família, porra! Estamos fazendo o contrário, merda! Em vez de me preocupar com a porra da máfia, tenho de vigiar meus irmãos que não sabem cuidar do próprio rabo. — Não me controlo e falo mais alto. — Quero mais de vocês! Foda-se se é doloroso. Foda-se se não conseguem agir como homens. É minha responsabilidade cuidar de tudo que nosso pai deixou e, de hoje em diante, vou esfolar vivo quem não cumprir a sua parte nessa merda.

Nossos pais morreram, porém, parece que o peso da carga que eles deixaram é grande demais para meus irmãos suportarem. Seus fantasmas insistem em nos perseguir e os principais alvos são Spencer e Ezra.

— E o que você espera da gente, irmão perfeito? Não cansa de manter a pose de centrado e perfeitinho? Se lembra da Roselyn? — Spencer toca onde mais me incomoda.

Os pelos do meu corpo eriçam quando ouço o nome da mulher que tanto amei ser mencionado com ironia.

— Cala a maldita boca, seu desgraçado — vocifero, avançando sobre ele.

— Você a sacrificou por essa merda de máfia, Killz! Agora, depois de anos, quer ser o certo? Está irreconhecível, irmãozinho... — ele fala, descontrolado, e recua um passo à medida que eu avanço um. — Teve coragem de sacrificar a mulher que tanto amou, mas agora se acha no direito de vir me criticar por ter atirado em uma vadia qualquer que nos traiu!

— Spencer, cale-se! — Ezra atravessa na minha frente e fala algo ao seu ouvido.

Aperto os olhos com força, fecho as mãos em punho e travo o maxilar. Esse filho da puta não tem ideia do monstro que vive dentro de mim, implorando para ser libertado.

— Ele tem de ouvir também, Ezra!

— Eu mandei você calar a boca, maldito bastardo!

Tudo escurece ao meu redor. Empurro Ezra para longe. Ele cai no chão, mas não me importo. O foco do meu ódio está bem à minha frente e é tudo que importa.

Pego Spencer pelo pescoço e o arrasto até a vidraça. Destravo o trinco e abro a janela, deixando-a escancarada. Ezra ameaça se aproximar, com os olhos arregalados, mas quando o encaro, ele estaca no lugar, pois sabe que é tarde demais. O animal se libertou.

— Es... Está me su... Sufocando, porra. — Com os olhos e o rosto vermelhos, Spencer engasga e olha para baixo, dando-se conta da altura que estamos.

— Killz, o que vai fazer? — grita Ezra.

— Não se mova, porra! — vocifero sobre o ombro.

Prenso Spencer na janela. Ele tem metade do corpo pendurado para fora. Algumas pessoas assistem à cena da calçada, chocadas, mas ignoro e continuo empurrando o maldito para baixo, fazendo o que pretendo: assustá-lo. Solto o pescoço dele e o seguro pelo colarinho da camisa.

— Se está tentando me assustar, vai perder seu tempo.

O filho da mãe sorri, olhando para mim. Levo uma das mãos ao cós da calça e saco a arma.

— Aguentei suas merdas por tempo demais, seu bosta! — Aponto a arma no meio da sua testa.

— Você não tem essa coragem, Killz... — ele ironiza. — Hum... Ou melhor, atire! Se livre logo do empecilho da vida dos Knights.

— Fica quieto, Spencer. — Ezra parece estar mais assustado que o pirralho que está escorado na janela e com uma arma apontada para sua cabeça.

— Killz, você pode me emprestar... — A voz de Aubrey preenche todo o cômodo, antes de ela gritar, surpresa. — O que está fazendo?! — questiona, com desespero na voz. — Você é louco! Largue seu irmão!

Ainda com a arma apontada para Spencer, ignoro Aubrey e posiciono meu dedo no gatilho.

— Ele não vai escutar, Aubrey. É melhor você se afastar — avisa Ezra.

— Nunca mais fale o nome dela, está me ouvindo? — ordeno, levando a arma até o braço coberto pelo blusão cinza do caçula, puxando-o de volta para dentro.

— Você transa com Breyzinha e ainda pensa no cadáver? — ele provoca.

— Do que estão falando? — A voz de Aubrey falha, é o fim da linha para mim.

Aperto o gatilho e acerto uma coronhada em Spencer, que grita quando se dá conta de que seu irmão mais velho acabou de atirar em seu braço.

— Caralho... — Spencer geme quando o jogo no chão.

Puxando o casaco do corpo, o moleque tenta estancar o sangue que escorre.

— O próximo vai ser na testa — sussurro ao seu ouvido, vendo o bastardo perder a cor. — Suma da minha frente, seu imprestável, e não se esqueça do meu aviso.

Jogo a arma em cima da mesa. Retiro o lenço do bolso e, sem desviar os olhos do caçula, tranquilamente limpo meus dedos sujos de sangue.

— Por que fez isso? — grita Aubrey, indo para perto de Spencer, que geme de dor.

— Não se meta onde não é chamada, senhorita Lewis. Spencer sabe se cuidar sozinho. Pode se retirar — instruo.

— Como pode estar tão frio assim? — Com os olhos cheios de lágrimas e desdém, Brey me encara.

— Não falei nada mais que a verdade. Agora dá o fora, caralho! — Seguro Aubrey pelo braço e a arrasto até a saída.

— Seu hipócrita! Agora sou "senhorita Lewis?" — Ela ergue a mão para me bater, mas seguro seu pulso com força.

Porra! Meu dia não podia ficar pior.

— Vai agir como uma vadia e me bater só porque não quero te comer em cima da minha mesa? — Sorrio, empurrando-a para fora da sala, batendo a porta na sua cara.

— Killz, você está bem? — Ezra me olha com espanto. — O que foi isso com Aubrey? Você não disse que ela é especial?

— Se não quiser ser o próximo, é melhor calar a boca, Ezra. Agora, pegue o seu irmão e saia daqui!

— Tudo bem, se acalme! — ele pede, exasperado. — Mas o que iremos fazer a respeito da Scarlet?

— Mate a vagabunda e mande o corpo para o pai dela. Eu resolvo o resto.

— Irmão, e... Eu não...

— Faça o que eu estou mandando, Ezra, se não quiser que a boceta de Fergie substitua a da Scarlet nas mãos dos russos.

O tom gélido da minha voz deixa meus irmãos apavorados.

— Você está drogado, por acaso? — O bastardo ainda tem a coragem de falar comigo.

Sem prévio aviso, encurto a nossa distância e acerto um soco em seu estômago. Ele se inclina para frente e geme de dor. Agarro seu cabelo acima da nuca e puxo sua cabeça para cima, com força.

— Saia do caralho da minha empresa agora, antes que eu mude de ideia e descarregue a minha arma dentro da sua boca.

— Me espera lá fora, Spen. Eu preciso falar com...

— Você também, Ezra. Saia! — Não espero que ele termine de falar. — Preciso fica sozinho.

E encontrar um jeito de enjaular o monstro, ou vou acabar piorando o que já está ruim.

Scarlet irá morrer.

Machuquei a única mulher que conseguiu fazer com que me sentisse vivo outra vez.

Meu passado obscuro veio à tona depois de anos, despertando o pior de mim.

Atirei em meu irmão caçula.

Fiz merda, muita merda, mas foi melhor assim.

Agora eles sabem quem é o verdadeiro Killz James Knight.

CAPÍTULO 32

KILLZ JAMES KNIGHT

Faz dois dias que não vejo Aubrey.

Depois do episódio com Spencer, encontrei o guarda-roupa vazio quando cheguei ao apartamento. Quase entrei em desespero, mas, no fundo, sei que terei de aceitar a ideia de deixá-la seguir em frente.

Fui informado que Ezra ainda não seguiu minhas ordens. Será que ele pensou que eu estava apenas de cabeça quente e tomei aquela decisão de executar Scarlet de momento? Vou deixá-lo se espalhar, quero ver até onde meu irmão chegará tomando decisões sem me notificar.

Realmente fiquei enfurecido com Spencer, mas a minha decisão tinha sido tomada. Scarlet Guzman tem de morrer, ela traiu o sangue da minha família e a nossa máfia.

Traidores não merecem segunda chance!

— Killz, irá fazer isso mesmo? Axl vai querer te matar.

Jogo os documentos dentro da pasta de novo e encaro Alec, que considera a aliança que irei propor para Conan Russell meio precipitada.

Decidi fazer as pazes com o homem, só por negócios. A área dele vai ser importante para exportações de armas no fim do ano, assim a passagem ficará melhor para seguirmos sem sermos impedidos.

— Axl terá de aceitar. É apenas uma aliança. Além do mais, a garota não é má pessoa.

— Como vai contar para ele que quer fazer um casamento entre as duas máfias para concretizar a união e fortalecer nosso poder? — Sendo irônico, Alec vem em minha direção e entrega um celular que passa uma filmagem.

— O que é isso?

— O futuro noivo e a namorada apaixonada! Axl e Melissa andando de mãos dadas na rua 25, perto da área dos carros. Ele é louco? Vai que algum funcionário o reconheça e a mulher descubra tudo?

— Ligue para ele agora! Quero esse idiota na minha sala.

Bato três vezes na tecla do computador, acionando o GPS que instalei no celular de Aubrey.

— Ok, já faço isso — diz ele.

— Espera — digo ao pensar em algo. — Só ligue para Axl, peça para ele me encontrar mais tarde naquele bar.

Assentindo, Alec tira o celular de perto da orelha e começa a digitar alguns números.

— Farei isso, Killz.

— Estou de saída, talvez não volte hoje.

Pego meus pertences em cima da mesa e saio do escritório, deixando Alec sozinho. Sigo para o corredor particular. Vejo o elevador e ando a passos largos para dar tempo de alcançar Ezra lá dentro.

— Segure a porta! — grito.

— Pensei que não viria hoje... — diz um tanto surpreso.

— Mudei de ideia — rebato, já dentro do elevador ao seu lado.

— Uhum, já contou a Axl o seu plano maquiavélico? — Ezra pigarreia, sem me encarar.

— Não estou preocupado. Ele vai ter de aceitar minha decisão, querendo ou não.

— A garota vai sofrer — aponta.

— Ela é ousada, não vai aceitar desaforos. — Um sorriso espontâneo surge em meus lábios.

— E em relação à namorada dele?

— Vai ter de se livrar da vagabunda — decreto.

— E como ele vai se livrar da mulher que ama do dia para noite? — questiona.

— Negócios em primeiro lugar, então ele que se vire para acabar com essa merda que chama de relacionamento.

— Você está irreconhecível, Killz.

Ignorando-o, falo:

— Vou me encontrar com Axl na casa que sempre íamos. Quer me acompanhar?

— Aquele lugar cheio de prostitutas?

Engasgo com o pensamento insano do meu irmão.

— Qual é o problema? — Ergo a sobrancelha. — São mulheres como todas as outras, a diferença é a vida que levam.

— Está diferente desde o dia que Spencer mencionou Roselyn...

— Vai me seguir ou não? — falo, sem paciência. — Não admito que ninguém se meta na minha vida, Ezra.

— E Aubrey? Já conversou com ela depois do seu "show"?

Aperto o botão vermelho, parando o elevador.

Ezra se encosta e espera minha resposta.

— Coloquei um rastreador no celular dela, acabou de pousar na Itália.

Pego meu telefone no bolso esquerdo da calça social e digito o código de segurança do aplicativo para ter acesso à localização de Brey.

— Ela sabe disso? — indaga.

— Não, nem vai saber.

— Como você deixa a mulher da sua vida ir embora assim? — Meu irmão me olha com desapontamento. — Já não bastam os perigos que ela passou? — continua falando de modo repreensivo. — Lembra que Aubrey quase morreu, Killz?

— E...? — indago como se não me importasse mais.

— Deixe de ser imaturo, irmão! — exclama Ezra. — Você nunca foi assim, o que está havendo?

Elevando a voz, Ezra esmurra a porta do elevador e na mesma hora dá um grunhido e xinga pela dor que acaba de atingi-lo.

— Ela precisa pensar um pouco. Nós dois precisamos.

— O que pretende fazer com o pai dela? Está realmente disposto a criar essa aliança?

— Estou certo dos meus ideais, Ezra.

— É a última vez que opino.

— Melhor assim.

A casa se encontra lotada. Mulheres com perucas coloridas rebolam em um mastro no centro do palco. Ezra parece entediado com toda a agitação, o que deixa tudo mais divertido. Ezra tem pavor de prostitutas, ele é correto demais nesse aspecto, chegando ao ponto de repudiar.

— Cara, vamos embora, aqui não é para nós! — gritando perto do meu ouvido, Ezra aponta para uma mulher que sensualiza de costas para todos os homens.

A iluminação do local é uma mistura de vermelho, azul, amarelo e roxo; às vezes as luzes se apagam, porém, não demoram a serem ligadas novamente. Um globo prateado decorativo gira no teto.

De longe, avisto Fergie de costas, com uma peruca verde escondendo a sua real identidade. Reconheço-a pela pequena tatuagem que ela tem no pescoço. O cabelo falso não pôde esconder sua cabeleira loira.

Resolvo alertar o meu irmão sobre a nova protegida dele. Nos últimos dias, notei que ele está nutrindo algo mais pela garota, então é o meu dever abrir seus olhos para a merda em que está se metendo.

— Aquela mulher lá em cima do palco, no canto, não parece a sua protegida? — Aponto para a jovem, que conversa com um homem que tem idade para ser seu pai. — O que ela faz aqui?

Engolindo em seco, Ezra trava os dentes e sorri ironicamente.

— Então é esse o estágio que ela faz à noite? — Mergulhado no ódio e ciúme, ele caminha a passos largos até a pequena escada que dá acesso para o palco.

Aproximando-se de Fergie e do desconhecido que gargalha de algo que a garota acaba de falar, Ezra a puxa pelos pulsos e arranca a peruca da sua cabeça, fazendo-a soltar um grito e atrair olhares curiosos. Ez grita alguma coisa, só que é impossível ouvir por conta do barulho.

Isso vai dar merda.

O homem que acompanha Fergie vai para cima do meu irmão, que na mesma hora saca sua arma e aponta para a cabeça do velho. O som é desligado e o bar fica em completo silêncio.

— Se der mais um passo, eu te mato — ameaça Ezra. Com os lábios tremendo, Fergie tenta tocar no ombro de Ezra. — Não toque em mim, sua nojenta!

Ele faz uma careta de nojo e abaixa a arma.

Chorando, a garota olha ao redor e me enxerga, encolhendo-se, envergonhada.

— Desculpe, senhor Knight — Fergie fala e desce correndo do palco.

— O que estão olhando, seus malditos curiosos? — grita Ezra, dando uma coronhada na cabeça do indivíduo que há alguns minutos babava em sua garota.

Viro meu corpo e vejo dois seguranças partirem para cima de Ezra, que está prestes a descer do palco depois do show que deu.

— Não toquem nele se quiserem continuar respirando. — Sorrio quando os idiotas recuam. — Arraste sua maldita bunda até aqui e vamos embora, Ezra!

— Se quiser ir, vá. — Ele me encara. — Preciso falar com Fergie e descobrir o que ela estava fazendo aqui.

— Pensei que fosse mais inteligente, irmão.

— Porra, para de tentar encher a minha cabeça com as suas merdas! — esbraveja.

— Como quiser, mas dessa vez espero que não pense com a cabeça de baixo. Vou mandar Axl me encontrar no apartamento — aviso, seguindo com ele até à saída.

— Foda-se! Tenho coisa mais importante pra resolver agora — Ezra brada e segue até seu carro.

Somos os fodidos Knights, fadados a enlouquecer por bocetas, sorrisos e olhares nem tão inocentes assim.

— Porra, Russell! — exclamo sozinho. — Por que tinha de ir pra tão longe, caralho? Será que vou ter de recorrer ao Papa para ter você na minha cama de novo?

As mulheres são o início da derrota de um homem.

Somos apaixonados incubados e nunca iremos admitir essa verdade.

CAPÍTULO 33

AUBREY RUSSELL

Estática, olho para a mala cheia de dinheiro. Levo as mãos até a boca, engolindo o gemido de frustração e pavor.

Quem me mandaria isto?

Será que é alguma brincadeira de um dos Knights que descobriu meu paradeiro? Axl, Spencer ou Ezra? Bem, não vou pensar nisso, já que meu pai garantiu que eles só me achariam se eu quisesse. Mas quem me enviou esta porcaria?

Pego o telefone fixo em cima da cômoda e ligo rapidamente para o número privado de Conan, que me atende no segundo toque.

— Pai, preciso de ajuda — peço.

— *O que houve? Não combinamos de você ligar só em caso de emergência?* — Conan fala de uma maneira estranha; não me chama de filha e seu tom de voz é meio rude.

— O senhor está bem, pai?

— *Meu irmão quer conversar com você, pediu que estivesse presente em uma reunião no nosso galpão. O senhor sabe onde fica.* — É Ezra do outro lado da linha.

Tenho certeza, é impossível não reconhecer a voz dele.

Travo o maxilar e prendo a respiração no mesmo instante.

Esse é o motivo da frieza do meu pai?

O que Killz quer com ele?

Fico quieta para ouvir mais.

— *Não tenho nada para falar com seu irmão, já resolvemos todas as pendências* — retruca Conan.

— *O assunto é do seu interesse, senhor Russell. Pense melhor* — Ezra insiste.

— *Ele será o primeiro a saber se eu mudar de ideia* — avisa meu pai. — *Se era só isso, pode sair.*

— *Como quiser* — diz o irmão de Killz. — *Tenha uma boa tarde, senhor Russell.*

— *Já estou tendo, Ezra* — sopra Conan, meio irônico.

Os minutos passam e eu continuo aqui, esperando Conan me dar atenção.

— *Brey, meu amor. Como você está, filha? Está com algum problema? Foi por isso que me ligou?* — pergunta, agora com gentileza e preocupação, sem muita pausa.

Sinal de que está sozinho.

— Pai, alguém enviou uma mala com uma grande quantia, estou desesperada... Será que Killz descobriu onde estou?

— *Filha, mandei sua mãe enviar esse dinheiro para você. Optamos pela mala, porque sabemos que é teimosa demais para aceitar que isso é seu também. E não se preocupe com esse homem. Tão cedo ele não vai saber onde você está.*

Respiro com alívio quando meu pai fala que não devo me preocupar com Killz.

— Certo, fico mais tranquila. Até a senhora Russell se prestou a isso? — Reviro os olhos. — Pai, já disse que estou esperando uma proposta de emprego.

— *Você não precisa disso, Aubrey Russell. Você é a minha herdeira, dona de tudo, de cada centavo que conquistei...*

— Tudo bem, pai — interrompo-o. — Não quero discutir. O senhor ainda está em Londres? — indago com uma imensa curiosidade.

— *Sim, é o meu último dia aqui.*

— O que Ezra queria?

— *Fazer um convite para uma reunião que estou pensando em aceitar.*

— Pai, não confie neles. Tenha cuidado, por favor!

— *Querida, antes de esses garotos nascerem, eu já conhecia as artimanhas da vida.*

— Se cuide, pai. Não sei o que será de mim se alguma coisa acontecer com o senhor.

— *Só posso morrer quando você, sua mãe e Alessa estiverem seguras. Essa é a minha missão.*

— Não fala assim, Conan! — murmuro, emocionada.

— *Tenho de desligar, filha.*

— Como está a mamãe?

— *Ela esteve aqui ontem, para buscar Alessa. Pedi que levasse sua prima com ela. Falando nisso, Celeste decidiu fazer uma visita a você na próxima semana.*

— Essa é a melhor notícia que recebi nos últimos dias. Faz quase um ano que não a vejo, estou morta de saudades! Pai, decidi alugar um quarto em outro lugar aqui em Gênova, gostei de lá.

— *Faça como quiser, Aubrey. Só peço que se cuide.*

— Sempre, pai, sempre.

— *Eu te amo, filha!*

— Também, pai...

Continuo sorrindo mesmo depois que ele encerra a ligação. Adoro conversar com o homem que me criou e está sempre me protegendo. Só tenho a agradecer por ter uma família como a minha. Não importa se os Russells são mafiosos, assassinos ou o que quer que sejam, amo meus pais e devo tudo a eles. Conan sempre me deu bons exemplos para seguir, porque, além de ser meu pai, é um homem maravilhoso.

— Preciso ligar para a recepção — digo a mim mesma, digitando os números impressos no cartão do hotel e aguardo ser atendida.

— *Hotel Galles* — uma mulher fala do outro lado da linha

— Sou Zoey Roberts, estou no quarto 367.

— *O que a senhora deseja?* — ela indaga.

— Por favor, feche a conta. Vou deixar o hotel amanhã cedo.

— *Sim, senhora. Vou verificar o sistema e retorno assim que estiver tudo pronto.*

— Estarei aguardando, obrigada.

A ligação é encerrada.

Essa história de máfia é mesmo curiosa. Fico me perguntando qual o papel das leis e dos homens que se comprometem a proteger a sociedade no meio de tudo isso, mas sempre acabo desistindo de encontrar a resposta quando me lembro dos homens que se corrompem pelo dinheiro em vez de se satisfazerem com a honestidade.

Impaciente com a demora da recepção, pego o telefone e volto a ligar.

— *Hotel Galles.*

— Liguei há poucos minutos.

— *Ah, sim, me perdoe pela demora, senhora Roberts.*

— Tudo bem, mas preciso saber o valor da minha conta — digo a ela. — Se puder me informar, ficarei agradecida.

— *A senhora não tem nenhum débito. Suas despesas já foram pagas.*

Conan Russell, homem teimoso.

— Tudo bem, obrigada.

— *Nossa companhia que agradece, tenha uma boa tarde.*

Sem querer, acabo desligando na cara da mulher, coitadinha.

Retiro todas as roupas do armário e guardo cada peça dobrada na mala. Não esperarei até o dia amanhecer para correr atrás do meu destino incerto. O hotel Galles é a última opção no momento. Vou me mudar para o Assarotti agora mesmo.

CAPÍTULO 34

AUBREY RUSSELL

Tudo ocorre como desejado. Consegui o emprego no salão K&Y; Kenneth e Yrlane, o nome das donas do local. Há algumas semanas, estou trabalhando como gerente.

As duas irmãs me tratam como se eu fosse da família. Cheguei a ser até convidada para ir à festa do filho da Kenneth, daqui a três dias, mas decidi recusar de uma maneira suave para não demonstrar ingratidão, afinal, isso é algo que não tenho. Não quero frequentar festas porque preciso de paz, de tempo para aos poucos me libertar do passado.

— Zoey, pode vir aqui, querida? — Kenneth me chama com a voz alarmada.

Esse nome falso ainda me deixa sem jeito. É difícil me adaptar a algo que não é meu de verdade.

— Estou indo. — Saio de trás do balcão de madeira marrom e pequenos tons amarelados, então sigo até minha chefe.

Paraliso com a cena que vejo. Um homem alto, musculoso, de olhos castanhos vibrantes, lábios finos e sobrancelhas tão pretas quanto a cor do seu cabels está parado, olhando para mim.

— Essa é a famosa Zoey, mãe? — Ele sorri, analisando-me dos pés à cabeça.

Engulo em seco com suas palavras.

— Zoey, este é o meu filho. Já falei dele para você — a mulher diz, apresentando-o.

— Oh, claro! O famoso Keelan. — Sorrio quando seus olhos fitam os meus.

— Fico lisonjeado em ser o assunto de duas mulheres tão lindas.

Estremeço com o riso que solta pelo nariz. Por um segundo, meus malditos pensamentos correm para Killz, o homem que me fez querer mais da vida.

— Vocês formariam um belo casal — dispara Kenneth.

— Mãe, está deixando a garota envergonhada. Olhe a cor das bochechas dela — ele repreende.

— Hum... Estava tão distraída com algumas contas em branco que achei no sistema. Posso terminar de... — disfarço timidamente, referindo-me ao que estava fazendo antes.

— Claro, Zoey — diz ela. — Me desculpe pela animação. Meu filho não costuma sorrir tanto, acho que você foi uma exceção.

— Kenneth! — Keelan a repreende.

Murmuro baixinho, pedindo licença, e dou as costas para os dois.

— Keelan, quando irá visitar aquele seu amigo, Alécio Smith?

— Embarcarei para Chicago amanhã, senhora Curiosa. E o nome do meu amigo é Axl Smith, não Alécio. — Ouço-o falar enquanto me afasto.

Travo com a coincidência dos nomes; Axl Knight. Axl Smith.

Solto um grunhido baixinho e fecho os olhos, tentando não criar coisas sem sentido em meu cérebro. Não existe só um Axl na face da Terra, óbvio que não.

Apresso os passos para voltar a fazer meu trabalho, porque mais tarde tenho uma consulta com o médico. Preciso saber por que tenho me sentido tão indisposta ultimamente. Apesar de desconfiar que seja apenas estresse por tudo que aconteceu.

Bato meus saltos contra o piso do chão da recepção do hospital, ansiosa e com muito medo. Estou esperando há meia hora e começo a ficar angustiada com a demora. Como da primeira vez em que estive aqui, a recepcionista me avalia com desdém.

— Zoey Roberts, por favor, me acompanhe. — Finalmente sou chamada.

— Boa tarde! O doutor Zucco irá me atender? — questiono.

— O doutor não costuma largar seus pacientes no meio do tratamento. — A faísca de arrogância em sua voz não passa despercebida, no entanto, escolho ignorar.

— Eu não esperava menos de um profissional como ele. Não precisa se preocupar comigo, já sei o caminho — declaro.

— Posso acompanhá-la, sem problemas.

Fico com a impressão de que a megera está com ciúme do médico.

— A recepção está cheia, e tenho certeza de que você não quer nenhum paciente reclamando da sua demora no atendimento. Eu disse para não se preocupar comigo, meu único interesse é o resultado dos exames. Você pode ficar com o resto.

— O que quer dizer com isso? — A mulher fica sem graça.

— Se não quiser que descubram o que está sentindo, vai ter de disfarçar melhor. Falo isso por experiência própria. Misturar amor com negócios nunca acaba bem.

Deixo-a para trás e sigo para o consultório.

Bato duas vezes na madeira da porta, até que ouço a voz do doutor Zucco me autorizando a entrar. Giro a maçaneta e entro na sala azul e branca, que me lembra as nuvens no céu.

— Bom dia, doutor Zucco!

— Bom dia, senhorita Roberts! — ele me cumprimenta antes de se sentar de frente para mim.

— Já tem os resultados?

— Uhum, sim, sim... A notícia boa é que a sua saúde está ótima. Ainda que seja muito jovem... — Ele enrola um pouco para falar, parece constrangido.

— Poderia ser mais direto, por favor? — Tento não ser grosseira.

— Aqui está o resultado do exame. — Ele me entrega o envelope branco.

Minhas mãos tremem. Quando leio, quase engasgo e fico sem ar. Não posso acreditar. Eu devo estar sonhando.

— Está tudo bem?

— Claro, estou aliviada, pensei que era algo mais grave.

Enfio o envelope dentro da bolsinha e sorrio para o homem, que me encara, assustado.

— Ficou mais aliviada com o resultado? — questiona, surpreso.

Evito prolongar a conversa. Ando exausta, doida para me jogar na cama e dormir. As dores de cabeça me deixam aérea, meu apetite sumiu.

— Por que não ficaria? Podia ser bem pior do que uma crise de enxaqueca, certo? — Levanto-me, pronta para ir embora.

— Não é só...

Dou as costas para o doutor Zucco antes que ele possa dizer mais alguma coisa. Na recepção, a recepcionista me encara, assustada, mas dou de ombros e vou embora.

Afundo o rosto no travesseiro e suspiro, aguardando a senhora Russell atender a ligação, já que nem ao menos se deu o trabalho de justificar a ausência. Meu pai falou que ela viria me visitar quando me mudei para o hotel Assarotti, em Gênova, e até agora nada.

— *Filha?*

A voz dela soa um tanto... surpresa. Solto um grunhido de frustração. Estou decepcionada e com saudades dela. Como não ter?

Mordo os lábios, reprimindo a vontade de chorar. À noite, quando chego do trabalho, sinto-me sozinha, quase abandonada. Mas não posso reclamar, minhas escolhas me trouxeram até aqui.

— Até que enfim, mãe... Pensei que não iria me atender — disparo sem esconder a angústia.

Giro o corpo e me deito de costas na cama. Cruzo as pernas, inquieta, e passo os dedos entre os fios macios do meu cabelo, que estão presos em um coque improvisado que fiz quando saí do banho.

— *Desculpe, meu doce, alguns negócios da família saíram dos trilhos.*

Bufo e reviro os olhos quando ela termina de falar.

— Isso não é justo. Faz um ano que não vejo a minha mãe. — Minha voz sai baixinha.

Olho por um tempo a parede verde-musgo, em silêncio. Só consigo ouvir a respiração pesada do outro lado. Aperto com os dedos o objeto encostado em minha orelha, esperando que Celeste se manifeste.

— *Sinto a sua falta também, Brey. Como andam as coisas, e que número é esse?* — pergunta, desconfiada.

Dou risada da forma como fala.

— Comprei um celular novo. Aliás, tudo é novo agora — digo, feliz por ouvir sua voz. — Há pouco cheguei do hospital, descobri que sofro de enxaqueca.

— *Quando fiquei grávida, os sintomas eram de enxaqueca. Vômitos e visão turva, mas nunca desmaiava. Você me deu muitos problemas, menina.* — Damos risada.

— Sinto por isso, mãe.

— *Seu pai me contou sobre seu caso com um dos Knights...* — diz ela. — *Minha filha, como foi se envolver com aquela família? Você conhece o histórico daqueles garotos?*

— Mãe, por favor, não venha me repreender. Passei a vida inteira acreditando que meu pai era um grande empresário! — exclamo, angustiada por dentro.

— *Não estou julgando, Aubrey, mas você sabe das consequências? Você dormiu com aquele homem?*

— Sim, mãe, e fiz mais do que isso. Entreguei não só o meu corpo, mas também a minha alma — confesso, melancólica.

— *Céus! Seu pai sabe disso?!*

— Um pai sempre conhece as artimanhas do filho, ele só finge que não, mãe.

— *Pelo menos se protegeu?* — A voz dela é cheia de preocupação.

— Não sou criança, mãe.

— *Tudo bem, Aubrey, confio em você.*

— Onde está a minha prima? — desconverso.

— *Saiu com Enrique. Foram comprar algumas coisas que pedi para fazer o jantar, afinal, Conan chega hoje.*

— Meu pai ainda não voltou para casa? — indago, curiosa.

— *Diz ele que estava resolvendo alguns negócios em Londres.*

— Hum...

— *Filha, vou desligar, as visitas chegaram.*

— Tudo bem, senhora Russell, beijos!

— *Logo apareço para te ver, só me deixe resolver algumas coisas.*

— Mãe, a senhora está escondendo alguma coisa de mim? O que meu pai estava fazendo em Londres?

— *Odeio mentir para você, querida.*

— Mãe...

— *Seu pai e Killz fecharam um contrato, uma aliança.*

— E o que isso quer dizer? — Engulo em seco.

— *Alessa e Axl vão ter de se casar. Os dois são herdeiros...*

Arregalo os olhos com a revelação.

Alessa já sabe disso? Ela concordou em se casar com o cara que já tem namorada? E Axl vai aceitar isso? São tantas perguntas sem respostas em minha mente, que poderia jurar que as coisas nunca ficarão normais de novo.

Como será o início dessa farsa?

CAPÍTULO 35

KILLZ JAMES KNIGHT

Um longo tempo já se passou e ainda não tenho notícias do paradeiro de Aubrey. É como se ela tivesse sido tragada pela Terra. Todos os melhores homens de Alec estão viajando por vários lugares — Tóquio, Moçambique, Canadá, Japão, Las Vegas — para ver se conseguem encontrar um rastro que me dê esperança.

Fiquei hospedado no hotel Galles, na Itália, que foi o último rastro que tive dela. Provavelmente, ela deve ter trocado de celular. Perguntei por Aubrey Lewis ou Russell, mas os funcionários disseram que não hospedaram ninguém com aquele sobrenome. Até mostrei uma foto dela, mas mesmo assim negaram ter visto alguém semelhante.

Claro que ela deve ter usado um nome falso, e eu pretendia ir mais fundo, porém, havia problemas que apenas eu podia resolver. Por essa razão, precisei voltar para Londres e assumir o controle dos negócios.

Minha paciência com esses velhos do conselho já se esgotou. Eles conseguiram me tirar do sério. Meu acordo com Conan Russell foi selado e não há nada que possa ser feito para voltar atrás.

— Como você firma uma aliança com o inimigo sem nos comunicar nada, Killz? — Aguirre, um dos conselheiros, se exalta.

Eu coço o queixo, decidindo se ele será o primeiro a morrer.

— Estou com você. — Pablo apoia o companheiro.

Ergo uma sobrancelha, em dúvida agora. Talvez seja melhor matar dois em vez de um.

— Não podemos mais opinar aqui dentro, isso é o cúmulo, Killz James Knight! Somos uma equipe! — diz Aguirre, levantando o tom de voz.

— Senhores, por favor, tentem resolver isso de uma maneira mais civilizada — pede Ezra.

Sorrio deliberadamente. Meu irmão está sempre tentando acalmar as ondas do mar, assim como os demônios da minha vida. Ainda não entendeu que é uma missão impossível.

— Seu pai não lhe ensinou o seu lugar, vive como um moleque impulsivo! — esbraveja Zacky.

É a segunda vez que esse velho se dirige a mim dessa forma, está na hora de acabar com essa palhaçada.

— Sabe, Zacky, acabei de lembrar por que eu gosto quando você não abre a boca. — Fico de pé e me aproximo. Apoio uma das mãos na mesa e a outra no encosto da sua cadeia. — Não suporto a sua voz.

— Não tenho medo de você, Killz! Nós investimos nessa merda! — O homem me enfrenta.

— Zacky, se acalme — pede Alexander, fazendo-me sorrir ainda mais.

— Eu disse que não suporto a sua voz, Zacky, mas isso não significa que não goste de ouvir seus gritos — murmuro.

Sem lhe dar tempo sequer para digerir minhas palavras, chego perto de sua cadeira, pego a caneta de prata que o cretino tanto aprecia e aproveito sua mudança de postura após um arrastar de cadeira para cravar a caneta em sua coxa. Livre acesso demais para minha vontade de matar esse desgraçado, o ideal seria na carótida, mas causaria muito estrago e sujaria todo meu carpete.

Ele urra de dor. Fecho meu blazer e volto a me sentar.

— Você é louco! — Zacky grita; arrastando a perna, caminha em direção à porta.

Todos se espantam com minha atitude, mas não dou a mínima. Um burburinho se inicia, irritando-me ainda mais.

— Calados! — esbravejo e a sala silencia. — Por favor, volte para o seu lugar, velho. Ainda não acabei com você.

— Tenho idade para ser seu pai, ou até mesmo avô, acha que fazendo isso vai me forçar a seguir suas ordens? — Tenta sorrir, aumentando a minha ira.

— Alec! — chamo, e ele se apresenta imediatamente. — Abra a porta, o senhor Zacky está de saída.

Alec e Ezra sabem que é tarde demais para o conselheiro e se preparam para o pior.

— O que vai fazer? — pergunta Alexander.

— Saia, Zacky! Ou pretende ficar e acatar às minhas ordens? — pergunto com ironia, desafiando-o e aproveitando para dar um aviso aos outros.

— Seu... — Ainda relutante, ele manca para fora. O tempo de sacar a arma e disparar contra a sua cabeça grisalha não chega a dez segundos.

— Killz, não!

O corpo desaba. A sala fica em silêncio mais uma vez. Mas ainda não me sinto saciado. Levanto-me novamente, ando até o corpo inerte que está caído sobre uma poça de sangue e descarrego minha arma no imprestável. Cinco disparos. Bem melhor!

E uma nova cor no carpete, até que ficou boa.

Olhando de cima, é uma cena adorável, realmente. Dou de ombros e puxo meu lenço no bolso do blazer para limpar as mãos, satisfeito com meu trabalho.

— Zacky era muito importante para nós! O que os filhos dele vão dizer? — grita Alexander, desesperado.

— Os filhos dele saberão por que o velho morreu, e vão ficar quietos quando eu mandar calarem a porra da boca! — vocifero, fazendo o conselheiro estremecer.

— Killz, sabe que o conselho pode pedir um julgamento — sussurra Alec.

— Não te chamei aqui para pedir a sua opinião, Alec. Tire esse monte de merda da minha frente — rebato de imediato.

— Alec, prepare o corpo de Zacky e mande para a família dele. — Ezra mais uma vez tenta deixar as coisas mais calmas.

— Pode deixar comigo.

— Aproveite e cancele todos os meus compromissos dessa semana — falo diretamente para Alec e guardo minha arma.

— Você anda imprevisível, Killz — ele fala baixo.

— Cuide da sua vida, porra! — concluo e desvio o olhar para o meu irmão. — Vamos, Ezra.

— Killz, depois que essa garota entrou na sua vida, você perdeu a capacidade de raciocinar — Ezra me repreende enquanto caminhamos para fora da sala de reuniões.

— Será que dá para me deixar em paz? — murmuro, passando por alguns funcionários que abaixam a cabeça.

A notícia do que aconteceu com Zacky já deve ter se espalhado.

— O sumiço dela está mexendo demais com você. — Sua voz sai em modo de repreensão.

— Aquele maldito Conan não quer me contar onde ela está — admito, irritado.

— Vá pelas beiradas, quem sabe ele não cede? — aconselha, quando estamos nos aproximando dos nossos carros.

— O filho da puta não vai me ajudar! — rosno, passando a mão no rosto.

— O que custa tentar? — insiste, e eu bufo.

— Vou pensar sobre isso.

Olho para meu irmão, que me encara por breves segundos, mas logo muda de assunto por saber que não estou bem com a conversa que estamos tendo.

— Sabe que a morte de Zacky vai trazer consequências, certo? Você precisa controlar o seu temperamento, irmão. — Ele toca em meu ombro e dá dois tapinhas.

— Foda-se! Perdi a cabeça. — Estreito os olhos.

— Mas não devia, Killz.

Ezra e a sua maldita mania de querer fazer sempre as coisas certas. Certinho demais.

— O velho mereceu por me afrontar — rosno, atraindo olhares no estacionamento.

— Só faltou jogar Spencer da janela por ter atirado na Scarlet, e agora está achando ruim porque estou lembrando sua própria lei diante de uma briga que pode acontecer?

— Não sou idiota, irmão. Sei o que estou fazendo.

Respiro fundo, já impaciente com seus bons conselhos.

— Não é o que está parecendo, Kills — murmura, entrando no carro dele.

Meu irmão abaixa o vidro da janela e me encara, já usando os óculos escuros.

— Vai para o cassino agora? — pergunto, deslizando as chaves do meu carro para fora do bolso.

— Sim, tenho algumas coisas para resolver com Fergie.

Faço careta ao ouvir esse nome ser mencionado.

— Essa garota ainda?

Merda! Se não bastasse proteger Spencer, agora o babaca arrumou mais uma desmiolada para cuidar. Eu deveria ter pena, mas quero que se lasque.

— Sim, ela ainda. E, você, está com cabeça para dirigir? — indaga, ligando o automóvel.

— Vou até a London Eye, preciso me distrair.

Nossos carros estão lado a lado no estacionamento. Vou até o meu, destravo a porta e entro. Antes de partir, Ezra me pede para eu me cuidar.

Estou tentando, penso já sozinho.

Só aquele lugar para melhorar meu humor e trazer de volta minhas melhores lembranças. Não posso mais esperar, os meses estão passando e nada de você, Aubrey Lewis Russell. É minha desde o momento em que pus os olhos em você, naquela sala de entrevista. Que se foda o delito do seu pai.

Estou completamente perdido, *baby*.

Você é o meu caminho.

Você é a minha paz.

CAPÍTULO 36

AUBREY RUSSELL

Minhas pálpebras pesam. Fecho os olhos a cada minuto, bocejo a cada segundo, e isso me deixa irritada, porque tive uma boa noite de sono.

— Zoey, parece que você não dormiu bem — diz Kenneth, alarmando-me.

Sorrio, bocejando ao mesmo tempo.

— Pior que não, estou me sentindo assim há semanas.

— Nossa! Só agora me dou conta do tempo que você está trabalhando aqui. O ano está passando rápido, logo será Natal! — Kenneth fala e suspira, feliz.

Ela é uma mulher muito boa, acolheu-me de todas as maneiras, mas não posso me arriscar a contar sobre minha vida.

— Sim, estou feliz por isso.

— Estamos conseguindo bastante dinheiro com a sua ideia de marketing.

Há um mês sugeri que apostasse mais na propaganda, agora estamos aqui, com duas filas de clientes à porta do salão. Formei-me em marketing há três anos, e, como eu disse, tenho muitos cursos que podem me beneficiar.

— Gosto de vê-la feliz.

— Keelan volta hoje de viagem. Vamos lá para casa? — indaga a mulher. — Quero comemorar a chegada dele — pede com um olhar de "só essa vez?".

Kenneth ama me convidar para ir à sua casa, só que sempre tento evitar.

— Keelan trabalha em que mesmo? — pergunto. — Você me disse uma vez, mas estava tão distraída que não prestei atenção.

— Ele é piloto de corrida em Londres e trabalha com alguns amigos.

Gelo com a informação. Keelan é piloto, Carter também, ambos na mesma área. Será que se conhecem?

— Essa profissão não é perigosa?

— Só vou te contar porque confio em você. Keelan é piloto, mas clandestino.

Quase caio para trás com a revelação bombástica.

Keelan + piloto + corrida clandestina = máfia?

— Oh, céus! — Tento disfarçar minha surpresa, mas sei que falho.

— Ele anda nessa desde os seus vinte anos, vive viajando.

— Você acredita em máfia? — indago, encarando-a.

— Que nada, menina! — diz ela, dando risada. — Isso é coisa de filmes.

Também era para mim, até que descobri que sou herdeira de uma e que transei com o chefe de outra.

— É, deve ser mesmo.

— Perguntou isso por conta das corridas clandestinas? — Ela me observa. — Filha, isso é comum em alguns países. Para quem faz, mas não para as autoridades, que abominam esses atos.

Kenneth acha que corrida clandestina é igual às de filmes, em que o piloto sai da sua *Ferrari* com a grana no bolso para fazer a sua maior aposta.

— São bem interessantes esses assuntos — minto.

— Não são não, morro de medo que algo aconteça com Keelan.

— Kenneth, venha aqui! — Yrlane chama a irmã.

— Me dê licença, Yrlane parece estar enfurecida!

Meus pensamentos começam a ficar sujos. Nem quero imaginar que Keelan também é um membro de alguma máfia. Será que ele é rival? Ou mesmo apenas um simples piloto de corridas clandestinas?

— Olá, Zoey!

Com seu cabelo preso em um coque, como sempre, Yrlane vem me cumprimentar. Ela é tão bonita quanto a irmã. Ambas possuem belezas cativantes.

— Tudo bem, Lany?

— Estou nos meus melhores tempos, menina! Você caiu do céu! — exclama a mulher, juntando as palmas das mãos e sorrindo para mim. — Falando nisso, eu trouxe algo para você experimentar.

— O que é? — indago, com uma grande curiosidade.

— Aprendi uma receita na internet.

— A minha irmã inventou de fazer cupcake — revela Kenneth, aproximando-se.

— Quero provar, amo cupcake! — afirmo.

— Prove este!

Yrlane me dá um cupcake azul com chantili e uma pequena cereja em cima. Levo o doce à boca. Assim que a minha língua saboreia o recheio, a náusea sobe. Tapo o nariz, bloqueando a ânsia.

Respiro. Uma. Duas. Três. Quatro vezes.

Jogo o cupcake em cima do balcão e corro para o banheiro, sem nem ao menos pedir licença às duas mulheres à minha frente. Ajoelho-me em frente ao vaso sanitário, apoiando minhas duas mãos nas laterais, e espero pelo bolo que se forma em minha garganta.

A coisa está tão feia, que sinto as lágrimas descerem por meu rosto. O vômito é fedorento e o odor de azedo me induz a vomitar mais ainda.

— Menina do céu, o que está sentindo? Olhe para você... — Kenneth se aproxima, parecendo estar muito preocupada com a inesperada crise de vômito.

— Minha cabeça dói, merda! — Tento me levantar, mas é inútil, porque a visão fica turva.

— Deve ter comido alguma coisa que mexeu com seu estômago.

— Ultimamente, não tenho conseguido comer nada, só que as náuseas vêm aumentando.

Por fim, consigo me levantar com sucesso. Vou até a pia e lavo o rosto.

— Sei que a pergunta é íntima demais, mas, Zoey, você se relacionou com alguém durante esses meses aqui, em Gênova? — ela cochicha.

Tenho vontade de rir da maneira com que ela fala. No entanto, gelo com a insinuação.

— O que quer dizer com isso?

— Você está grávida?

Não sei se é uma pergunta ou uma afirmação.

Minhas pernas parecem geleia de tão molengas que ficam.

— Não é possível!

— Sim, é possível, se você já tem relações sexuais — alerta a mulher.

Gravidez não!

Eu não posso cair nesse túnel sem luz, Killz não serve para mim. Não, não!

É inadmissível estar grávida. Sei que na máfia existem regras sobre essa porcaria. Sou livre e não desejo me prender a alguém por um filho que nem planejei. Talvez seja só ilusão, é isso!

O médico confirmou que era apenas uma enxaqueca. Mas, espera... Ele tinha algo mais para contar e eu não deixei. Nem sequer me dei ao trabalho de olhar direito o restante dos benditos exames.

— Preciso pensar...

— Teve algum namorado antes de vir para cá? — ela questiona.

— Sim... Um caso rápido, só isso. — Não estou mentindo.

— Usavam proteção?

Na nossa última vez me senti a mulher mais amada do mundo. Foi tão perfeita para ele também, que fui tratada como uma das suas vadias.

Estávamos tão distraídos com as chamas da excitação, que nem nos lembramos de usar preservativo. E, droga, também teve a vez que eu mesma quis transar sem proteção.

Merda, Aubrey Russell! Como pôde ser tão idiota?

— Não, por duas vezes nós não usamos — sussurro, querendo chorar.

— Você não fez exames há três meses?

— Fiz há quase quatro, na verdade. — Espremo os lábios entre os dentes.

— Qual foi o resultado? — indaga Kenneth, dando descarga no vaso.

— Enxaqueca.

— Somente isso? — Ela ergue a sobrancelha, mostrando-se pensativa. — E seu ciclo menstrual?

— A minha vida andou tão atribulada nesses últimos tempos, que não pensei nisso, Kenneth... — Suspiro, fechando os olhos. — Faz quatro meses que não menstruo.

— Zoey, se ajeite, nós iremos procurar esse doutor. Se ele deu os resultados errados, irá se haver comigo!

— Estou com medo... — digo a ela. — Não quero ir. O que meus pais irão dizer sobre isso?

— Você disse que era órfã, Zoey.

Tremo.

A verdade sempre vem à tona com o tempo.

— É... — Respiro fundo. — É porque estou nervosa, Kenneth! É isso! — gaguejo, porque, de repente, me lembro da conversa que tive com minha mãe pelo celular.

— Eu te entendo, também fiquei assim quando descobri que estava grávida com apenas dezessete anos. Ainda fiquei mais pirada quando descobri que o pai do meu filho mexia com coisas ruins.

— Podemos ir? — Mudo de assunto.

— Só vou pegar as chaves do carro — avisa, saindo do meu campo de visão.

Querendo ou não, tenho de enfrentar a realidade, porque se houver um bebê dentro de mim, será minha responsabilidade, minha consequência, e ele não pagará pelos erros dos pais inconsequentes.

Mas farei o possível e o impossível para que Killz não saiba da existência do meu filho.

CAPÍTULO 37

KILLZ JAMES KNIGHT

Socando a madeira da porta do meu escritório, Axl xinga, negando-se a aceitar o acordo que irá nos proporcionar muitas vitórias. Meu irmão não entende a importância de termos um vínculo maior com Conan Russell, mas terá de aceitar ou serei obrigado a apelar para a parte que o toca.

— Você vem tramando isso há meses? — ele questiona, com fúria. — Isso é o cúmulo, Killz! Não sou o inconsequente do Spencer, você não vai domar a minha vida. Também sou um herdeiro! — rosna.

— Seja homem e sele o nosso acordo. Mostre que é um verdadeiro Knight, Axl.

— Não vou magoar a mulher que amo por conta de suas estratégias idiotas! Sabe-se lá o que esse Conan está aprontando! — protesta.

— O contrato já está assinado por ambas as máfias, apenas faltam a sua assinatura e a da garota.

— Não sou sua marionete, Killz! Não deixarei que faça comigo o que já faz com Ezra. — A voz dele se torna firme.

— Axl, negócio é negócio, e agora preciso que mostre ser homem o suficiente para poder enfrentar um! — Bato com o punho fechado sobre o tampo da mesa. — Em momento algum, no contrato, você precisa amar a garota.

— A minha palavra é uma só, Killz — diz Axl, indo em direção à porta.

O momento chegou. Ele que pediu por isso.

— E a minha também. Tem algo importante dentro da nossa máfia. Não sei se sabe, mas aqui é assim, por bem ou por mal, pela dor ou pelo amor. Consegue entender isso?

Puxo o contrato de dentro da gaveta e tiro a caneta de prata do bolso do blazer. Axl trava os passos, então sorrio por dentro, porque já conquistei sua atenção.

— Por que diz isso? — Ele olha para mim. — Porra, você é meu irmão, Killz!

— Assine nas duas linhas, por favor, não rasure.
Ainda me encarando, Axl dá um sorriso debochado.
— Depois que a Russell foi embora, você se tornou impulsivo e doentio.
— Você irá me agradecer por tudo que estou fazendo aqui, Axl.
Ele continua em pé perto da porta, sem mexer um osso. Ignoro a parte que me incomoda; Aubrey. Eu preciso encontrá-la para esclarecermos tudo.
— Nunca.
— Venha, assine — insisto.
— Tenho um compromisso agora, me dê licença.
Pego o celular em cima da mesa e digito o número de Alec rapidamente.
— O que está fazendo? — indaga, interessado.
Por bem ou por mal, irmão.
— Você tem cinquenta segundos para assinar o contrato, caso contrário, mando Alec dar ordem aos nossos homens para executar Melissa.
— Desgraçado! A vida toda você nos manipulou! — Ele continua com seu show. — É assim, bom moço por fora, mas sempre usa os nossos pontos fracos.
Ele vai acabar ficando roxo de tanto gritar.
— Só manipulo os meus irmãos, eles merecem ser VIP. Fique grato por ter vindo ao mundo como um Knight, esse é seu bônus. — Continuo sendo irônico. — Agora, assine. Não desejaria ver Melissa sujando de sangue aquele belo vestido branco que você deu a ela de presente.
— Você me paga, Killz!
Puxando a caneta da minha mão, Axl passa os olhos por segundos no documento, sem ler nada antes de assinar.
— Pronto? — pergunto, com a mão no queixo. — Assinou nas duas linhas?
— Claro, chefe! — exclama com o mais puro ódio. — Agora só falta você me deixar assinar meu punho no meio da sua cara.
— Você tem sete meses para parar de brincar de casinha com a sua cadela.
— Não vou terminar com Melissa. Alessa terá de engolir a mulher que amo.
Ele sorri, jogando a caneta na mesa.
— No contrato tem uma cláusula sobre infidelidade.
— Não li essa porcaria, Killz. Sou herdeiro, isso não me atingirá — fala com arrogância. — Ficarei com Melissa, mas se Alessa aceitar ser a segunda opção, quem sou eu para discutir?
— Suma, Axl — ordeno.
— Não terminarei com Mel.
— Se algum membro da máfia descobrir a sua vida dupla e trouxer provas da sua infidelidade, você será julgado.
— E quem vai fazer isso? — Ele ergue a sobrancelha. — Os filhos de Zacky?
— Você está avisado. Quando estiver fodido, não venha atrás de mim.

— Ninguém terá coragem de me enfrentar, pode acreditar. Ah, tenho uma coisa a dizer. — Ele aponta o dedo para mim. — Semana passada, Zain deu uma surra em Spencer, quase matou o coitado, por sorte uma policial interveio.

— Aquele louco não é um moleque, porra! Queria matar meu irmão, que tem a metade da idade dele?! — exclamo, irado.

— Os dois filhos de Zacky andam aprontando ultimamente. Mande Ez cuidar do pequeno bastardo, vai que o matam para se vingar de você pela morte do pai? — debocha, então percebo que me contou isso só para tripudiar sobre mim.

Infeliz! Nem parece que também é irmão de Spencer.

— Peça para Spencer e Ezra virem até minha sala.

— Não sou o seu empregado, Killz — ele fala com seriedade. — Se quiser esse favor, ligue para Alec. Não é ele o seu capacho?

— Faça o que eu mandei e saia, Axl.

Ao invés de me obedecer, ele me ignora e muda de assunto:

— Trouxe um amigo piloto que veio da Itália. Nós nos reencontramos em um jogo aqui em Londres.

— O que eu tenho a ver com isso? — pergunto, irritado.

— Ele tem habilidades na pista, recomendo ver o que ele faz. Keelan corre desde os vinte anos.

— Ok, vou dar uma olhada nele — concordo.

— Estamos precisando de mais um piloto para carregarmos a carga do galpão para Las Vegas.

— Carter é o chefe dos pilotos. Cadê ele?

Carter é o segundo gerente da máfia, trabalha no contrabando das armas e peças de carros. É meu irmão que prepara os pilotos e nossa empresa que patrocina a maioria das corridas para que possamos trabalhar sem que nenhuma suspeita caia sobre nossos negócios ilegais.

— Sim, eu sei, mas temos de manter as aparências. Carter promoveu um evento no centro da cidade de Londres, assim os policiais ficarão distraídos com a corrida de lá e não a nossa.

— E o que farão para sair da cidade sem serem vistos?

— Nos misturaremos com eles na hora da corrida, depois Carter nos dará um sinal para seguirmos em frente.

Para os Knights nada é difícil, só precisamos de boas estratégias.

— Me passe o contato do seu amigo, quero ver as habilidades dele ao volante.

— Keelan foi visitar a mãe em Gênova, mas estará de volta na próxima semana — diz Axl, pegando o seu celular no bolso da calça jeans.

Estamos a todo o momento brigando, mas não conseguimos guardar rancor um do outro. Nós, Knights, somos mais unidos do que imaginamos.

— Tudo bem, podemos resolver isso.

No final do mês, os pilotos do galpão irão para um evento na Itália. Carter e Spencer são os principais na corrida.

CAPÍTULO 38

KILLZ JAMES KNIGHT

Na folhinha do calendário marca 30 de novembro de 2017. Faltam apenas nove dias para completar quatro meses da partida de Aubrey e desejo voltar no tempo.

Lembro das palavras que meu pai me disse quando eu era moleque: "*queria voltar no tempo para poder correr atrás do meu sonho*".

Essa frase dá um encaixe perfeito na minha situação. A única coisa que posso dizer é que Brey se tornou um sonho bem distante, quase perdido.

— Killz, hoje é o segundo dia da corrida de Carter e Spencer no galpão na Itália, você vem? — indaga Alec, entrando na minha sala.

— Sabe que eu não curto essas coisas — reclamo.

— Não mais, porque quando era mais jovem você costumava correr nas estradas de Londres.

— Alec, só fiz isso quatro vezes.

— Porque seus pais se foram e você teve de tomar conta da herança e cuidar dos negócios da família — diz, sentando-se numa das poltronas.

— Verdade, mas isso não vem ao caso. Você sabe que odeio me misturar, e ainda por cima tem aquelas mulheres seminuas que ficam desvalorizando seus corpos. — Balanço a cabeça em negativa. — Para completar, também tem os drogados, que cheiram e fumam suas merdas para depois vir procurar problema.

— E o que você tem a ver com isso? — Ele me encara de braços cruzados. — Fique no seu canto vendo seus irmãos. Sua presença será muito importante, deveria ver como Spencer está mudado. Ele já correu dez vezes nos últimos dias e conseguiu fechar alguns negócios. O moleque está virando homem de verdade.

— Vou pensar, Alec.

Como se fosse um milagre, as palavras da Scarlet surtiram efeito, porque Spencer Knight agora trabalha. Finalmente assumiu seu posto na máfia.

Parece que as coisas estão se invertendo, porque dei uma missão para Ezra e ele não cumpriu. Mandei-o matar Scarlet Guzman e enviar um presentinho para os Russos, só que Ezra é teimoso demais para fazer o que ordenei. Sendo assim, Alec, como um bom seguidor, fez ainda melhor e a exilou.

— Tudo bem.

— Como está Scarlet? — questiona. — Ainda acho que deveríamos ter dado um fim nela no instante que soubemos da sua traição.

— Ela estaria morta se Ezra tivesse feito o que foi mandado — aponto. — Mas houve uma parte boa nisso. Ela servirá para nos informar sobre os passos dos Russos.

Scarlet é uma vadia, mas não posso negar que a traidora é muito inteligente. É uma pena que ela tenha escolhido o lado errado.

— Killz, nos últimos tempos os próprios Knights quebraram algumas regras. Você sabe que se o conselho maior se revoltar, está tudo perdido, não é?

— Eu sei. Apesar do meu poder aqui, a qualquer momento posso tomar uma rasteira se descobrirem nossas merdas.

Nervoso, enfio uma das mãos dentro da gaveta e puxo meu velho charuto.

— Nunca mais fumou.

— Só fumo quando estou nervoso — rebato.

— Ninguém pode descobrir sobre o pai e a filha, não agora — Alec aconselha.

— Faremos tudo certo, confio em você. Agora me conte mais sobre a corrida. — Mudo de assunto. — Por que será na Itália mesmo?

— O novo piloto indicou alguns negócios bons por lá, queremos ver de perto.

— Espero que não estejam se metendo em alguma furada — alerto.

— Axl disse que o amigo dele é confiável.

— O tal Keelan? — Lembro-me do nome do rapaz. — Talvez deva ser, é raro meus irmãos indicarem alguém de fora para entrar nos nossos negócios.

— Apareça na corrida, vai ser bom para você ver os dotes do novato.

Às vezes, dá vontade de enfiar uma bala na boca do Alec, principalmente quando fica insistindo com as coisas.

— Já disse que vou pensar.

Mudando de assunto, ele dispara:

— Axl ainda está inconformado com o casamento.

— Ele acha que vai fazer as coisas do jeito dele, mas não vai.

— Seus irmãos são cabeça dura, Killz. — Ele se mostra preocupado. — Tenho medo de que Axl machuque a garota e Conan venha procurar guerra. Não precisamos disso agora.

— Eu sei! — Começo a ficar irritado com essa conversa. — Estamos nessa aliança por aparência. Conan tem bons soldados, pode ser útil se alguma coisa der errada.

Dando o assunto por encerrado, ele atrai minha atenção.

— Blood apareceu — avisa. — Ele vai querer justiça... Um dos meus homens disse que três russos estavam rondando a fronteira.

— Não estou com saco para esse assunto. — Bufo. Minha cabeça parece que vai explodir com toda essa merda. — Preciso beber. Quer vir?

— No mesmo lugar de sempre?

— Sim, pode ser. — Jogo o resto do charuto na lixeira. — Mas vamos dar uma esquentada antes.

Vou até o bar e pego um copo. Ofereço e ele aceita.

— Antes de sairmos, ligarei para Dayse. Quem sabe ela não tem novidade para você se distrair um pouco? — oferece, referindo-se à mulher que é a maior cafetina de Londres.

— Não preciso de mulher, Alec — digo, engolindo o álcool de uma vez só.

— Se você diz...

Assinto, colocando o copo na prateleira do bar. Sigo os passos de Alec até a saída e vamos ao nosso destino.

A iluminação dos holofotes é tão exagerada que é capaz de deixar um cara cego.

Alec e eu nos sentamos a uma das últimas mesas para não sermos incomodados. Muitos londrinos frequentam a casa noturna, eles amam isso aqui. Ser um empresário de fachada é uma porcaria, você tem de viver se misturando com abutres que só pensam em fechar negócios e vivem babujando.

— No que está pensando? Estou te achando muito sério ultimamente. — Alec se aproxima com dois copos de uísque.

— Vou fechar aquela empresa, cansei de ter de encarar esses idiotas o dia todo. — Assim que ele deposita o copo na mesa, dou um gole, e por pouco não engasgo com as pedras de gelo menores.

— Vai com calma, Killz — adverte.

— Na segunda-feira vou pedir que Ezra avalie algumas coisas para mim, quero saber como posso sair dessa sem ter de pagar multas.

— Não deve fazer isso. A empresa tem grande influência nos negócios dos maiores empresários de Londres — avisa.

— E o que sugere? — pergunto com insatisfação. — Quero ficar em paz! Já não basta ter de carregar a máfia? Estou cheio de problemas, Alec! A minha vida toda fui pai e mãe dos meus irmãos, apesar de nunca ter mostrado isso diretamente. — Começo a desabafar pela primeira vez.

— Tire alguns dias para descansar, se distraia na corrida.

— Não insista nisso...

Antes que ele tenha a chance de rebater, somos interrompidos.

— Amados, é tão bom vê-los aqui! — Dayse se aproxima, sorridente. — Nem acreditei que vinham mesmo, faz tempo que não aparecem!

Dayse Martz é uma mulher muito mais velha que eu. Pelas minhas contas, ela já atingiu seus cinquenta anos, mas nem parece. O dinheiro pode fazer mágica. O corpo até parece natural, mas se subir numa balança, aposto que quebra de tanto silicone que usa. Seu cabelo tingido de loiro-escuro realça os olhos verdes.

— Olá, Dayse — cumprimenta Alec, dando um beijo na mão da mulher.

— Há quanto tempo, Killz James Knight. — Ela sorri ao me encarar.

— Pois é.

— Não o vejo desde a morte da...

— Dayse, onde estão as suas melhores garotas? — interfere Alec, já sabendo que ela mencionaria Roselyn.

— O que irão querer? Temos loira, morena, negra, ruiva, asiática, brasileira e muito mais. — Ela pisca, fazendo-me revirar os olhos.

Há tempos desconfio desse lugar, tenho uma pulga atrás da orelha. Desconfio de que Dayse obriga algumas mulheres a se prostituírem. Não sei como, só desconfio que ela tenha alguma carta na manga para ameaçar essas pobres. É claro que algumas fazem porque gostam, dá para notar, mas outras, às vezes, parecem repudiar isso aqui.

— Estou bem sozinho — aviso.

— Hum... Vai querer alguma, Alec? — indaga Dayse.

— Estou bem, por enquanto. Quem sabe mais tarde eu mude de ideia.

— Tudo bem! Vou mandar alguém trazer bebidas para vocês. — Saindo do nosso campo de visão, Dayse vai rebolando em direção ao balcão do bar.

— Ela está doida para nos empurrar essas vadias, Alec.

— Percebi... — murmura, já de olho em uma morena que rebola escorada numa mesa.

— Vou ao banheiro, já volto.

Levanto-me da cadeira e retiro o celular do meu bolso para ver se tem alguma notificação do paradeiro de Aubrey. Caminho de cabeça baixa, notando a fraca iluminação do corredor.

Porra, esses homens são tão inúteis! Será que vou ter de procurar eu mesmo? Desligo o telefone e o guardo. Sem querer, acabo trombando em alguém na hora que vou entrar no banheiro.

— Ai, droga...

Arregalo os olhos ao ouvir o resmungo feminino.

— Hum... Desculpe-me — digo.

— Tudo bem. — Levanto a cabeça, olhando pela primeira vez para a dona da voz. — É... Poderia me dar licença?

A mulher parece uma miniatura perto de mim. Ela é linda, seus olhos esverdeados me lembram vagamente os de Aubrey, os lábios finos malditamente me levam de volta à nossa última noite juntos.

— Oh, claro! Perdão — digo à desconhecida, dando um leve sorriso.

Quando estou prestes a sair, sinto uma maciez no meu braço. Viro o rosto, um tanto surpreso.

— O que deseja? — questiono.

— Qual é o seu nome?
— James — respondo, nada interessado.
— Está acompanhado? — A mulher sorri e, pela segunda vez, me pego surpreso.
Ela tem um estilo igual ao da mulher que faz meu coração disparar a cada segundo.
— Depende.
— Do quê?
— Ainda não me disse seu nome.
— Oh, perdão! — Ela solta meu braço e dá um sorriso. — Muito prazer, Angel.
Levanta uma das mãos e a estende para mim.
— Olá, Angel. — Pego a mão dela, cumprimentando-a.
— Então, está acompanhado?
— Sim e não.
— Como assim? — indaga, arqueando a sobrancelha.
— Estou apaixonado por uma mulher e, apesar de ela não estar aqui comigo, é como se estivesse. Deu para entender?
Acho que realmente não estou bem. Primeiro, desabafo com Alec, e agora me explico para uma desconhecida.
— Você é gay? — questiona.
— Não que seja da sua conta, mas não sou gay. Está falando isso porque não abri um sorriso para você e não te chamei para ir até algum desses quartos no outro lado do corredor?
Angel engole em seco e abaixa a cabeça.
— Oh, perdão.
— Segunda vez que diz isso, garota.
— É mania. — Ela passa a mão pela nuca. — Então, tem uma mulher na jogada?
— Sim, a mulher da minha vida, a única que desejo e que é tudo para mim, mas percebi isso tarde demais. E tem muitas coisas que podem nos separar também.
Inspiro profundamente, sem entender como estou tendo coragem de dizer tantas coisas a ela. Uma desconhecida.
— O que houve? — Sinto um toque no meu ombro.
Bruscamente recuo, não gostando da sua ação. Ela se assusta um pouco e tenta disfarçar com um leve sorriso.
— Sem querer, acabei estragando tudo — admito.
— Já tentou procurá-la?
— É tudo que tenho feito nos últimos quatro meses.
— Ela não quer falar com você? — questiona, curiosa.
— Não, ela foi embora.
A cada instante me surpreendo mais comigo mesmo. Pergunto-me que porra estou fazendo à porta de um banheiro, desabafando com uma garota de programa. Parece que, por alguns segundos, esqueço quem sou e o que faço.

— Foi atrás dela?

— Angel, não é? — Faço-me de esquecido. Após ela confirmar, continuo: — Tenho de ir, foi bom desabafar um pouco.

Coloco as mãos no bolso e saio. Olho por sobre o ombro e confirmo que ela está de boca aberta.

O que não é estranho, porque também estou. Merda!

Respiro fundo e empurro os pensamentos para longe.

Faz dias que Blood deu sinal, o maldito Russo. Ele é um herdeiro, assim como eu. Nossa diferença é a idade. Acredito que o homem quer vingança pela morte do seu irmão, Blitz, que sequestrou Aubrey e convenceu Scarlet a nos trair.

Apesar de Scarlet sempre ter sido uma vadia. A vida toda quis entrar na família Knight, e quase conseguiu, porque Ezra caiu nos seus encantos por um bom tempo.

— Demorou, Killz. Já trouxeram até as bebidas.

Olho sem interesse algum para as garrafas de uísque dispostas em cima da mesa. Sento-me na cadeira e, no mesmo instante, sinto falta de algo.

— Me perdi no corredor, só isso.

— Você conhece isso aqui como a palma da sua mão. Conta outra! — zomba Alec, virando uma das garrafas de uísque sobre seu copo.

— Não enche.

— Pedi três garrafas, assim não precisamos ficar pedindo toda hora.

— Tanto faz. — Dou de ombros e sirvo uma dose para mim.

Levo o álcool aos lábios para apreciar o gosto, mas me decepciono com a bebida quente. Prefiro com gelo.

O tempo vai passando e seguimos bebendo, deixando o silêncio pairar entre nós. Não sei se Alec pensa em alguma coisa, mas não consigo tirar Aubrey da cabeça. Quanto mais penso nela, mais tenho vontade de me afundar nessa garrafa.

— Estão curtindo a noite, queridos?

Novamente a voz enjoada da Dayse preenche meus ouvidos, fazendo-me respirar fundo.

Entediado, dou o quarto gole em mais uma dose de uísque quente, sentindo a garganta queimar.

— Precisamos de gelo — diz Alec, aparentemente ignorando-a também.

— Vou mandar o meu anjo trazer — ela diz sorridente.

Por um instante me bate a curiosidade de saber quem é esse anjo. O estabelecimento está mais para inferno, com as paredes pintadas de vermelho e as decorações da mesma cor. Acho que ela ficou animada com o Natal e quis fazer uma homenagem.

— Estaremos esperando — diz Alec, antes de abrir a segunda garrafa.

Só agora me dou conta que já bebemos uma. Minhas vistas começam a ficar turvas. Rapidamente, passo as mãos no rosto e balanço a cabeça, na tentativa de espantar a embriaguez, algo impossível de acontecer.

— Alec, que horas são?

— Faltam dez minutos para as onze — ele responde de imediato, sendo sempre prestativo e atento.

Nossa amizade é muito forte. Nós nos conhecemos há muitos anos e ele esteve ao meu lado nos momentos mais difíceis, por isso prezo tanto nossa relação.

— E sobre a corrida na Itália, como será o procedimento? — questiono.

— É apenas uma lona que irá nos manter seguros na hora de levar as cargas nos carros. Nesse final de ano, teremos contrabandos valiosos — explica.

— Estão fazendo um bom trabalho, então — elogio.

Ele dá um sorriso confiante e responde:

— Somos os melhores, meu amigo.

— Boa noite...

Essa voz de novo? Ergo os olhos e vejo Angel com um sorriso surpreso nos lábios.

— Muito boa, por sinal — diz Alec, sorrindo para a mulher.

— Hum... — Ela raspa a garganta. — Dayse me mandou trazer estes cubos de gelo para os senhores — explica, mostrando o que traz nas mãos.

— Qual é o seu nome? — indaga Alec, pegando os cubos de gelo nas mãos dela.

— Angel.

— Como um anjo — ele rebate.

Não leio mentes, mas já posso imaginar o resultado disso tudo.

— Quem dera... — a mulher sussurra.

— Quer se juntar a nós, anjo?

— Se não for um incômodo.

— Alec — repreendo, mas ele me ignora, embasbacado pela garota.

— Não é, pode sentar! — exclama, acariciando seu braço.

Sentando-se bem ao meu lado, Angel enrijece o corpo. Reviro os olhos e começo a encher o meu copo com gelo.

— Trabalha aqui, anjo?

— Há oito meses.

— Que falta de educação a minha — diz ele, sorrindo. — Me chamo Alec, e ele Ki...

— James, me chamo James.

— Oh, estou incomodando, perdão!

O pedido de desculpa dela está me matando por dentro. Odeio mulheres que se fazem de coitadinhas sem razão alguma.

— Tudo bem, pode ficar à vontade — digo e me concentro em beber.

Preparo mais um, dois, três, quatro, cinco, seis. Sete copos de uísque. Alec e a mulher conversam muitas coisas, as quais não posso entender, porque o álcool me deixa vulnerável. Meu corpo está ficando mole e meus olhos pesam, assim como minha cabeça.

Sinto que estou perdendo os sentidos. A última coisa que vejo e escuto antes de apagar é uma voz feminina ao pé do meu ouvido, sussurrando meu nome, e uma palma quente segurando meu pau.

CAPÍTULO 39

KILLZ JAMES KNIGHT

Tentando encontrar forças, gemo de frustração. É a terceira vez que tento abrir os olhos e me levantar de algum maldito lugar, mas parece que levei uma pancada na cabeça. Então me lembro da cena anterior: Dayse, Alec, uísque, Angel, sussurros e apagão. Lembranças rompem meu cérebro e as coisas vêm como um raio perigoso, fazendo-me sentir culpa. Por Aubrey, por meus irmãos, por tudo.

Por fim, consigo abrir os olhos e vagarosamente me dou conta dos quatro cantos do quarto desconhecido. Levanto-me de uma cama que meu corpo não aceitou muito bem, por conta da dor nas costas.

— Porra, até parece que tomei uma surra.

Só depois de alguns segundos, percebo que minha calça tem dois botões abertos e que estou sem camisa.

— Hum... — Ouço um gemido vindo da mesma cama em que estou sentado neste momento.

Arregalo os olhos ao olhar por cima do ombro. Fico assustado quando vejo a garota da noite passada deitada na cama e, para completar, só de calcinha. Não há nada cobrindo seus seios.

Que merda aconteceu? Caralho, não!

Levo as duas mãos à cabeça e, nervoso, puxo meu cabelo para trás. Eu não traí Aubrey, tenho certeza que não. Não me perdoaria por mais uma mancada, ela não merece isso. Estou fodido. Muito fodido.

Deixei a mulher que amo ir embora, vivo frustrando a vida dos meus irmãos. Eu mereço ficar sozinho mesmo, a solidão é o que pessoas como eu merecem.

O meu primeiro amor foi a filha do sócio do meu pai. Roselyn me deu tudo que tinha, ela me amou como ninguém. E sabe o que eu fiz? Entreguei-a de mãos beijadas para a máfia russa. Mas era isso ou meus irmãos morreriam. Eu não podia oferecer a minha única família para meus inimigos.

Ezra, Spencer, Carter e Axl são minhas fortalezas. Eles eram e são tudo que tenho.

Naquela época, eu ainda estava endireitando os trilhos dentro da máfia. Minha vida ficou tão conturbada, que até respirar se tornou complicado. Passava vinte e quatro horas por dia atrás de homens que estivessem dispostos a me respeitar e me seguir com confiança. Tanto tempo focado nisso, que sem querer me afastei de casa.

Quando Kurtz morreu, ele deixou bem claro que, mesmo sendo o herdeiro, eu teria de recomeçar tudo. Teria de ter respeito e seguidores fiéis, como filho do maior mafioso londrino.

Ezra, Spencer, Carter e Axl... Nenhum deles sabe da luta infernal que travei durante aqueles anos, por isso, naquele dia, fui rígido com Aubrey. Ela não tinha culpa de nada, no entanto, Spencer me magoou dizendo que eu era o único culpado pela morte de Roselyn.

O primo de Blood havia armado para meus irmãos e Roselyn. O moleque não faz ideia de que sacrifiquei a mulher que amava por ele, por todos os meus quatro irmãos. Privei-os da verdade para que não se sentissem culpados pelas minhas decisões. A minha missão de vida é cuidar deles.

A verdade é uma só: sou um homem cheio de feridas incuráveis, disfarçadas por uma máscara convincente.

— Que merda está acontecendo aqui?

— Não se lembra de nada? — Angel sorri.

— Olha bem para minha cara e me fala o que você está vendo, porra!

Levanto-me da cama e quase caio para trás.

— Calma, James.

A cadela continua sorrindo, mas o sorriso morre assim que percebe que não estou para brincadeiras.

— É melhor pensar bem no que vai falar ou vai se arrepender de ter nascido. — Fecho os dois botões da calça e vasculho o quarto à procura da minha camisa.

— Depois de uma noite ardente, você me trata assim? — A sua voz é de medo e deboche ao mesmo tempo.

— O aviso foi dado, garota. Eu quero a maldita verdade.

Estranho quando acho a minha camisa dobrada em cima de uma cômoda velha.

— Você tem a verdade diante dos seus olhos, querido.

— É a sua última chance de me dizer que merda aconteceu ou vou arrancar a sua língua e enviar de presente para a sua família. — Com apenas dois passos, aproximo-me dela.

— Es... Está me machucando.

Cego, raivoso e impiedoso, seguro no pescoço de Angel e me delicio quando a vadia começa a sufocar. Lágrimas escorrem de seus olhos.

— Você é linda e pode se dar muito bem oferecendo a boceta para os homens que gostam de gastar dinheiro com putas. Seria um desperdício morrer tão jovem pelas mãos de um monstro como eu, não acha? Agora abra a porra dessa boca e me diga a verdade, vagabunda. Nunca bati em uma mulher, mas a tentação de quebrar essa regra nunca foi tão grande.

— O... Ok, eu conto... — sussurra, chorando.

Eu a empurro com força. Ela se desequilibra e precisa se apoiar para não cair.

— Você tem um minuto para colocar uma roupa e começar a falar.

— Dayse me contou que você tem muito dinheiro, muito mesmo, que é um dos quatro empresários mais ricos de Londres.

Gargalho com a informação.

— O que isso tem a ver com essa porra aqui?

— Ela me convenceu a levar cubos de gelo para você e seu amigo, Alec... — diz ela, com a voz temerosa. — Quem ia era outra garota, Soyara, mas Dayse me ouviu conversando com uma amiga sobre você...

— Para de enrolar, caralho! — vocifero, impaciente, sem olhá-la.

— Dayse jogou um pó branco nos cubos de gelo e mandou levá-los para vocês. Eu disse que não queria, mas ela me ameaçou e disse que era a única chance que eu tinha de quitar minha dívida.

Ouço um soluço baixinho.

— Vou perguntar apenas uma vez, Angel. Nós transamos? — A palavra arranha minha garganta.

— Não... — A garota balança a cabeça. — Assim que você apagou, o seu amigo fez o mesmo. A droga foi fazendo efeito aos poucos e vocês nem notaram. Perdão.

Caralho. Parece que um contêiner foi retirado dos meus ombros, e sou invadido por uma onda de alívio. Se não estivesse tão puto da vida, até poderia abraçar a vadia.

— Quantos anos você tem, garota? — pergunto com frieza.

Não quero que perceba minha preocupação.

— Dezoito, faço dezenove em breve.

Fico surpreso, porque ela não parece tão jovem.

— Como veio parar aqui? — indago, olhando em seus olhos.

— Uns homens ruivos me tiraram da minha família e me trouxeram... Acho que meus pais tinham alguma dívida com eles. — Angel começa a chorar.

Já vi muitas coisas nessa vida. Matei, planejei roubos de cargas, fiz muitas coisas erradas, mas a única coisa que nunca permiti dentro da minha máfia foi prostituição. Nunca deixei meus soldados tirarem jovens de suas famílias para obrigá-las a trabalhar usando o corpo.

— O que Dayse fez sobre isso? O seu nome é Angel mesmo?

— Sim. Meus pais moram em outro país. Quero vê-los... — Ela chora. — Quero ir embora daqui.

— Por que não fugiu?

— Tem homens disfarçados de seguranças, eles monitoram tudo. Às vezes, batem nas garotas que desobedecem... Uma vez, recebi um murro no rosto porque pedi para ir embora.

O ódio toma meu sangue, fervo de raiva. Como Alec nunca descobriu essa farsa aqui dentro? Ele sempre vem aqui beber.

Será que os russos estão infiltrados no meu território e eu não sei?

— Quando a trouxeram, você conseguiu o nome de alguém?

— Sim, sim... — Ela balança a cabeça. — Ouvi um cara falando para um ruivo chamado Blitz que tinha trazido treze garotas para D. Acho que deve ser Dayse.

— Se quiser sair daqui, vai ter de confiar em mim, Angel.

A garota parece estar falando a verdade, mas não posso me arriscar. Ela já armou para mim uma vez.

— Eu sabia que você poderia me ajudar desde que colocou os pés aqui, Killz...

— Como sabe meu nome? — pergunto, desconfiado.

— Dayse mandou os seguranças trazerem você e seu amigo para os quartos. Ouvi quando ela ligou para um tal Blood e disse que uma parte do plano estava concluída e que em breve Killz James Knight perderia o trono.

Blood! Maldito Blood! Esse tempo todo ele nos rondava. A garota não tinha como saber se não fosse inocente.

— Vá até o escritório e fale para Dayse que continuo dormindo. Você sabe onde colocaram minha arma?

— Eu peguei sem eles verem e a escondi.

Angel sorri e vai até a cômoda, abrindo uma gaveta.

— Ótimo! Agora faça o que mandei, e não demonstre medo ou ela pode desconfiar.

— Aqui está. — Ela me entrega a arma. — A minha vida está em suas mãos, Killz.

Angel chora e tenta me comover, sem sucesso.

— Eles pegaram meu celular?

— Não. Eu o desarmei e peguei o aparelho também... — Ela volta para a cômoda e mexe em algumas coisas. — Meu pai me ensinou uns truques.

A garota volta até mim.

— Tem certeza de que ninguém viu que você guardou?

— Tenho. Dayse é arrogante demais para pensar que pode ser enganada por uma garota como eu — fala ela, entregando-me o celular.

— Onde está Alec? — pergunto, conferindo a munição.

— Dayse mandou Keyla cuidar dele.

— Faça o que falei. Atraia Dayse para o quarto e o resto pode deixar comigo. Vou mostrar para aquela velha com quem ela se meteu.

Desbloqueio o celular e envio algumas mensagens. Alerto Ezra, pedindo que ele envie alguns homens de Alec. Vamos invadir e colocar Dayse em cativeiro até que ela abra a boca. Depois, mandar a desgraçada para o inferno, onde é o lugar dela.

Quando terminar essa merda, irei até o inferno para ter Aubrey em meus braços novamente. Ela voltará para mim, por bem ou por mal.

CAPÍTULO 40

KILLZ JAMES KNIGHT

Vejo nos olhos de Angel que ela não vai estragar meu plano. Afinal, seu olhar está pedindo por socorro desde o momento em que a confrontei. Há vinte minutos contatei Ezra para trazer os homens de Alec. Daremos um fim nessa merda hoje mesmo. Deitado de bruços, finjo que estou dormindo. A qualquer momento, Dayse vai entrar no quarto com Angel.

— Por que não tirou as roupas dele? Se eu soubesse, teria mandando meus soldados para fazer isso. Você é muito lerda! O cara está inconsciente e drogado, e você não conseguiu deixá-lo pelado? — Ouço a voz nojenta da velha.

— Ele é muito pesado, até tentei... Eles o deixaram de bruços, e ficou difícil de virá-lo — a garota gagueja.

— Tanto faz! Pelo menos ele ainda não acordou, então siga com o plano. Se faça de mocinha, diga que era virgem e ele a pegou à força. Killz é bem certinho e irá acolhê-la. Depois, um amigo meu terá uma conversinha com você.

Já suspeitava de que Blood e Dayse tentariam me chantagear por algo que nunca fiz, e iriam usar a garota.

— Tudo bem, entendi — Angel continua gaguejando.

— Agora, tenho de fazer uma ligação. Deixarei alguns seguranças aqui à porta, qualquer coisa é só chamar. — Prendo a respiração quando a velha se aproxima da cama. — Nem parece ser aquele homem poderoso em seu terno feito sob medida e chefe da maior máfia inglesa. Inacreditável, o amor pode nos dilacerar. — Não entendo o que ela quer dizer. — Angel, sabe o que fazer.

Inesperadamente, ela puxa meu cabelo com força, virando minha cabeça para trás. Enfio a mão por baixo do meu corpo, pronto para colocar minha arma da testa da vagabunda.

— Eu... sei. — Sem me conter, finjo que estou acordando.

Dayse empalidece e arregala os olhos quando vê a raiva na minha cara e sabe que vai pagar pelo que me fez.

— Diga olá para a morte, velha desgraçada.

Saco a arma e miro no seu coração, ansioso para vê-la implorar por sua vida.

Dayse se cala no mesmo instante que se dá conta da arma. Sorrio quando ouço os tiros no salão de entrada.

— Angel, encontre algo para prendê-la — ordeno.

A garota assente e começa a remexer no armário.

As pessoas costumam duvidar da minha capacidade, o que é um fodido erro. Sou um homem calculista, acostumado a agir na calada da noite antes de dar o golpe fatal. Faço questão de ser lembrado pelos meus inimigos.

Desconfio de Dayse há muito tempo, mas nunca me preocupei em investigar seus negócios. Ela cuida desse pulgueiro desde que meu pai estava no comando. Além do mais, tenho assuntos mais importantes para me preocupar.

— Tenho essas algemas — sussurra Angel, assustada.

— Você me traiu, sua cadela...

— Cale a boca, sua velha nojenta, ou enfio essa arma na sua goela e descarrego todas as balas dentro!

— Aqui, Killz. — A garota me entrega as algemas e se encosta na porta.

— Preciso de pano fino — falo com frieza, sem tirar meus olhos da velha.

— O que vai fazer? — A maldita começa a chorar, mas, ao invés de me comover, suas lágrimas recarregam minhas energias.

— O que eu deveria ter feito há tempos.

Sem dó, ergo o braço e dou uma coronhada nela, fazendo-a desmaiar.

— Coloque esse pano na boca dessa vadia e prenda uma das algemas nos pulsos e a outra nos tornozelos. Tranque o quarto e não abra até eu voltar — eu a instruo.

— E se ela acordar? E se os seguranças ou uma das garotas aparecerem?

— Faça o que eu mandei e tudo vai ficar bem. — Encaro-a, sem demonstrar qualquer sentimento. — Não vou te deixar aqui com esses filhos da puta.

A garota assente, mas sem demora se joga para trás quando a porta do quarto é arrombada. Estou pronto para atirar no invasor, quando paraliso ao ver quem está à minha frente, armado e com um fone ao ouvido.

— Ezra precisa de você. Pode deixar, eu cuido da garota — Spencer fala, aproximando-se de mim e colocando uma das mãos em meu ombro. — Sei que ainda não confia em mim, mas preciso que me dê uma chance de provar, irmão.

Meu irmão merece uma chance por me surpreender, coisa que poucas pessoas conseguem fazer.

— Cuide dela e atire em qualquer um que tente entrar.

— Você sabe que fui treinado para isso, Killz.

Angel estremece quando Spencer se aproxima dela.

— Vocês dois, façam o que mandei — falo antes de sair, sem me preocupar com a forma com que meu irmão vai cuidar da pequena prostituta.

Assim que acabar com essa merda, vou assistir à corrida de Carter e Spencer na Itália. Preciso de um dos *hackers* da equipe do pirralho para procurar Aubrey. Será minha última tentativa de encontrá-la antes de convencer Conan Russell a me contar onde sua herdeira está escondida. Nem que para isso eu seja obrigado a implorar.

CAPÍTULO 41

AUBREY RUSSELL

Não consigo tirar da cabeça as palavras do doutor Zucco.

"Foi embora sem me dar chance de falar sobre o restante do resultado. Achei que já soubesse que está grávida".

Fiquei chateada. Não com ele, sim, comigo mesma. Nenhum médico pode obrigar uma paciente a ficar no consultório, e também não tem obrigação de entrar em contato com ela para informar do seu estado de saúde. Ele tinha razão, no fundo, eu já sabia da gravidez.

Na verdade, fui idiota o suficiente para acreditar que não era possível.

Como poderia imaginar que estava grávida há quase quatro meses graças a Killz?

Minha cabeça dói só de pensar na besteira que fiz ao focar apenas no exame que o doutor pediu por contas das dores fortes na nuca, sem me atentar ao restante do exame que, só agora encontrei, largado no meio das minhas coisas.

— Estava te procurando — diz Keelan, sorrindo como um garoto que fez travessura.

— Do que precisa? — indago, tentando resolver uma conta na calculadora.

— É a terceira vez que te convido para ir ao evento.

— E...? — Dou de ombros. — Eu já disse o que penso, Keelan.

— Por favor, Zoey! Podemos entrar em um acordo, o que você acha? Você vem comigo essa noite e fazemos uma aposta. Aí eu te deixo em paz.

— O quê? — Engasgo com a minha própria saliva.

— Então? — Ele gargalha, aproximando-se do balcão.

— Keelan...

— Calma, mulher, é um convite.

— Odeio festas. Então, não.

— Você é muito seca comigo, dá esse desconto. Há três meses estou tentando ser seu amigo — ele insiste.

— Só dessa vez, Keelan — rendo-me.

Levo um susto quando ele grita, comemorando sua conquista.

— Eu te pego amanhã, às oito. Esteja pronta!

— Keelan, só vou sair com você se me falar onde vai ser essa festa e o que vamos apostar.

— Surpresa, linda! — Ele sorri e me dá as costas.

— Keelan!

— Se prepare, Zoey Roberts, vou surpreendê-la! — promete, indo embora.

— Keelan continua perturbando? — pergunta Kenneth, aproximando-se com um sorriso.

— O mesmo de sempre.

— Esse garoto é tão insistente — ela fala como se eu não soubesse.

— Percebi.

Sorrio, alisando minha barriga por cima do tecido do vestido. Ainda está pequena, mas parece mais redondinha.

— Já decidiu quando irá comprar as roupinhas do bebê? — ela pergunta.

— Não tenho como comprar nada por enquanto, nem sei se é menino ou menina.

— Verdade — concorda. — Como ficarão os procedimentos dos exames? Fez o de sangue e aquele com o neurologista, porque você andava sentindo muita dor de cabeça.

— Doutor Zucco disse que encaminharia os resultados a uma colega dele. Quando tiver uma resposta, eu começarei o pré-natal, que já está atrasado.

— Não quero que fique chateada comigo, Zoey — ela fala, encarando-me. — Quando me contou sobre o que aconteceu na sua consulta, achei que o médico tinha sido desleixado, mas ele não teve culpa. Você não podia ter saído do consultório sem ouvir tudo que o homem tinha para falar sobre os exames.

— Eu sei que errei, não posso negar. Fui apressada demais. Minha vida andava tão fora dos trilhos. — Disfarço a emoção na voz e volto ao trabalho.

— Nunca me meti na vida dos meus funcionários, mas preciso saber a verdade, Zoey. Você é muito dócil para ter um nome tão forte. Definitivamente, Zoey não combina com a sua personalidade.

Uma leve tontura me atinge, então me apoio no mármore do balcão para não cair para trás.

— Kenneth... Por favor, só preciso de um tempo, tudo bem? Sei que só me contratou por ter gostado do meu jeito... — Faço uma pequena pausa. — Mas ainda não me sinto preparada para me abrir. Prometo que será a primeira a saber de tudo.

Sim, pretendo contar tudo a ela. Bem, não tudo, mas uma boa parte da verdade.

— Claro, querida. O tempo que for preciso. Zoey, minha família e eu confiamos em você, principalmente Keelan. Ele sente que você é real.

Não entendo o que ela quer dizer com isso, então fico quieta. Kenneth vai atender as clientes e me deixa sozinha.

No fim da tarde, consigo fechar as planilhas e passá-las para o computador. Envio cópias para os e-mails das irmãs, para que possam conferir o balanço financeiro do mês de novembro.

Encerro o expediente e parto para o hotel, louca para tomar um banho e descansar as costas.

Minha mãe e eu estamos conversando há quase trinta minutos pelo celular. Pergunta-me sobre quase tudo, até insinua que tenho que arrumar um namorado. Se ela soubesse que já vai ser avó, não me daria esse conselho.

— *Estou tão cansada, filha. Ainda nem pude vê-la em Gênova, sinto muito* — diz a senhora Russell do outro lado da linha.

— Sem problemas, mãe. Não precisa ficar assim — minto.

Não quero que meus pais descubram sobre a gravidez, por isso todos os dias tenho usado vestidos folgados e longos que disfarçam minha barriga.

— *Alessa surtou, filha...* — diz ela. — *Seu pai e eu não sabemos o que fazer.*

— O que houve com a minha prima, mãe? — Estremeço.

— *Axl veio procurá-la. Disse que ele só se casará porque foi obrigado, mas que ela será apenas sua esposa nas aparências e que nunca será sua mulher de verdade, pois ama outra e ninguém pode impedi-lo de se encontrar com a amante.*

— Aquele imbecil teve coragem de ir até Chicago para humilhar Alessa? Ele é tão infantil! Não me diga que foi assim que ela descobriu sobre a aliança!

— *Seu pai mandou Enrique dar uma lição nele, os dois brigaram feio.*

— Meu pai fez o quê? — exclamo, assustada.

— *Ele ficou furioso, filha. Mandou Enrique dar uma surra em Axl. Depois, o irmão mais velho mandou um recado para seu pai.*

— Killz vai querer uma retaliação, mãe? — Engulo seco.

— *Pior que não. Ele pediu reforço ao seu pai, parece que uma tal Dayse o traiu e alguns homens dele invadiram uma casa noturna em Londres. Não sei explicar direito.*

— Como assim? — Ainda não compreendo. — Killz não apoiou o irmão?

Paraliso, sem entender como Killz não fez nada contra Conan.

— *Não sei explicar, filha...*

— Ele não perguntou de mim? — indago com dor no coração.

— *Não, por quê? Não me diga que ainda sente alguma coisa por aquele rapaz, minha querida.*

— Mãe, não posso negar o que sinto. Ainda amo aquele homem, apesar de tudo.

Resolvo ser sincera, pelo menos nisso.

— *Ele te machucou, querida.*

— Mas o amor não é assim? Imperfeito, cheio de altos e baixos? Eu também não sou perfeita, mãe.

— *Você seria capaz de perdoá-lo?*

— Sim, mas Killz teria de me reconquistar. Meu coração está muito ferido pelo que ele fez.

As lágrimas descem pelo canto do meu rosto e vou limpando-as.

— *Está me escondendo alguma coisa, filha...*

— Não é nada, mãe — desconverso.

— *Aubrey, eu te conheço.*

Ouço as batidas à porta, e meu peito chega a disparar.

— Tem alguém me chamando, mãe. Vou ver quem é. Até mais.

— *Até mais, meu bem.*

Desligo o celular e cubro meu corpo com o lençol fino. Abro a porta e me deparo com a recepcionista do hotel, carregando uma embalagem longa, coberta por um plástico preto.

— Boa noite, senhorita Zoey. — A mulher sorri.

— Boa noite. Do que precisa?

— Enviaram isso para a senhorita — ela diz, entregando-me a embalagem.

— Obrigada — agradeço.

— De nada. Precisando, é só entrar em contato — fala, saindo em seguida.

Quem mandou isso? Olho para a embalagem.

Será que foi Kenneth ou meu pai?

Tranco a porta e me sento na cama. Como sou curiosa, pego o cartão para ver de quem é.

"Esse vestido vai ficar perfeito em você. Espero que goste. Com carinho, do cara mais insistente que você já conheceu. — Keelan"

— Que maluco. — Sorrio.

Abro a embalagem, encantada com um vestido lindo, que realmente ficará perfeito em mim.

CAPÍTULO 42

AUBREY RUSSELL

Estou acabando de calçar as sandálias rasteiras pretas quando batem sem parar à porta. Jogo meu cabelo solto para trás e me apresso para ver quem é.

— Zoey, abre logo essa porta.

Só podia ser o encosto, mais conhecido como Keelan. Ele passa por mim sem freio algum quando abro a porta.

— Ei! Vai me levar na frente? — grito.

Orgulhoso, ele sorri quando me olha de baixo para cima. Reviro os olhos e pego a escova em cima da cama.

— Está linda, Zoey! O vestido lhe caiu bem.

— Obrigada pelo elogio, Keelan. Agora quero saber para onde está me levando.

— Segredo — diz, jogando-se na minha cama.

— Eu estou... — Paro para encará-lo. — Quem te deu permissão para se deitar?

Folgado!

— Estou descansando, porque sou a atração principal, amor.

— Tão insuportável. Não vejo a hora de me livrar de você — resmungo.

— Amo quando mente. — Ele gargalha.

— Quanta infantilidade, Keelan.

— Está pronta? Preciso chegar a tempo para vestir o traje — alerta ao se levantar da cama.

— Que traje? — indago ao enfiar o celular dentro da bolsinha.

— Nenhum, esquece.

— Keelan, preciso saber onde estará me levando. Esse vestido é longo, vai até meus tornozelos.

Não vou negar que amei a cor, as costas nuas e o decote, principalmente os detalhes que traçam a parte dos seios em um V que desce quase abaixo do umbigo.

Espero que Keelan faça valer a pena este maravilhoso vestido preto.

— É ideal para a noite, Zoey. Agora, pare de reclamar!

— Conte agora ou não vou a lugar algum com você!

— É uma corrida — ele fala tão baixo que quase não consigo escutar.

— O quê?

— É uma corrida, Zoey... Esse é o evento...

— Eu não vou a lugar algum com você, Keelan! Está louco? Como me convida para um lugar como esse? Meu estado é delicado.

— E qual é esse estado delicado? — zomba, rodando um chaveiro que tem na mão.

— Estou grávida — confesso.

— Pensei que era só uns quilinhos, mas... Caralho, você está mesmo grávida?

Vejo-o engolir em seco.

— Sim, Keelan.

— Quem é o pai? — questiona.

— Alguém do meu passado, apenas.

— Seus olhos não dizem isso. Você é uma péssima mentirosa... — Ele me encara. — Não quer desabafar?

— Essa situação é estranha...

— Vamos fazer assim, eu te deixo numa ala segura quando chegarmos lá. O que me diz? Vai se distrair um pouco, nem que seja só dessa vez, Zoey.

— Tenho medo de algum maluco querer passar por cima de mim — comento.

— Quem seria doido de se meter com você? Não se preocupe, irei protegê-la. Agora vamos, tenho de estar na pista daqui a meia hora — avisa Keelan, pegando em minha mão.

— Tudo bem! Vamos.

Sorrio ao deixarmos o hotel.

Sinto-me dentro de um filme de Fórmula 1. Paraliso quando vejo um carro andando em apenas duas rodas. O local está cheio e tem vários tipos de pessoas. Parece um evento bem aceito. O povo sorri e há holofotes por todas as partes. Os carros de corrida são bem diversificados, alguns numerados, mas noto que muitos são de uso diário dos pilotos. Realmente fico encantada.

— Keelan, que lindo! — Sorrio, sentindo o vento bater no meu pescoço.

— É ainda mais quando a adrenalina corre na veia — diz, passando o braço por cima do meu ombro.

— Por que elas estão me olhando de cara feia? São suas namoradas? — Gargalho, encarando umas garotas com vestimentas ousadas.

— Não. São as *grid girls*.

— Como assim? — Arqueio a sobrancelhas para encará-lo.

— As garotas que dão passe para dar início à corrida, Zoey.

— Entendi... Quando você vai correr? — pergunto.

Confesso que estou animada.

— Faltam pouquíssimos minutos, só preciso ver alguns movimentos.

Keelan olha para a outra pista, que está vazia. O que ele tanto procura?

— O quê?

— Aquilo! — Ele aponta para o homem gordo com um microfone nas mãos.

— Boa noite! Hoje nós iremos festejar o penúltimo dia das corridas. Todos estão sabendo que, devido a alguns problemas inesperados, teremos de antecipar o encerramento do evento — fala um homem forte e algumas pessoas assobiam, soltando uns gritos também.

— Quem é aquele? — pergunto, curiosa.

— Johnny, ele é a chave para tudo — diz Keelan, sorrindo ao olhar novamente para a outra pista, que antes estava escura e sem ninguém, mas onde agora uns dez carros passam na mesma velocidade e alinhados.

Fico muito curiosa com a sintonia, parece que foi ensaiado.

— Eles irão correr também?

— Não.

— Há outro evento de corridas além desse?

— Você ama fazer perguntas difíceis — diz Keelan, voltando o seu olhar para mim.

— Sou uma pessoa curiosa.

— Pude perceber. Agora venha, quero te apresentar alguém.

Entrelaçando nossos dedos, Keelan me puxa para o meio da multidão.

— Onde está me levando?! — pergunto, quando vejo que as pessoas se afastam para nos dar espaço.

Arregalo os olhos quando vejo uma roda enorme que cerca dois pilotos. Eles estão usando um macacão preto com algumas listras azuis. Estão de costas, com capacetes que me impedem de ver seus rostos, mas dá para notar que são a atração do momento.

Travo os pés no mesmo lugar quando vejo o piloto do lado esquerdo puxar o capacete para cima e balançar seu cabelo loiro. Este me faz lembrar alguém.

— O que foi, Zoey?

— Qual é o nome daquele piloto que acabou de tirar o capacete?

— É Spencer Knight, o novo piloto — diz Keelan, como se fosse a coisa mais simples do mundo.

E talvez seja para ele, mas não para mim.

Tento sugar todo oxigênio possível, sem sucesso.

— Keelan...

— Porra, Zoey, você está pálida. Seus olhos estão maiores que o normal... — Segurando-me pela cintura, Keelan me puxa para ele. Aproveito e fecho os olhos. — Ei, o que houve? Seu corpo está trêmulo, não se sente bem? É o bebê, é isso?

Keelan faz muitas perguntas, entretanto, meu raciocínio só trabalha em um sobrenome. *Knight*.

Será o meu fim. Spencer contará o meu paradeiro para o irmão e, com todo o seu ego, Killz comprará uma guerra com meu pai por conta da minha gravidez.

— Estou sem ar...

Sinto a tontura bater, em seguida, meus olhos reviram.

— Se acalme, respire... — Ele tenta se manter calmo. — Merda, Zoey!

Assoprando meu rosto, Keelan me olha, assustado. Depois, consegue me pegar nos braços e essa é a última coisa que vejo antes de apagar.

CAPÍTULO 43

KILLZ JAMES KNIGHT

Spencer se saiu tão bem na última missão, que acabei aceitando vir à corrida na Itália. Não fiz cerimônia, afinal, *uma mão lava a outra*. E posso aproveitar para ver como serão feitas as exportações do fim do ano. Verei se os homens de Alec darão conta e não serão pegos.

Faz quatro horas que estou encostado em uma Ferrari que Carter fez questão de me deixar cuidando, enquanto ele e Spencer estão vendo como está a pista para a corrida.

— Olá, lindo! — Parando à minha frente, uma mulher ruiva abre um sorriso de "Me come".

— Eu a conheço? — Nem faço questão de encará-la por muito tempo.

— Não, mas pode conhecer se quiser.

Sinto seus olhos queimarem em cima de mim.

— Obrigado, dispenso. — Puxo meu celular do bolso da calça e digito o número de Carter.

— Conheço o seu tipo. Se faz de difícil para depois querer engolir até o talo.

Continuo ignorando a mulher e levo o celular ao ouvido.

— *Está tudo bem aí, Killz?* — indaga Carter quando atende.

— Já estou quase ligando para Alec e pedindo que ele me tire dessa merda! Tem uma louca querendo chupar o meu pau no meio da multidão.

Ouço uns zumbidos vindos do outro lado da linha.

— *Tenho de desligar agora, depois te ligo.*

— O que aconteceu, porra? — Afasto-me da Ferrari e saio no meio da multidão.

— *Parece que alguém desmaiou, Killz, vou ver quem é...* — ele diz. — *Parece que é Keelan com uma garota nos braços.*

— O novo piloto? — indago, andando até chegar a um lugar mais amplo.

— *Sim, é ele.*

— Hum... Por que a garota desmaiou? Não vai me dizer que o garoto costuma drogar suas acompanhantes.

Não tenho interesse algum na vida amorosa do novo piloto, mas se o idiota fizer merda, pode comprometer meus negócios.

— *Não fala merda, caralho. Parece que a garota está grávida e passou mal.*

Não sei por que, mas sinto um turbilhão de emoções e me lembro de Brey. Pelas pesquisas de um dos *hackers* da equipe de Spencer, ela ainda pode estar por aqui.

— Grá... Grávida?

— *Sim, mas não tenho certeza.* — Meu irmão fala. — *Killz, desce mais um pouco que te encontro aqui embaixo, vou ver se Keelan precisa de ajuda.*

— Onde ele está?

— *Depois da linha branca, só seguir em frente* — explica Carter.

— Tudo bem, eu o encontro lá.

Encerro a ligação e enfio o celular dentro do bolso. Passo pela multidão aglomerada, mas travo quando sinto um toque em meu ombro.

— Killz.

O que Axl faz aqui? Ele não estava em Chicago com a cara quebrada? Meu irmão tomou uma surra das boas. Conan havia mandado Enrique dar uma lição no meu irmão, mas, como todos os Knights, Axl sabe lutar e conseguiu se defender. Apenas o canto da boca está roxo e a sobrancelha cortada.

Decidi evitar um confronto com Conan. Minha vida já está agitada demais para comprar mais uma briga. Sem falar que Axl mereceu.

— O que está fazendo aqui? — Viro-me para trás e o encaro.

— Keelan me convidou para assistir à corrida — ele explica, levando as mãos ao bolso da calça jeans.

— Tudo bem. Estou indo até Carter, se quiser vir.

— Vamos, não estou fazendo nada mesmo — diz ele, acompanhando meus passos.

Por isso neguei mil vezes vir para este evento. Odeio barulho, odeio estar em multidões. Irrito-me quando as pessoas encostam em mim. Também odeio mulheres que oferecem o corpo a qualquer um, e várias músicas tocando ao mesmo tempo.

— Merda!

Cerro os dentes quando sinto o líquido cair em cima da minha mão. Olho para o indivíduo que acabou de derramar a merda em mim, mas ele simplesmente murmura um pedido de desculpas e vai embora.

Minha vontade é de sacar a arma e estourar a cabeça do filho da puta.

— Aquele ali não é Spencer?

Estreito os olhos na direção do caçula rodeado por mulheres. O moleque sorri como se fosse uma celebridade.

— É ele mesmo — diz Axl. — Quero saber quando esse idiota vai arrumar uma garota decente.

— Vai demorar. Você fala como se a sua fosse — debocho.

— Já conversamos sobre isso, Killz, não se envolva nas minhas coisas.

— Não sei por quê, mas não confio nessa Melissa.

— O único homem que tem de confiar nela sou eu. Vamos logo que Carter está acenando para nós.

Quando ele tenta se afastar, seguro seu braço, forçando-o a olhar para mim.

— Eu não confio na Melissa, mas se você confia, tudo bem. Só esteja avisado que se ela aprontar alguma coisa, a responsabilidade será sua.

Sigo meu caminho, deixando Axl para trás. Aproximo-me de Carter, que está enfiado em uma roda parecida com as das feiras que vendem verduras.

— O que houve aqui? — grito, esperando que alguém me responda.

Um cara de cabelo azul e cheio de piercings olha para mim, mas depois se afasta, como se eu fosse algum doente. Uma garota mais educada faz o favor de responder à minha pergunta.

— A namorada de um piloto passou mal e isso é raro de acontecer, por isso essa multidão toda. O cara que está com ela já pediu mil vezes para darem espaço — ela explica.

— E sabe quem é a garota?

— Licença! Saiam da frente, merda! Preciso dar isso para o cara. — Uma mulher alta e morena tenta quebrar o bloqueio humano, segurando um frasco grande de álcool e algodão.

Sem demora, as pessoas abrem espaço para ela. Corro meus olhos e gelo quando vejo a mulher no chão, com o cabelo loiro que cobre seu rosto.

— Killz. — Carter me chama. — Cadê a segurança para tirar essas pessoas daqui? A garota precisa de espaço para respirar! — diz, com o capacete na mão.

Sem pensar direito, tiro minha arma do coldre, miro o céu e dou três tiros. Só consigo ver o povo correndo para se proteger.

— Belo plano, irmão — zomba Axl, aparecendo ao meu lado.

— Foda-se! Resolvi o problema, não resolvi? — Dou de ombros e sigo em direção ao novo piloto, que passa o algodão com álcool perto do nariz da desconhecida.

— Keelan, quem é essa garota? — indaga Carter, agachando-se.

— É a funcionária da minha mãe, ela veio comigo — o piloto responde, entregando o pedaço de algodão para a morena.

Não sei descrever o que está dominando o meu coração, mas, de repente, sinto meu peito subir e descer rapidamente. Fico louco, travo quando Keelan tira as mechas loiras do rosto da garota.

É minha Aubrey.

Seu cabelo está diferente e o corpo também, mas é ela. Reconheço esse rosto até de olhos fechados. Quando dou por mim, já estou à frente deles, no chão.

— Como ela se chama? — pergunto, lembrando-me da possibilidade do nome falso.

— Zoey Roberts.

— Axl, cheque-a. — Um nó se forma na minha garganta.

Agachando-se, Axl toca nos pulsos dela para ver os batimentos.

— O coração dela está acelerado, parece que a pressão está baixa. Precisa levá-la ao hospital.

— Minha menina — sussurro, empurrando Keelan para o lado e tomando seu lugar.

— Killz, as pessoas estão olhando e algumas gravando — murmura Carter.

Foda-se, não me importo com isso. Puxo-a para os meus braços e a abraço fortemente.

— Eu a procurei tanto, porra! Aquele velho do caralho soube te proteger — sussurro ao ouvido de Aubrey.

— Por que o seu irmão está abraçando Zoey? — Ouço Keelan murmurar para Axl.

— Essa é Aubrey — Axl explica.

— Ela vai voltar comigo. Pode deixar que vou cuidar dela. — Beijo seu ombro e sorrio.

— Killz, vai levá-la mesmo? — pergunta Carter.

Levanto o rosto e assinto.

— Sim. — Fico de joelhos e seguro Aubrey bem firme contra meu peito.

— Quem é Aubrey? Por que está chamando Zoey por esse nome? — interroga Keelan, barrando a minha passagem.

— O nome dela é Aubrey Russell, a minha mulher. Agora saia da minha frente antes que eu perca a paciência.

O garoto só falta se borrar na calça.

Olho para Axl, que entende o recado, arrastando o amigo para longe de mim.

— Carter, ligue para Alec, mande-o acabar com a festa. Esse evento não é mais necessário, a missão foi concluída com sucesso — falo e meu irmão se apavora.

— A corrida já vai começar Killz, faltam três minutos!

— Que se foda essa merda, caralho! Mande Alec acabar com a corrida. Vou levar Aubrey para o hospital e depois iremos embora.

— Por que não a leva e deixa a corrida rolar? — sugere Spencer, aparecendo à nossa frente.

Encaro meus irmãos pilotos, sabendo que a corrida é tão importante para eles quanto Aubrey é para mim. Então, decido reconsiderar minha decisão.

— Cuidem para que tudo saia como planejado. A gente se vê em casa.

Conheço Aubrey muito bem para saber que não será fácil reconquistá-la. Mas, ela também me conhece muito bem para saber que não vou desistir.

CAPÍTULO 44

AUBREY RUSSELL

Luto para abrir os olhos, mas meu corpo não obedece e pede para que eu não insista. Minha memória volta para Spencer, Itália, corrida, os Knights.

O cheiro faz com que me lembre dele, o aroma impregna tanto em minhas narinas, que sem perceber já estou com os olhos abertos. Solto um grito quando olho para a poltrona e vejo o homem me observando, sentado ali.

Fico em alerta ao notar que estou de camisola e não com o vestido de antes.

— Quando iria me contar?

Arrasto-me de costas mesmo até a cabeceira da cama, demorando poucos segundos para notar que é o quarto dele, o apartamento dele.

Como vim parar em Londres de novo? Só me lembro de que estava com Keelan quando fiquei tonta.

— Sobre...? — Finjo desentendimento.

— O nosso filho.

Arregalo os olhos e uso um travesseiro para esconder minha barriga.

— Não sei do que está falando, senhor Knight. — Trato-o com frieza.

— Brey, me perdoe pelo que te fiz, por favor — pede, levantando-se e vindo até mim. Fecho os olhos e respiro profundamente. Volto a encará-lo quando ele se ajoelha entre minhas pernas. — Eu queria pedir perdão há muito tempo, mas só a encontrei agora. Sei que fiz merda, mas tenta entender que esse é o meu jeito e a única maneira que eu conheço de proteger o meu coração.

Ele segura meu queixo, obrigando-me a olhar dentro dos seus olhos.

Lindos olhos azul-esverdeados que amo.

— Não, eu não entendo, Killz.

— Eu te amo, Aubrey! — diz de repente. — Eu te amo mais do que qualquer coisa. Se você me pedisse para largar essa merda toda de máfia só para ter o seu perdão, eu não hesitaria — sussurra.

Seu olhar é intenso e sincero.

Engulo em seco, abaixando a cabeça, covarde demais para encará-lo.

Ele realmente disse que me ama?

Ignoro sua vulnerabilidade aparente e, mesmo emocionada e querendo me debulhar em lágrimas, falo:

— Quero ver meus pais.

— Aubrey, por favor! — Deslizando o dedo na minha bochecha, Killz roça seu nariz no meu. Prendo a respiração quando tenta me beijar e viro o rosto. Ele beija o canto da minha boca e me dá um olhar decepcionado. — Você pintou e cortou o cabelo — sussurra ao meu ouvido.

— Você não cansa? Já disse que quero ver meus pais — insisto.

— Como conseguiu se esconder todo esse tempo? — Ele ignora meu pedido. — Eu a procurei tanto, Aubrey. Não sabe o quanto senti a sua falta, amor.

— Preciso ir embora.

Empurro seu corpo para trás e consigo fazer com que ele perca o equilíbrio, assim é mais fácil afastá-lo. Levanto-me da cama e jogo o travesseiro em cima de Killz, que no mesmo instante vem atrás de mim.

— Quer que eu implore, é isso? — Ele entrelaça nossos dedos e se ajoelha de novo, agora no chão, à minha frente.

— Eu não quero nada de você.

— Eu te amo, Brey! — Pegando-me de surpresa, Killz levanta a camisola até o alto dos meus seios. — Não só você, mas também amo o bebê que carrega em seu ventre, o fruto do nosso amor proibido, a resposta para todas as merdas de leis das máfias. Por favor, Brey, me dá uma chance e vamos recomeçar.

Encostando os lábios na minha barriga, emociona-se, arrancando um soluço da minha garganta. Tento ser forte e impor um limite, manter-me distante. Tento afastá-lo, mas me torno fraca ao ver Killz James Knight, o maior herdeiro da máfia inglesa, ajoelhado aos meus pés e beijando a minha barriga.

— Por que você sempre consegue o que quer? — murmuro, chorando.

— Porque eu amo vocês e quero que fiquem comigo, *baby*.

— Quando me lembro de como foi fácil para você me humilhar na frente dos seus irmãos, meu coração estraçalha, Killz.

— Eu sei. E todas as vezes me condeno por cada maldita palavra... — ele fala com a voz embargada. Posso jurar que esse homem poderoso está segurando o choro. — Durante esses meses, muitas coisas aconteceram. Surgiram novos inimigos e Blood quer vingança pela morte do irmão. Você foi embora, e Scarlet ainda é um problema.

— Ela não foi condenada? — Estremeço.

Killz não se move, continua ajoelhado, com o rosto na minha barriga arredondada.

— É tanta merda, mas não quero deixá-la aflita. Se preferir, pode dormir no meu quarto. Amanhã nós teremos uma conversa mais calma. Agora vocês precisam descansar — diz Killz, mencionando a mim e ao bebê.

Estou cansada de bancar a adolescente inconformada, então assinto. Ele pigarreia e se levanta.

— Tudo bem.

Abaixo a camisola e me deito a cama.

Ele se afasta, seguindo para a saída.

— Boa noite, Brey! — diz Killz, com a mão na maçaneta da porta.

Estou louca para perguntar onde ele vai passar a noite, mas mordo a língua e me controlo. Deixo-o sair do quarto, sem resposta. Cubro-me da cabeça aos pés, começo a chorar e acariciar o meu bebê por cima do tecido macio.

— Eu amo você, mas o papai merece um gelo para aprender que não é o dono do mundo e que a mamãe não vai aceitar ser tratada como uma das vadias dele. Só assim seu pai vai se dar conta de que, apesar de todo o poder e influência que tem, ele também é um ser humano frágil que carrega um passado conturbado — sussurro, chorando baixinho.

Fecho os olhos e desejo que o dia amanheça logo para que eu possa colocar a minha vida de volta aos trilhos, depois de quase quatro meses. Preciso ver meus pais, conversar com Alessa, esclarecer as coisas com Kenneth e pedir perdão pelas mentiras que contei para o meu próprio bem.

Ontem à noite, chorei silenciosamente. Questionei-me do porquê de Killz ter criado coragem para me dizer que me amava, depois de tantos meses. Soltei suspiros mudos, enquanto meu peito gritava para que eu dissesse "Eu também te amo, Killz".

Ainda está gritando, pois, sim, eu malditamente o amo. Esse homem mexe com todas as fibras que existem em meu corpo.

Passei a madrugada inteira angustiada, ansiando pelo amanhecer. Pretendia procurar Keelan e Kenneth, pedir perdão por ter mentido; ver meus pais e Alessa.

Mas não esperava acordar desse modo.

Abro os olhos quando sinto carícias em meus cabelos. Killz desliza sua mão sobre a minha. Um arrepio atravessa meu corpo. Sei que ele quer me passar confiança, noto a sinceridade em seu olhar, e não posso negar que gosto disso. Encará-lo novamente é ter o sabor de vivenciar nossos melhores momentos juntos. Por mais que ele tenha me magoado, nós tivemos uma história.

Pequena, é verdade, mas tivemos.

— Você está aqui faz tempo? — sussurro, encarando-o.

Ele assente e dá um pequeno sorriso triste.

— Estava velando o seu sono, você parecia atordoada — murmura, acariciando minha barriga.

Estremeço com seu toque, ele percebe.

— Por que me trouxe para sua casa?

— De quantos meses você está? — pergunta, curvando as costas para depositar um beijo na minha testa.

— Entrando no quarto.

Não queria, mas estou imobilizada pelo carinho que Killz faz em mim.

— Brey, tenho uma coisa para te pedir, mas primeiro me escute, tudo bem?

Sussurro que sim.

Tirando minha cabeça do seu colo, Killz se move e se senta na poltrona que está de frente para a cama. Aproveito o espaço que me dá para me sentar também.

— Pode falar, Killz...

Ouço-o pigarrear e engulo seco.

— Nem mesmo meus irmãos, nem Alec, que é meu melhor amigo, sabem disso. Você será a primeira pessoa para quem vou contar.

Killz abaixa a cabeça por segundos, mas quando ergue o rosto, seus olhos estão vermelhos e marejados. Desejo ampará-lo, no entanto, fico quieta e espero.

— Estou ouvindo.

— Quando levaram Roselyn, eles não me deram opção. Eu tinha de escolher quem viveria, meus irmãos ou a mulher que me amava tanto quanto eu a amava. Mas fui frágil, um verdadeiro inútil, e a deixei ser levada cruelmente dos meus braços para que Spencer, Ezra, Carter e Axl pudessem algum dia construir uma família, amar e ter um futuro. — Fico sem entender aonde ele quer chegar. — Blood tinha suas cartas na manga, ele é mais velho do que eu e tinha mais experiência.

Killz parece estar entrando em um túnel do tempo neste instante.

— A morte dos meus pais era recente, e a minha cabeça estava estourando com tantos problemas. Sem perceber, me tornei pai dos meus irmãos, e muito jovem. Apesar de Ezra ser o mais centrado e ter quase a mesma idade que eu, eu me via na obrigação de protegê-los, e acabei me tornando obcecado pela proteção deles. — Ele enxuga o rosto com as costas das mãos e me encara. — Eu os prendi demais, às vezes acho que me odeiam. Me vi chefe de máfia, conselheiro, pai, irmão protetor, tudo ao mesmo tempo. Conquistei inimigos num piscar de olhos, sem nem mesmo entender por quê. Talvez tenha sido pela cobiça que o trono dos Knights desperta em outros mafiosos.

A gravidez me deixou sensível, qualquer coisa é motivo para chorar. Killz chora, cabisbaixo, então desisto de ficar sentada na cama. Levanto-me, indo ao seu encontro.

— Aubrey, me sinto um fodido, porque a vida toda eu não soube dar amor aos meus irmãos. Spencer me odeia e me acha uma pessoa ruim... — Ele respira fundo. — Axl pensa que quero destruir a vida dele com o casamento, mas nunca faço nada sem um propósito.

Toco em seu cabelo e ele levanta a cabeça para me encarar. Dou um sorriso pequeno e limpo as lágrimas que caem nos cantos do seu rosto.

— Não chore, por favor. Nunca te vi tão vulnerável.

Killz passa o braço por minhas costas e me puxa para perto dele, encostando o rosto em minha barriga.

— Daria a minha vida pela paz dos meus irmãos e para a sua proteção, Brey. Sou eu quem eles querem. Eu sou a merda do problema. A minha morte resolveria tudo.

Num impulso, sento-me no colo de Killz, segurando seu rosto entre minhas mãos.

— Você não pode fazer isso conosco, Killz. Entendeu? — Choro.

Killz sorri fraco e assente, porém, noto o vacilo nos olhos.

— Roselyn estava grávida. Tiraram o feto e me enviaram numa caixa de presente, com um sapatinho de bebê colado em cima dela. Quando abri, o meu mundo virou de cabeça para baixo. — Fico horrorizada com o que ouço. — Blood tirou a vida deles sem nem mesmo eu ter o prazer de descobrir que seria pai, Brey. Eu seria pai, mas tiraram isso de mim. Eu mesmo tirei quando a entreguei a eles.

Killz me aperta delicadamente contra seu abraço e chora.

— Ei, olhe para mim — peço, soluçando.

— Mesmo sabendo o que fizeram com o bebê, eu já me considerava pai e amava a criança. Com o passar dos anos, aprendi a enterrar meus sentimentos.

— Killz, estou pedindo que olhe para mim.

Por fim, ele olha. Seus olhos não possuem brilho, por conta do choro. Nas partes brancas, o vermelho-sangue toma conta. Uma veia na testa pulsa, saliente, como a do pescoço. Killz precisa se acalmar.

— Por favor, não me tire o direito de poder amar o meu filho e vê-lo crescer... Mesmo que não me perdoe, Brey, mas eu preciso de alguma coisa pura dentro de mim para curar a minha alma.

— Por favor, não chore.

— Preciso aprender a amar incondicionalmente, Aubrey. O nosso filho fará esse milagre em minha vida. Prometa que, apesar de todo sofrimento que te causei, não me afastará dele.

— Eu prometo, Killz.

Killz sorri e acaricia meu rosto. Fecho os olhos com o toque.

— Você é a minha esperança, e o nosso filho é a minha cura.

Secretamente, essa frase me quebra.

CAPÍTULO 45

KILLZ JAMES KNIGHT

Estou confuso para caralho nos últimos dias, e tudo é motivo de me fazer voltar atrás.

Ontem, Alec entrou no meu escritório para dizer que as exportações na Itália foram um sucesso. A polícia andava na nossa cola, mas ele conseguiu infiltrar um dos nossos homens. Fiquei mais aliviado, assim eu não terei com o que me preocupar.

Decidi deixar meus irmãos respirarem por algumas semanas, o que não significa que eles estão livres de suas funções na máfia. Isso seria uma mentira, mesmo que quisessem. Não podemos abrir mão de um império construído para ser nosso, seríamos julgados por isso e a guerra seria feia.

Sangue para todos os lados se tornaria um eufemismo para o completo desastre que aconteceria se um Knight escolhesse viver uma vida "normal". Os conselheiros de cima tentariam nos destruir sem pudor algum, principalmente agora que descobriram que Spencer foi usuário de drogas. Ezra matou um dos nossos homens porque nosso irmão caçula transou com a mulher do cara, e eu matei conselheiros importantes, além de ter dormido com uma Russell.

Aubrey não me perdoou ainda. Ela simplesmente me deu um abraço acolhedor e prometeu que não tirará o nosso filho de mim. Outro assunto que devo proteger com todas as garras afiadas que puder.

Ninguém da máfia pode saber que a família Knight está crescendo. O bebê é um grande herdeiro, contudo, nem mesmo o conselho pode sonhar que serei pai. Meu filho correria risco de não ter a chance de conhecer esse mundo, e a mulher da minha vida estaria em perigo.

Talvez não medissem esforços para matá-la, porém, não permitirei que Aubrey seja machucada por nenhum inimigo. Vou oferecer a Conan um novo acordo, para o caso de uma guerra ser declarada. Assim estaremos mais do que prontos para arrancar cabeças.

Na minha família, rival algum tocará. Lutarei contra todo o inferno para manter quem amo a salvo, nem que para isso eu tenha de morrer.

— Killz, Conan está aqui — avisa Alec, entrando no meu escritório.

Guardo alguns documentos dentro da gaveta e assinto.

— Mande-o entrar, quero ser o mais breve possível — digo, espremendo os dedos em minhas próprias mãos.

Estou nervoso, ansioso, angustiado.

— Ok — diz Alec, saindo da sala.

Não demora muito para Conan entrar, deixando-me incomodado com a situação. Ainda há rancor e dúvidas sobre a morte dos meus pais, mas o foco é Aubrey e o bebê.

— Bom dia!

— Bom dia, Conan! Preciso conversar seriamente com você.

Solto um suspiro, e o ouço rir pelo nariz.

— Como achou minha filha e por que a trouxe para cá novamente? — dispara, sentando-se numa poltrona de frente para mim.

— Foi por acaso, depois de ter revirado todo o inferno para achar a minha mulher.

— Sua mulher? — Conan ergue a sobrancelha. — Pelo que sei, *minha filha* não é mulher de ninguém, moleque.

— Desde o momento que a toquei e concebi o nosso filho, sim, ela é minha. Minha mulher. — Não falo para provocar ou ser irônico, mas quero deixar claras as minhas intenções.

De repente, Conan fica pálido e engasga com a própria saliva.

Merda, ele não sabe da gravidez? Pensei que sabia de tudo, já que a escondeu de mim.

— Minha filha está grávida?! — grita com os olhos arregalados e as mãos tremendo. — Você sabe a porra do perigo em que a colocou? A última mulher que engravidou de um filho seu está morta! — ele continua gritando.

Tento me controlar, mas minha paciência está por um fio. Suas palavras me corroem por dentro.

— Quem te contou sobre isso?! — grito, descontrolado.

— Não levante a voz para mim, seu moleque! — Conan revida. — A vida toda perdeu seu tempo fazendo mapas, armadilhas para ter a minha cabeça! Acha mesmo que sou o culpado pelo desastre em sua família?

— Cale a boca e vamos conversar, Conan.

Estremeço, puxando a arma para cima da mesa.

— Garoto, tenho anos nisso. Eu o vi nascer! Não venha bancar o esperto para o meu lado. Sempre soube que me odiava, Killz — murmura Conan, puxando algo de dentro de uma pasta.

Como ele entrou aqui com isso e eu não vi? Estou tão cego?

— Que merda é essa?

— Um dossiê sobre a morte dos seus pais, aqui prova que não os matei — Conan responde, jogando-a para mim.

Eu a pego com as mãos trêmulas. Por muitos anos, procurei respostas, vivi amargurado, acusando, matando, odiando.

Conan está certo? Ele não matou meus pais?

— Por que isso agora? — questiono. — Depois de anos! Que garantias tenho de que isso não é falsificado?

— Você não é burro, Killz. Kurtz sempre soube que você seria o herdeiro ideal para proteger os seus irmãos quando ele se fosse.

— O que sabe sobre meu pai? — sussurro, sentindo a dor aguda afetar meus olhos.

— Éramos amigos. Kurtz e eu vivíamos como irmãos. Sempre fomos unidos. As únicas máfias que não se importavam com a rivalidade eram os Knights e os Russells. Só que com o passar dos anos, a Rússia se sentiu ameaçada por conta da aproximação das nossas famílias. Eles queriam o que nós tínhamos, mas não poderíamos dar a eles — Conan acrescenta. — O poder não pode ser dado, deve ser conquistado. Então, o pai da máfia russa decidiu que nós, Russells e Knights, seríamos os alvos principais dele.

— Aonde quer chegar? — pergunto, girando a cadeira de costas para ele.

— A rivalidade com a Rússia sempre prevalecerá. É como uma erva daninha que nenhum de nós consegue fazer parar de crescer, nenhuma das nossas famílias pode romper, a não ser que algo muito bem planejado seja feito para destruí-los.

— Entendi. Preciso saber a verdade sobre a morte dos meus pais e a máfia russa.

Não tenho coragem de abrir o suposto dossiê.

— Os pais de Blood mataram seus pais, eles foram os únicos culpados — Conan revela.

Rapidamente uma onda de calor sobe por meu corpo. Viro de frente para ele novamente e arrasto minha mão até a arma, parando meus dedos em cima dela.

— Você está mentindo! Meu pai me deixou provas, um dossiê! — falo ainda mais alto. — Está fazendo isso por medo que eu machuque Brey? Esqueça, Conan. Não a machucarei, amo aquela mulher!

— Tire as mãos dessa arma, Killz, você está fora de si! — Conan grita.

— Há anos me sufoquei nessa bolha, Conan. Sabe o quanto sofri? Praticamente criei meus irmãos, sozinho... — Saco a arma, mirando nele.

— Você não quer fazer isso — diz, aproximando-se de mim.

Minhas mãos tremem, sei que ele está certo.

— Fique onde está, porra! — brado.

Há uma movimentação do lado de fora. Ouço Brey do outro lado da porta:

— Alec, quero falar com Killz, por favor...

— Aubrey, ele está... — A voz de Alec preenche a sala quando Aubrey entra no meu escritório com tudo.

Ela me encara e depois encara o pai, assustada para caralho.

— Papai! Você me prometeu, Killz! — ela grita, desesperada.

Engulo em seco e abaixo a arma, mas não a solto.

— Estarei aqui fora — murmura Alec, saindo da sala.

— Ia matar meu pai? Não manteria a sua palavra, Killz? — indaga, correndo para abraçar o pai, sem tirar seus olhos dos meus.

— Não vou mentir e dizer que não queria, mas não. Não mataria Conan.

— Pai, vamos embora. Ele não vai te machucar. Não é, Killz? — Ela me encara. — Você teria coragem de matar o avô do nosso filho?

— Não é tão simples assim, Aubrey. — Se ao menos ela se esforçasse para entender.

— Você não quis escutar meu pai, Killz? — Brey me olha de um jeito que me deixa desesperado. — É assim que diz me amar?

Ela chora. Cacete!

— Amor...

— Escute o pai do seu filho, Aubrey — Conan interfere, fazendo-me olhar para ele.

— Pai...

— Preciso conversar com vocês. É importante, então preciso que se acalmem — diz Conan, puxando Aubrey para o sofá do meu escritório. — Venha aqui, Killz.

Conan sabe que sua filha é o meu ponto fraco, por ela acabo com uma guerra.

— O que foi, pai? — pergunta, fungando.

— Escutem tudo o que tenho para falar, o que direi mudará totalmente o destino de vocês, principalmente o de Axl e Alessa — Conan explica, engolindo em seco.

— Pode falar, Conan. Estou escutando.

Eu o encaro, sentando ao lado de Brey, que se encolhe no mesmo instante. Suspiro, incomodado.

— Kurtz e eu éramos melhores amigos...

— Kurtz não é o seu pai, Killz? — pergunta Aubrey, olhando-me.

— Sim, é.

— Continuando. — Conan pigarreia. — Por termos sido ligados desde a adolescência, nós fizemos um pacto ainda jovens. Com o passar dos anos, fomos crescendo, e é óbvio que encontramos nossas mulheres. — Ele faz uma pausa e respira fundo. — Daí surgiu a ideia de unirmos as nossas famílias, já que eu tinha um irmão e ele era filho único. Decidimos que nossos herdeiros selariam esse pacto — Conan vai dizendo, acariciando o braço da filha.

— E o que temos a ver com isso?

— Killz veio primeiro, é claro. Kurtz foi mais rápido.

— Pai, pode adiantar? — ela questiona. — Teremos muito tempo para os detalhes — diz Brey, abrindo a boca e fechando.

Sorrio ao vê-la bocejando.

— Claro — Conan assente. — O que quero dizer é que todas as mulheres Russell são prometidas para os homens Knights.

Engasgo com a minha própria saliva.

— O senhor está louco?!

— Killz! — Sinto o tapa de Brey em meu braço.

— Continue, Conan — digo a ele, respirando fundo.

— Selamos esse acordo há muitos anos. O certo é que nossos primeiros herdeiros se casem.

— Pai, o que quer dizer com isso? — Aubrey o encara. — Esse acordo de casamento para unir as duas máfias foi apenas uma brecha?

— É, Conan, explique-se melhor. Já que você veio com provas e agora com essa história de prometidos. — Reviro os olhos, tentando disfarçar a vontade de esmurrar a cara do velho.

Seguro-me ao ver o olhar matador que Aubrey lança.

— Você é a minha primeira herdeira, e Killz o de Kurtz. Sendo assim, vocês, em algum momento, teriam que se casar para selarem o nosso acordo, meu e de Kurtz.

— Isso é sem sentido, Conan! Eu achei Aubrey. Sempre soube da existência dela, se pensa que não, está muito enganado. — Tento manter meu tom controlado. — E essa história não se encaixa em nada.

Levanto-me do sofá e começo a andar de um lado para o outro.

— Você acha mesmo que deixaria o meu bem maior nas mãos de meus inimigos, seu moleque?

Odeio quando ele me chama de moleque, é insuportavelmente perturbador.

— E como a deixou vir para Londres, já que eu era o seu inimigo? — Sorrio, vendo Conan arranhar os dentes.

— Desde que Brey veio ao mundo, eu a preparei. Rapaz, a minha filha foi preparada a vida toda para se tornar uma boa esposa. Mesmo que nunca tenha tido o conhecimento disso, mas ela foi. — Ele respira fundo e prossegue: — Pus muito cedo Aubrey na escola. Celeste não entendia o porquê de deixar a nossa filha vinte quatro horas estudando, já que era tão jovem. Às vezes, até tínhamos desentendimentos, e por conta disso tive de contar a metade da minha intenção.

— Pai, o senhor está me assustando.

— Aubrey, desde os seus quinze anos, decidi que você viajaria por todas as partes do mundo, iria para todos os países — fala Conan, olhando para a filha. — Quando estivesse pronta, você o encontraria. Agora está na idade certa e tem conhecimento das coisas. Ficou madura rápido, assim pude guiá-la até aqui, porque sabia que Killz não a machucaria.

Realmente fico estático com as revelações. Pelo que estou entendendo, a vida toda Conan guiou Aubrey até mim.

— Então, por que a deixou trabalhar para mim? — questiono. — Influência eu sei que você tem.

— Todas aquelas mulheres da entrevista, fui eu que pus em seu caminho. Fiz com que todas dessem em cima de você, e outras se fizessem de burra. O que o dinheiro não faz, não é? — Ele dá de ombros.

O quê? Não é possível! Esse velho é um intrometido.

— É impossível. Foi Alec quem arrumou todas elas para a entrevista.

— Meu caro, acha mesmo que descobriu a ficha da minha filha por influência e por ser inteligente demais? Investi bastante para deixar uma brecha para você achá-la.

O desgraçado gargalha.

— Mas que merda! Pare de me confundir, Conan! — esbravejo.

— Aubrey sempre foi sua, Killz. Minha filha, desde que nasceu, era para ser sua.

Agora é a vez de Aubrey engasgar com a própria saliva.

— Pai!

— Acha mesmo que eu não sabia das enrolações de vocês? — O homem nos observa. — Filho, eu não deixaria a minha menininha se deitar com qualquer um.

— Já...

Antes que qualquer outra coisa seja dita, alguém adentra o cômodo.

— Aubrey!

Hoje é o dia de intromissão? Eu terei de trancar a porta?

De repente, Alessa e uma mulher muito parecida com Brey entram. A diferença é a cor dos olhos, mas o cabelo é idêntico ao da minha mulher.

Essa é a tão falada Celeste?

— Alessa? — Brey olha para a prima. — Mãe? — Agora ela olha para a mulher mais velha. — O que fazem aqui?

Aubrey se levanta e passa por mim como um raio, sem nem sequer olhar para trás.

— Filha... — A mulher abraça Aubrey, em seguida, arregala os olhos ao olhar para a barriga dela. — Conan, me diz que isso não é verdade! — Celeste grita, fazendo Aubrey se afastar.

— Já conversamos sobre isso, querida. — Ele a encara de um jeito diferente, como se estivesse lembrando-a de algo.

— Não importa essa merda de acordo ou amizade com promessa! A minha filha não é obrigada a se casar com esse...

— Homem educado — interrompo-a —, pai do seu neto e futuro marido da sua filha.

Olho para Brey e a vejo revirar os olhos, mas não demora muito para sorrir discretamente. Meu peito salta de alegria.

— Brey, estava com saudades. — Alessa se aproxima e abraça a prima.

— Também estava, Lessa.

Não posso negar que a genética Russell é infalível, as três mulheres à minha frente são lindas.

— Você está grávida, prima? — pergunta Alessa.

— Sim, de quatro meses — diz a mulher da minha vida, sorrindo.

Quando vou abrir a boca, mais um indivíduo entra na sala, sem bater.

— Killz, trouxe alguns documentos, Ezra que mandou e... — Axl se cala no instante em que coloca os olhos em Alessa, abraçada com Brey. — Porra — chia baixinho.

— Esse é Axl, não é? — indaga Conan, aproximando-se do meu irmão, que revira os olhos.

— Ao vivo e em cores — meu irmão debocha.

— Alessa, venha aqui — chama Conan.

Ela se aproxima dos dois.

— Tio...

— Eu já disse que... — Axl tem os olhos arregalados quando Conan tira uma caixinha azul de veludo do blazer dele.

— Pai, o que o senhor vai fazer?

— Conan, eu já te disse que essa ideia é louca! — grita Celeste, saindo da sala como um furacão.

— Tio, o senhor não pode fazer isso comigo. — Alessa tem os olhos cheios de lágrimas, enquanto Axl está com o maxilar travado.

— Filha, por mais que seja doloroso, sei o que estou fazendo — diz Conan, revelando dois anéis na caixa.

Dando um passo para trás, Axl me lança um olhar assustado.

— Eu não vou me submeter a essa farsa! — ele grita, começando a seguir até a porta.

Volto meus olhos para Aubrey, que apenas observa.

— Axl James Knight, você assinou um contrato. Seja homem e cumpra sua palavra.

— Podemos até nos casar, mas nunca vou amá-la, porque a mulher que eu amo está me esperando em casa.

Assim que Axl termina de falar, recebe um tapa no rosto.

— Isso é para aprender a me respeitar! — Alessa berra com ele. — Tio, não quero isso — diz ela, com a voz falhando.

Sinto que a garota só fez isso por orgulho. Tenho certeza de que ela chorará nos braços da prima mais tarde.

— A partir do momento em que vocês dois puserem estas alianças, estarão declarados noivos. — Conan olha para os dois, colocando um anel no dedo da sobrinha. Logo depois, Axl tem o braço puxado para frente, e, sem demora, Conan faz o mesmo no dedo de meu irmão. Sorrindo, o velho balança a cabeça e começa a tagarelar. — Isso aqui é só o começo, porque algo maior está por vir, Axl Knight e Alessa Russell. Como tradição das máfias, o mais velho sempre tem de estar à frente, então os declaro a partir de agora entrelaçados.

Sinto um arrepio, a cena parece até um pacto diabólico.

— Que merda — resmunga Axl, puxando sua mão para longe e abominando o anel em seu dedo.

— Axl, você tem uma semana para largar seu casinho. Caso contrário, se haverá comigo.

— Killz, esse velho não pode chegar aqui mandando em tudo! — berra.

Eu só dou de ombros.

— Daqui a alguns dias, o processo do casamento será encaminhado e, por lei da parte da minha família, os noivos devem dividir o mesmo teto antes de se casarem.

Alessa arregala os olhos e meu irmão gargalha.

— Qual é o seu problema? — ela protesta.

— Já estamos entendidos. Quer dizer, quase — Conan fala com superioridade. — Filha, venha comigo, tenho algo para te dar.

— Conan, depois precisamos conversar, a sós — aviso, vendo-o se afastar.

— Preciso que convoque uma reunião, e quero você presente, Axl. Alessa e Aubrey, venham, temos coisas para esclarecer.

Conan pega as mãos das garotas e sai da sala ao lado delas, deixando-nos sozinhos.

Cabisbaixo, meu irmão indaga:

— Não tem como estar contra esse casamento? Sou um herdeiro, Killz...

Ele me olha com esperança.

— Axl, mesmo que Conan e eu tenhamos feito um contrato, há algo maior, a promessa que ele e nosso pai fizeram. Então, não, você tem por obrigação se casar com Alessa.

— Por que não os outros? Spencer tem vinte e dois e ela dezanove, seriam perfeitos um para o outro! — grita ele, desesperado.

— Não posso fazer nada por você. Sinto muito, irmão!

CAPÍTULO 46

AUBREY RUSSELL

Três dias se passaram desde que estive com minha mãe e Alessa. Meu pai comprou um apartamento perto da empresa de Killz. Falando nele, ele me disse que havia mandado um de seus irmãos trazer Kenneth e Keelan para Londres.

Killz não quer que eu volte para a rua tão cedo. Confessou que tem medo que seus inimigos descubram a minha gestação. Alertei Conan sobre o débito que deixei no hotel em que estive hospedada durante esses meses, e meu pai ajeitou tudo, mandando-me cuidar do meu bebê, que virá ao mundo em alguns meses.

Ainda não tenho palavras para descrever o que sinto em relação a tudo que Conan colocou em pratos limpos. Ele está certo do que diz? Talvez só esteja procurando uma maneira de me proteger?

Não, meu pai não seria tão mentiroso assim. A fúria da minha mãe já deixa claro que ele não mente sobre a história de estarmos prometidas.

— Mãe, o que tem a dizer sobre a amizade do meu pai com o de Killz? — indago, sentindo as mãos macias dela sobre meu cabelo.

— É uma loucura, filha. Eu nunca fui de criticar as decisões do seu pai, mas essa foi fora do contexto. Antes mesmo de você nascer, Kurtz e Conan comemoravam as suas alianças. — Celeste parece estar indignada com tudo, então abafo o riso.

— Por que daquela vez que te liguei, você parecia guardar rancor do Killz?

— Ele tem um passado muito obscuro, Aubrey. Tenho medo de que esse homem possa machucá-la.

— Não é obscuro, mãe... — Suspiro. — É triste, emocionante. A história de vida dele tomou todo meu fôlego — sussurro, querendo chorar.

— Quer me contar? Estamos sozinhas.

Alessa foi ao hospital e, apesar de não guardarmos segredos, é bom ter nossos momentos de mãe e filha.

— Mataram a mulher que ele amava, depois tiraram o feto e mandaram para ele em uma caixa de presente.

Os olhos da minha mãe saltam para fora, já cheios de lágrimas.

— Filha, pode continuar.

— Killz contou que esteve em uma situação complicada e eram duas opções: seus irmãos ou a mulher que amava. Ele nem teve a oportunidade de saber que seria pai.

Choro, escondendo o rosto no colo da minha mãe.

— É triste mesmo — diz ela, limpando o canto dos olhos. — E o que houve depois? Isso tocou você de alguma maneira?

— Ele chorou, mãe! Nunca vi Killz tão vulnerável, foi algo que jamais esperei.

— Brey, nós sabemos o que ele fez. Você está disposta a perdoá-lo mesmo depois de tudo? — Ela olha em meus olhos de novo. — Filha, você decide, a vida é sua. Seu pai e eu não vamos interferir em nada. Esse bebê pode dar a vocês muitas oportunidades para recomeçar — diz Celeste, acariciando minha barriga por cima do vestido.

— Eu o amo, Celeste... — assumo. — Há muitas coisas que desejo dizer a ele.

— Você tem essa mania de me chamar de Celeste. — Minha mãe sorri. — Aubrey, se o seu coração deseja estar ao lado do homem que ama, vá, corra atrás da sua felicidade, amor... A vida é sua, então viva, porque você só pode fazer isso uma vez — aconselha, fazendo-me sair do seu colo.

— Preciso dizer a ele, mãe!

Corro e pego as sandálias rasteiras no chão, indo em direção à porta.

— Cuidado, Aubrey! Tem três seguranças do seu pai lá embaixo, e o motorista.

— Obrigada, Celeste! — Coloco a mão na maçaneta da porta e abro, sem olhar para frente, então acabo batendo em alguém, grande, com músculos.

Fico em choque quando noto que esbarrei minha barriga saliente em algo duro. Resmungo e olho para ele.

Killz me encara e sorri, levantando meu queixo, fazendo-me fitá-lo. Meu coração pula igual a milhos de pipoca. Ele faz uma festa dentro do meu peito.

— Hum... Olá. — Sorrio, envergonhada.

Meu cabelo está grudado na testa e começo a puxar alguns fios que se colam em meus lábios. Ouço a gargalhada gostosa de Killz em meu ouvido.

— Você é linda *pra caralho*.

— É...

— Vim convidá-la para ir a um lugar comigo. Se quiser, é claro. Mas creio que vai gostar — diz, colocando meu cabelo para trás.

— Preciso calçar as sandálias — murmuro, atrapalhada.

O amor domina minhas células. Eu malditamente amo a sensação de cócegas no meu estômago.

— Não precisa — alerta, segurando minhas mãos.

— Não? — Sorrio, ansiosa.

— Não precisa estar calçada para ver o que tenho para mostrar.

— Hum-hum... — Ouço o pigarreio de Celeste.

— Boa tarde, senhora Russell! — ele cumprimenta, acenando para a minha mãe.

— Boa tarde, menino! Aubrey, se falar com Alessa, diga que quero vê-la. Com licença — diz Celeste, vindo até nós e fechando a porta, trancando-nos do lado de fora.

Quando viro o rosto para encarar Killz, sinto o peso dos seus lábios nos meus. Sorrio e jogo as sandálias no chão, entrelaçando meus braços no pescoço dele. Killz aperta vagarosamente meus quadris, então gemo contra sua boca quando percebo sua ereção.

— A gravidez te deixou muito mais linda, e isso me deixa louco, excitado, apaixonado — ele sussurra, mordendo lentamente meu lábio inferior.

— Killz...

Paro o beijo para olhá-lo. Emocionada, sorrio ao encontrar o brilho diferente em seus lindos olhos.

— Eu te amo, boneca! Amo vocês, quero poder lhes dar um futuro seguro.

Killz se ajoelha no corredor do apartamento e beija a minha barriga.

— Não gosto quando se ajoelha...

— Por você, eu faço tudo, querida — ele fala e se levanta.

— Preciso conversar com você — digo.

— Ainda não estou perdoado?

— Nós somos adultos, temos de nos comportar como tal, não é? — Ele assente. — Decidi que quero recomeçar ao seu lado. Sem me importar com o passado. O que importa agora somos apenas nós três. Você, nosso bebê e eu. — Sorrio, vendo-o fazer o mesmo.

— O que quer dizer com isso?

— Eu te amo, Killz! Amo muito, não sabe o quanto.

Inesperadamente ele me levanta no ar. Arregalo os olhos, preocupada que alguém passe e veja minha calcinha.

— É inexplicável... — diz ele. — Quis tanto ouvir isso dos seus lábios, amor.

Killz suspira, comigo ainda em seus braços. Encostando nossas testas, ele me beija apaixonadamente.

— Para onde está me levando? — pergunto, curiosa, quando me põe no chão e começa a me guiar.

— Surpresa. — Ele sorri, puxando-me para seus braços.

— Odeio surpresas.

— Essa você vai amar — Killz fala com certeza.

Ele me leva até o carro e rodamos por um tempo, que não sei dizer quanto, pois me distraio demais para prestar atenção. Quando descemos do veículo, um turbilhão de sentimentos toma conta de mim.

Meu peito salta, meus olhos só conseguem refletir o que Killz me proporciona neste momento. Olho para uma casa bem grande, nada comparada à mansão Knight, mas é perfeita para uma vida simples e feliz. Ao redor, há jardins esverdeados e flores coloridas. Sorrio ao ver uma borboleta pousar em uma folha. Mesmo sem saber a intenção de Killz, fico admirada com a estrutura do lugar. É simplesmente lindo.

— Vamos?

— O que tem lá? Algum parente seu?

— Você verá. — Ele sorri, pegando a minha mão.

— Ela é muito linda, quem construiu teve bom gosto.

Olho para cima do telhado e vejo uma pequena chaminé. A cor creme nas paredes da casa deixa tudo mais dócil. Uma pequena escada toma o meio do jardim, que dá acesso para entrar no imóvel.

— Acredito que sim — ele concorda, abrindo o portão preto com grades finas em formatos diferentes de muitos que já vi.

— Primeiro quero mostrar a parte de dentro, há um lugar que é muito especial.

Seguimos em silêncio até a escada. Sem demora, vejo Killz tirando um molho de chaves de dentro do bolso. Estranho.

— De quem é a casa?

Ele gargalha e olha para mim.

— Nossa — diz sem cerimônia alguma.

Arregalo os olhos e travo.

Como assim, nossa? Nunca soube da existência dessa casa.

— Poderia ser mais claro?

— Serei o máximo possível, mas agora ponha isso aqui.

Vejo-o tirar um pedaço de pano do blazer e estendê-lo para mim. Em seguida, abre a grande porta preta.

— Sério isso? Já disse que odeio surpresas.

— Vou cobrir seus olhos, lá em cima eu tiro. Vou pegá-la no colo, não se assuste.

Ele coloca o tecido em meus olhos.

— Tenho medo de que aconteça algo com o bebê.

— Terei todo o cuidado.

Sinto seus braços envolverem meu corpo e não posso enxergar, mas meus ouvidos captam o som de seus passos ao mesmo tempo em que meu corpo pode sentir os seus movimentos.

— Estou ansiosa e com medo.

— Falta pouco para estarmos dentro. — Uma perna sobe, a outra fica para trás. A outra sobe de novo. — Chegamos.

Meus pés se firmam no chão.

Os dedos de Killz tocam na pele do meu pescoço, e luto para tirar o pano dos meus olhos.

— O que deve estar aprontando?

— Você não me pediu isso diretamente, mas criei coragem para dizer e fazer — diz ele. — Aubrey, eu lhe darei mais que uma prova de amor, querida, basta observar e terá certeza. — Busco recuperar o fôlego, após suas palavras. — Pode abrir os olhos.

Obedeço e dou de cara com uma porta da mesma cor que toda a casa; creme.

— É um quarto? — questiono, deslizando os dedos pela madeira da porta.

— Sim. Essa é a chave, quero que você abra.

Ele me entrega apenas uma chave grande, bem firme. Dou risada com os pensamentos. Enfio a chave na fechadura e logo sinto atrás de mim a presença do homem que me deixa abalada. Quero gemer de frustração. No entanto, respiro profundamente e giro a maçaneta, empurrando a porta.

Minha boca se abre muitas vezes, mas não encontro forças para descrever verbalmente a sensação. Eu odeio surpresas, mas essa me deixa de pernas bambas e coração acelerado.

— Quem fez isso? — questiono, entrando no quarto.

— Eu.

— Você mesmo?

Agradeço por estar com as unhas cortadas, porque, neste momento, sinto uma grande vontade de apertá-las contra a palma da minha mão para ver se estou sonhando. Olho para os quatro cantos das paredes, observo as cores. Algo que toma a minha atenção desde que entrei.

— Rosa e azul? — Sorrio, começando a fungar.

— Sim, rosa se for uma menina e o azul...

— Um menino — interrompo-o.

— Sim, claro. Para mim, o que importa não é o sexo do bebê, o mais importante é poder tê-lo conosco.

— Quem pintou as paredes? — questiono, olhando ao redor.

— Pedi a Alec que contratasse alguém para fazer isso. Comprei dois berços, um rosa e outro azul. Quando soubermos o sexo, poderemos escolher. O cômodo é uma mistura de azul com rosa.

Sorri ao puxar minhas mãos para que eu possa alcançar seus passos. O quarto é grande. Há três janelas de vidro, o piso é de madeira e chega a brilhar, coberto parcialmente por um tapete branco. Também há alguns brinquedos, carrinhos, bolas e bonecas. Desejo chorar, mas seguro as emoções para quando o discurso começar.

— Está tudo lindo. E aqueles quadros ali? — Aponto para a parede cheia de figuras, parece uma coleção.

— Estão vazios, é para quando o bebê nascer. Podermos tirar fotos com ele.

— Faz tempo que tem essa casa? — pergunto.

— Havia mandando Alec comprar depois do acontecimento na mansão, quando a levaram. Quis lhe dar um lar mais apropriado. Estive esperando os dias passarem para contar, só que já era tarde demais. Não quis falar antes, porque pensei que acharia que eu estava querendo comprá-la também.

— A surpresa era essa? — Giro meu corpo para dar a última olhada no local.

— Sim e não. Tem a segunda.

Quando paro para pensar sobre a segunda surpresa, vejo Killz ajoelhado e arregalo os olhos.

— Killz, levante-se!

— Aubrey Lewis Russell, aceita se casar comigo?

Meus ombros caem e meus olhos começam a arder. Minhas mãos ficam trêmulas de uma hora para outra, e sinto uma queimação por debaixo da coluna. Quase caio para trás quando ouço seu pedido inesperado.

— Brey, você me ouviu? — Ele ergue os olhos e me dá um sorriso tão lindo.

— E... Eu... não sei o que dizer...

— Você aceita ser a senhora Knight? — Seu sorriso vacila.

Só então percebo que minha única resposta é sim, porque o amo.

— Sim, amor... Estou tão confusa, mas é uma ideia boa *pra caralho*! — Vou ao seu alcance para poder tocar em seu rosto. — Aceito ser a sua melhor amiga, mulher e companheira de todas as horas, Killz.

— Eu te amo, querida. Amo vocês!

— Também te amo, James!

Ele gargalha quando pronuncio seu segundo nome.

— Às vezes, fico me perguntando por que às vezes você me chama de James.

— Se tornou hábito. — Sorrio, vendo Killz se levantar do chão.

— Eu a pedi em casamento, mas não dei a aliança, quão inteligente eu sou? — Tirando uma caixa pequena de dentro do bolso, Killz me entrega e me deixa completamente confusa. — Quero que fique em sua mão. Logo as alianças estarão em nossos dedos, mas, primeiramente, iremos a outro lugar — ele avisa, sorrindo.

— Para onde iremos dessa vez?

— Marquei um ultrassom para você. Saberemos hoje como está o nosso bebê.

— Você está tão dócil — implico.

— O amor causa esses efeitos.

Ele ri e faz careta, em seguida rouba um beijo meu.

CAPÍTULO 47

KILLZ JAMES KNIGHT

Pela primeira vez em minha vida, posso dizer que estou satisfeito. Aubrey é minha esperança e nosso bebê é minha paz. O que tanto quis na vida, eu consegui; amor puro.

— Podemos ver aqui. O bebê está saudável, mas pedirei alguns exames para confirmar minhas suspeitas.

Ela está linda, como sempre. A doutora Lucien passa o gel transparente por cima da barriga dela, e só consigo sorrir com o que meus olhos vivenciam. Este momento será único para minhas lembranças.

Jamais imaginei que sentiria algo tão puro e profundo. É tanto amor que sinto dentro de mim que nem sei explicar. Até que sou interrompido de meus pensamentos com as batidas de um coração acelerado, forte e saudável.

Olho para Brey, que sorri com ternura.

— É o nosso bebê? — pergunto, com o peito inflado, lutando contra o embargo na voz e a vontade louca de chorar de tanta emoção.

— Sim, é — confirma a doutora Lucien, sorrindo.

— Killz, você está chorando?

— Nem estou conseguindo pensar muito bem, Brey... — Suspiro. — Este momento me deixou vulnerável e sinto que é um garotão.

— Como sabe que é menino, senhor? — pergunta a doutora Lucien. — A julgar pela força desses corações batendo, eu...

— Espera — interrompo-a, notando algo —, eu ouvi dois corações. Como isso é possível? — pergunto, muito confuso.

— Isso mesmo, o senhor ouviu dois corações fortes e saudáveis, porque são dois bebês. Descobri por um pequeno deslize do primeiro bebê, o espertinho estava escondendo o outro atrás dele — explica a doutora Lucien.

Não consigo conter a emoção na frente das duas mulheres. Ambas sorriem para mim, como se entendessem meus sentimentos loucos.

Aubrey me olha com ternura, como quem abraça com os olhos. Eu só sei chorar.

Quem diria que um homem como eu, tão forte, imponente e certo de todas as coisas, seria quebrado por dois bebês que nem posso pegar ainda? Mas já posso sentir o efeito que eles me causam e estou totalmente rendido.

Agora preciso redobrar a segurança de Aubrey e mantê-la longe de toda essa merda de vida que tenho. Quero o melhor para a nossa família.

Família. Agora, sim, posso dizer que tenho uma de verdade, cheia de amor com a mulher que abalou meu coração e me faz enlouquecer cada vez que a vejo.

Minha cabeça parece que vai explodir. Preciso proteger as três pessoas que deram sentido à minha vida, preciso ser forte. Recobro minha postura, enxugo minhas lágrimas e mostro o maior sorriso que já dei a Brey.

— Esses pequenos me dilaceraram de uma maneira tão gostosa.

— Amor, estou mais que feliz em saber que você ficou tão emocionado com nossos filhos, e estou assustada com essa maternidade dupla, mas continuo feliz.

— Podemos continuar vendo os bebês? — pergunta a doutora Lucien.

— Claro, me desculpe. Quero saber os sexos — digo.

— Calma, senhor Knight. Ainda é cedo, mas se os bebês deixarem nós saberemos, sim, o sexo deles — afirma a doutora.

Percebo que Aubrey está calada, apenas sorri de orelha a orelha, um sorriso genuíno. Reparo nela, e noto que chorou também com a novidade de dois bebês.

Essa mulher sempre me surpreende.

— Brey, você está bem? — sussurro para que somente ela ouça; com um meneio de cabeça ela afirma que sim.

A doutora segue mostrando que nossos filhos estão saudáveis, sem qualquer tipo de problema.

— Então, papais, esses lindos bebês não vão nos ajudar neste momento a saber o sexo, mas, no próximo mês, pode ser que ajudem — diz a doutora.

— Doutora, eles estão bem mesmo? Tenho medo, não sei se estou me cuidando o suficiente para mantê-los saudáveis — Brey fala com ar de preocupação.

— Fique tranquila, eles estão ótimos, mas recomendo um dia a dia de tranquilidade. Não exagere em atividades físicas, não se envolva em acidentes e nem tenha emoções fortes, assim você vai chegar muito bem ao final da gestação.

Aubrey e eu sorrimos, causando confusão na doutora Lucien.

Mal sabe ela quem sou e como a nossa vida é uma verdadeira confusão.

— Tudo bem — concordamos.

— Está liberada, mamãe. Só passem no consultório para pegar algumas recomendações.

Limpando o gel da barriga com o papel-toalha que a doutora deu, Aubrey me chama com a mão. Como um ímã, vou sem resistência.

— Põe a mão aqui — sussurra como se quisesse contar algum segredo. — Estão se mexendo.

O meu passado entrou de uma vez no baú, em meu coração não existe mais Roselyn. A dona de tudo em minha vida é Brey e nossos dois anjinhos.

Farei de tudo para afastá-los do perigo. Colocarei Ezra para cuidar de tudo até a minha volta à máfia, porque em breve me mudarei para a nova casa que comprei, para viver com meus bens maiores.

— Incrível, eles realmente estão!

Gargalho, acariciando sua barriga.

Quando somos liberados pela doutora, saímos radiantes do hospital. Meu sorriso não cabe no rosto. No estacionamento, pego minha Brey de surpresa ao entrelaçar nossos dedos. Juro ouvir um suspiro de admiração sair dos seus lindos lábios quando levo sua mão até os meus e deposito um beijo. Dispenso os dois homens que estão fazendo a nossa segurança, libero-os para irem para as suas casas. Não demora muito para que Aubrey e eu entremos no carro e eu dê partida para meu apartamento. Nesse meio tempo, Brey liga para a prima e diz que estava indo para casa comigo, pede para que avise a Celeste e Conan, que estão preocupados com ela.

Durante o caminho, enquanto eu dirijo, minha mulher acaricia meu rosto e sorri para mim, dizendo que, apesar de tudo o que passamos, está feliz por estarmos juntos e que, se depender dela, ficaremos assim até nossos últimos dias. Não deixo de concordar. Dou-lhe um sorriso bobo quando ela leva uma das minhas mãos ao seu ventre ondulado, fico com o coração acelerado, e meus dedos tremem no primeiro toque. Ainda é surreal, mas, sim, caralho, eu serei pai duplamente e gostaria de gritar aos quatro ventos. A sensação é única, pelo menos para mim. Sou capaz de me ajoelhar aos pés de Aubrey Lewis Russell e agradecer por tudo de bom que fez em minha vida.

Após chegarmos ao prédio e sairmos do carro, com os braços envolvidos ao meu redor, Brey ergue o rosto e me encara sorrindo. Não deixo de notar uma linha que aparece entre suas sobrancelhas.

— Uma libra pelos seus pensamentos, senhorita — falo, examinando-a com cautela.

— Estava aqui pensando na ligação que fiz para Lessa.

Ela enruga o nariz, sei que algo a incomoda. Estamos agora no elevador, esperando chegar ao nosso andar.

— E...? — Espero por sua reposta, divertido com o seu súbito incômodo.

— Ela estava gaguejando e eu também ouvi vozes atrás dela. Será que está acontecendo alguma coisa? Ou ela deve estar aprontando? — Sua pergunta soa pessoal, seu olhar está parado nas paredes do elevador.

— Devem estar preparando alguma surpresa para você e não querem que desconfie — brinco, puxando-a para meus braços.

Damos um abraço desajeitado por causa da sua barriga.

— Estou cansada e com sono, claramente indisposta, amor — murmura, dengosa, e eu lhe dou um sorriso torto.

— Prometo que, quando chegarmos, vou preparar um banho para você e também farei uma massagem em seus pés. — Encosto a boca ao seu ouvido e faço promessas.

— Humm, ansiosa por isso. — Sua voz se arrasta em um gemido.

— Chegamos. — As portas se abrem e eu a puxo para fora da caixa.

— Espero que cumpra as suas promessas — provoca, fazendo-me rir.

— Quando prometi algo e não cumpri? — Solto um falso protesto.

Descontraída, Aubrey ri gostosamente, e fico por alguns instantes admirando a *minha mulher*, que está tão bela... Com esse sorriso enorme, esse brilho em seus lindos olhos azuis. Até seu cabelo está mais sedoso.

— Aham, sei — fala em tom de sarcasmo.

— Vamos entrar e eu te mostro o quanto posso ser bom em cumprir minhas promessas. — Uso um tom tão intenso que ela me olha, boquiaberta. Suas pupilas estão dilatadas. Baixinho pergunto: — O que me diz?

— A única coisa que nos impede é essa porta. — Ela aponta para a madeira marrom-clara.

— Isso não será mais um problema. — Solto sua mão e tiro as chaves do bolso da minha calça, indo até a porta para destrancá-la.

— Acho bom, senhor Knight. — Ela arqueia a sobrancelha, como se estivesse me desafiando, e vem em minha direção.

Entramos no apartamento, que está escuro e em completo silêncio. Quando vou acender a luz, assusto-me ao ouvir vários gritos preenchendo o cômodo.

— Parabéns, papais!

Coloco Brey para trás do meu corpo, mas fervo quando vejo Spencer sorrindo, levantando-se do sofá. Olho para todos os cantos e meus olhos caem sobre uma mesa que não existia ali, com bolo, pequenos sanduíches e doces. Ainda sem entender muito bem o que está acontecendo, encaro todos os presentes: Conan, meu sogro; Alec, meu melhor amigo e chefe do meu exército; Spencer, meu irmão problema; Carter, meu irmão e meus olhos nos negócios com armas; Ezra, meu segundo irmão e meu braço direito; Fergie, que é um grande erro estar aqui; Axl, meu terceiro irmão ao lado da noiva, Alessa; Celeste, minha sogra; e Angel, um caso do Spencer. Tem vários intrusos no meio, mas decido relevar. Eles estão em ordem, alinhados à nossa frente, e fico congelado até que o bastardo me tira do transe.

— Parabéns, irmão! Vai ser papai — diz Spencer, vindo me abraçar.

Dou passos para dentro do apartamento, desviando dele e arrastando Aubrey comigo.

— O que é tudo isso? — pergunto, não escondendo a carranca que se forma em meu rosto.

— Já mostro. — Retirando uma camisa azul de dentro de uma sacolinha, Spencer estende a roupinha de bebê que tem escrito: "Sou do Titio".

— Obrigada, Spen! — agradece Brey, olhando-me com as sobrancelhas unidas; como se estivesse me questionando.

Apenas sussurro "Não sabia dessa merda", e ela dá de ombros.

— Não me referia a... — Tento falar, mas Aubrey me cutuca, pegando a sacolinha das mãos do pequeno bastardo.

Conan surge à nossa frente, acompanhado de Celeste.

— Filha, estou tão emocionado com tudo. É tão estranho pôr essa palavra na boca... Avô — diz Conan, puxando Aubrey para um abraço.

Sua mãe se junta a ele, puxando também sua prima.

— Parabéns, meu amor! — parabeniza Celeste assim que o marido se afasta.

Minha sogra dá um beijo na filha, e elas trocam algumas palavras rápidas. Logo após, Celeste me cumprimenta e vai para perto do esposo. Não demora muito para que Alessa venha até nós com Axl.

— Fico feliz por você, prima. Já sabíamos, mas hoje é o dia em que vamos comemorar. — Alessa sorri, pegando na mão da prima, que retribui com um sorriso lindo.

— Compramos isso para o bebê — murmura Axl, nervoso, pondo-se atrás de Alessa.

Ele entrega uma sacola à noiva, depois coça a cabeça e se afasta, juntando-se a Spencer, que voltou a se sentar em um dos sofás.

Noto Aubrey e Alessa se entreolharem e sussurrarem entre si.

— Agora moramos juntos, e tio Conan me deu uns meses para eu aceitar melhor a ideia. — Ouço Alessa dizer baixinho para Aubrey quando se inclina para abraçá-la.

— Obrigada, prima! — Brey já segura a sacola.

— Felicidades — a morena deseja antes de sair do nosso campo de visão.

Enquanto uns se afastam e se acomodam no ambiente, outros se aproximam.

— Irmão, estou feliz por vê-lo assim, radiante — diz Ezra, com um certo brilho nos olhos.

Ele está feliz por mim, posso ver.

— Cara, você é meu orgulho. — Ouço Alec dizer ao se aproximar com Carter. — Você merece essa felicidade, irmão.

Então, meu melhor amigo me abraça.

— Obrigado, Alec!

— É gratificante ver o homem que foi nosso pai por tantos anos, agora ser pai dos seus próprios filhos. Você será um excelente pai, tenho certeza. Eu te amo, cara! Você é nosso tudo, irmão. — Sorrio, cedendo ao abraço de Carter. — Ainda estou chateado com você, mas os nossos laços sanguíneos falam mais alto. Um Knight sempre estará ao lado do outro, não importa o tamanho da merda. Parabéns, Killz!

Fecho os olhos, aproveitando o primeiro momento de muitos que irão chegar.

— Vamos comemorar? — minha sogra sugere.

— Temos uma surpresa para vocês, família! — exclama Brey, por fim, e todos se calam e nos encaram, aguardando a notícia. — Não será apenas um miniKnight, serão dois!

Os assobios e aplausos dominam o apartamento.

Todos se divertem com a reunião em família. Divididos em grupos, vejo Fergie e Angel conversando. Aubrey se aproxima delas, contente. Ambas riem de algo que Brey fala. Os meus sogros estão com Alessa e Axl, parecendo bem ambientados. Meus irmãos discutem sobre quem ensinará meus filhos a atirar, lutar, pilotar, e uma variedade de loucuras. Sinceramente, não dou a mínima para o papo deles, porque meus olhos só enxergam a mulher que tanto amo, com a barriguinha de grávida, sorrindo com as amigas que perguntam alguma coisa sobre nossos filhos, perto da cozinha.

— Está feliz, não é? — Sinto a mão de Alec tocar em meu ombro.

— Como nunca — respondo sem pensar muito, sorrindo.

— Você decidiu mesmo esquecer aquela loucura? — questiona meu amigo.

— Ele me deu provas e, pelos meus filhos, irei passar uma borracha nisso... — Suspiro. — Conan, a partir de hoje, é só o avô das minhas crianças e meu sócio.

— Estava demorando, irmão. Faça isso mesmo, assim seu coração ficará em paz — sugere Alec.

— A minha missão na máfia já está concluída, Alec. Meus irmãos se tornaram homens responsáveis, e reuni os maiores mafiosos. Agora preciso construir o meu lar — murmuro, olhando para meu amigo.

— Está saindo? — curioso, ele me indaga.

— Não, jamais, nem se eu quisesse. Mas quero descansar por alguns meses. Vou trabalhar na parte mais burocrática e deixar Ezra no comando das atividades no escritório.

— Parece que Spencer arrumou uma protegida — comenta, apontando para meu irmão, que sorri como um bobo para a jovem loira ao seu lado.

— Já estava na hora.

— Sim, estava — diz Alec, olhando para os dois, depois de Spencer ter resgatado a loirinha da roda de garotas.

— O que rolou entre eles?

— Não sei. Eu mandei que cuidasse dela. Será que estão juntos?

Respiro profundamente, procurando me acalmar. Querendo ou não, nós não sabemos direito quem é a jovem com rosto e nome de anjo. Temos de ser cuidadosos.

— Spencer, venha aqui — chamo meu irmão. Ele engole em seco, aproximando-se alguns instantes depois. Quando me alcança, pergunto: — O que ela faz aqui?

— Axl me ligou na hora que eu estava indo levá-la à rodoviária, então decidi trazê-la. Não vi problema algum. — Spencer está mudado, essa garota mexeu mesmo com ele.

De uma coisa eu sei, quando um irmão Knight cai, todos se juntam para levantar o caído. E tenho mais que certeza das minhas palavras. Cada um dos meus irmãos tem algo a contar, mas isso o futuro trará à tona. Querendo ou não, nós, Knights, somos como o bem e o mal. As pessoas nos amam e odeiam ao mesmo tempo, mas, no final, o amor sempre prevalece.

A nossa união quebra todas as barreiras que a vida coloca em nossos caminhos para nos desequilibrar. Sempre estamos um passo à frente.

AUBREY RUSSELL

Solto um suspiro ao escutar o choro duplo dos bebês.

Passo as mãos no rosto para aliviar a tensão, tiro vagarosamente os braços de Killz da minha cintura e, no escuro mesmo, tento achar minhas sandálias para ver meus pequenos.

Austen e Katherine nasceram saudáveis. Axl vive brincando com eles, pergunta se Killz e eu estamos dando espinafre para nossas crianças, só pelo fato de serem gordinhos.

— Vai para onde?

Sinto o toque da mão de Killz em meu pulso, arrepiando-me da cabeça aos pés.

— Seus filhos estão chorando — enquanto eu reclamo, ele ama.

— Pode voltar a dormir, posso cuidar das nossas crianças — diz, levantando-se da nossa cama.

Kath e Aust vivem assim desde seu primeiro mês de vida, e agora que já completaram cinco, continuam chorando. Alguns dias sou obrigada a me levantar para ir ao quarto ao lado, dar uma olhada nos dois, mas o pai deles é a minha salvação e está sempre de bom humor para enfrentar as feras.

Fecho os olhos rapidamente quando sinto a luz iluminar o quarto, e bufo quando vejo Killz com a mão na maçaneta da porta. É necessário ligar a luz?

— James... — gemo de frustração.

Enfio minha cabeça sob o travesseiro e fecho os olhos por alguns minutos. Quando estou quase pegando no sono, ouço as crianças soltando risadinhas gostosas.

Ao tirar o travesseiro do rosto, vejo Killz com os dois nos braços.

— Mamãe, queremos nos alimentar — diz o pai babão, beijando o rosto dos gêmeos, que sorriem, mostrando os quatro dentinhos que fazem meus peitos sofrerem.

As coisas são assim, carregamos os seres por nove meses para eles virem cagados e cuspidos idênticos ao pai. Katherine e Austen têm os olhos de Killz. Os cabelos vieram castanhos, iguais aos meus. Menos mal. Pelo menos terão algo que lembre a mim.

— Esses bebês são cheios de fibra, Austen é o que mais gosta de comer. — Trazendo nossos filhos para a cama, Killz os deita com cuidado no colchão, fazendo com que abram lindos sorrisos. Não me aguento e sorrio também.

— Eles são tão lindos. — Passo o dedo indicador na ponta do nariz deles.

Sem demora, sinto Austen puxar meu dedo para pôr dentro da boca.

— É a melhor genética — diz Killz, fazendo cócegas na barriga de Kath com o nariz.

A nossa menina é a mais descontraída, ri por tudo e a qualquer momento. Gostaria de preservar por um bom tempo a inocência deles, até que estejam com idade para saberem que são herdeiros de duas máfias.

— Você sempre diz isso. Ama aumentar o ego dos nossos pequenos chorões. — Solto um riso, mas me calo quando sinto os lábios do meu homem se chocarem contra os meus. Acabo grunhindo ao notar que Austen puxa as pontas do meu cabelo. Faço careta e volto para meu lugar, menino ciumento. — Seu filho ama puxar meu cabelo.

— Austen, está vendo o que mamãe disse? Nada de puxar o cabelo dela, está entendido? Só papai que pode.

Engasgo com a minha própria saliva quando o escuto dizer isso para Aust.

— Killz! — Dou dois tapas leves em sua cabeça. — Não fale assim.

— Eles não entendem nada, amor. Até se eu rir agora, eles riem também. — É dito e feito. O bobão ri e os bebês o acompanham. — Viu? Agora vamos colocá-los para dormir, porque estou louco para pegar minha mulher de jeito.

Killz e eu não nos casamos ainda, decidi adiar. Eu me casarei com ele quando os meninos completarem três aninhos. Então nós poderemos fazer um casamento duplo, com o de Axl e Alessa.

— Brinque com Katherine, enquanto dou de mamar ao Austen.

Pego meu menino no colo e o vejo abrir um sorrisinho. Apesar de ser inocente ainda, o garoto já leva consigo o efeito de deixar bobas as pessoas ao seu redor.

— Você não me engana, Austen Russell Knight — brinco, colocando o peito na boca dele.

Gemo baixinho pela dor que me atinge nas laterais do seio.

Eu precisarei tirar um pouco o peito deles, já está na hora de comerem papinhas, porque estão acostumados a ficar só mamando e isso me mata aos poucos. São duas crianças, muitas vezes fico com os bicos dos seios em carne viva, arde tanto que as lágrimas quase descem.

— Parece que Aust dormiu — sussurra Killz após alguns minutos, deixando-me totalmente feliz. — Vou colocá-lo no berço, agora tome Kath.

Katherine continua deitada na cama, enquanto entrego seu irmão para o pai levar ao outro quarto.

— Cheque tudo para ver se está ok — peço, pegando Kath em meus braços.

— Brey, essa telona em frente à nossa cama dá para ver todos os cantos do quarto dos bebês — ele responde.

É verdade. Assim que Katherine e Austen nasceram, Killz mandou Alec colocar câmeras no quarto. Disse que era para a segurança deles. Além de vermos tudo amplamente, ainda há a escuta. Qualquer vento que soprar, iremos ouvir.

— Esqueci esse detalhe.

— Já volto — diz Killz, levando Aust para o outro quarto.

— Vamos dormir também? — Coloco a ponta do bico do peito na boca de Kath, que o aceita facilmente. Fecha os olhinhos e depois traz as duas mãos até meus seios. Com uma das mãos, começo a acariciar seu cabelo achocolatado. — Mamãe ama tanto vocês — murmuro, passando a mão no rostinho dela.

Após alguns instantes, Killz entra novamente no nosso quarto.

— E aí, conseguiu? — questiona.

— Ainda não, ela parece estar inquieta. — Suspiro, vendo Kath me olhar. — Vou me levantar para ver se ela dorme.

Levanto-me da cama e coloco Kath deitada no meu ombro. Dou dois tapinhas nas suas costas para que ela possa arrotar.

— Enquanto isso, vou ligar para Ezra. Hoje eles irão começar a exportação das cargas com seu pai.

Assinto, vendo Killz sair novamente do meu campo de visão.

Por fim, Katherine arrota. Lentamente, passo minha mão nas suas costas e começo a niná-la. Sem demora, vejo-a fechar os olhos para dormir. Aproveito para levá-la ao berço e vou à cozinha, tomar um copo de água.

Encontro Killz no escritório e empurro a porta que tem atrás de mim para fechá-la. Logo após, olho para o homem da minha vida com a cabeça escorada na poltrona. Sorrio ao vê-lo relaxado. Lentamente, ando até ele, que está lindo com os olhos fechados. Talvez seja o cansaço tomando conta.

— Brey? — murmura, olhando para mim.

— Você demorou, vim ver o que houve.

Sem pedir permissão, sento-me em seu colo, passando as pernas em torno dele.

— Alec me ligou, Axl terá de fazer alguns serviços pessoalmente.

— Que serviços são esses?

Levo minhas duas mãos ao seu cabelo quando ele se ajeita na poltrona, comigo em seu colo.

— Há dois dias, descobrimos que temos novos inimigos, os Malvks. Axl terá de eliminar nossos rivais com seus homens.

Killz começa a descer as alças da minha camisola ao mesmo tempo em que fala e beija meu ombro.

— E como Axl entrou nessa? Tenho medo de que algo possa acontecer com minha prima, Killz.

— Seu pai reforçou a segurança dela, e ainda tem Enrique, Axl e os outros homens que ficam de guarda no apartamento.

Impaciente, começo a desabotoar a camisa dele sem me preocupar se vou arrancar os botões.

— Fico mais aliviada.

Colocando meu cabelo para trás, Killz começa a beijar e morder meu pescoço.

Eu, como uma louca rendida, suspiro pelas suas carícias.

— Nunca te comi em cima dessa mesa. Já fodemos em quase todos os cantos da casa, menos em meu escritório.

Há alguns meses nos mudamos para a casa que Killz havia comprado para vivermos. Ele deu seu apartamento para Spencer morar, a mansão está fechada. Os irmãos decidiram tirar seus soldados de lá e todos os Knights foram morar em apartamentos, só vamos à mansão quando queremos fazer encontros grandes.

— Para tudo tem uma primeira vez — digo, jogando sua camisa em algum canto do chão.

— Sempre... — Killz geme, apalpando minhas nádegas.

Mordo os lábios e sorrio, descendo as mãos até o fecho da calça dele. Pondo-me sentada em cima da mesa com as pernas abertas, Killz puxa minha camisola para cima, deixando-me completamente nua. Antes de vir, tirei a calcinha, porque já sabia o que iria acontecer entre nós dois.

— Você já está molhada, *baby*.

Colando nossos corpos, Killz desce uma das mãos até meu sexo e enfia dois dedos, pressionando lentamente.

Isso é tortura.

— Hum... Killz — gemo, buscando seus lábios.

Manhosamente, entrelaço minhas pernas ao redor do seu tronco.

— Estou louco de tesão. Vou te foder gostoso — fala, segurando meu pescoço, fazendo-me olhar para ele.

— Odeio cerimônias, já deveria saber disso.

— Sei tudo sobre você, querida... — Ele sorri de um jeito safado.

— Diga o tudo — provoco, mas logo solto um gritinho quando noto que ele está me colocando de costas para ele.

Agora estou com a bunda empinada para cima e o rosto colado na madeira da mesa. Curvando-se por cima do meu corpo, Killz sussurra ao meu ouvido:

— Sei que também está louca pelo meu pau, que adora quando eu como essa boceta encharcada por trás e meto fundo e forte, enquanto estapeio sua bunda deliciosa.

Gemo alto ao senti-lo dar dois tapas em cada lado da minha bunda.

— Uhum, é? E por que ainda não fez isso? — Estou louca para ser preenchida.

— Por isso.

Estou a ponto de babar nos documentos de Killz, quando ele desce uma trilha de beijos do meu pescoço até que parar no meio da minha coluna antes de deixar a calça e a cueca caírem no chão.

Vejo Killz se ajoelhar, mas com a mão em meu cabelo. Acabo arqueando as costas e grito com prazer ao sentir seus lábios tocarem em meu sexo escorregadio. Sua língua sai e entra, e tudo que faço é gemer.

— Killz, merda... — gemo ao perceber minhas pernas ficando como gelatina.

— Sempre tão pronta para mim, querida.

Sem soltar meu cabelo, Killz desliza seu membro até a minha entrada, dou uma rebolada de leve e o sinto entrar com tudo.

Quase grito mais alto que o normal, porém, ele coloca a mão em minha boca, fazendo-me morder seus dedos e gemer contra ela. Nós nos sentimos conectados com apenas um toque, só precisamos de uma troca de olhares para sabermos o que um quer do outro.

Katherine e Austen vieram para ser a nossa salvação, nossos filhos são uma lembrança maravilhosa do nosso amor que um dia pensamos ser proibido.

— Killz... — Dou a última rebolada, após sentir o clímax querendo nos atingir.

— Isso, geme meu nome, minha putinha.

Enterrando-se fundo, acabo encostando minhas costas em seu peito suado.

Apoiando-nos contra a mesa, Killz acaricia meus seios e beija meu pescoço, deixando um clima mais leve. Fecho os olhos e gemo baixinho ao notar que seu gozo desce entre minhas pernas bambas.

Os únicos momentos intensos que temos são durante a madrugada, quando as crianças dormem. Kath e Aust tomam todas as nossas energias, e agradeço a Killz por estar sempre ao meu lado.

— Oh, merda... — Suspiro. — Eles acordaram.

Killz ri contra a mesa ao ouvir o choro de Kath e Aust.

Por que eles sempre acordam juntos? Parece um complô.

AGRADECIMENTOS

Primeiramente, eu sempre agradeço a Deus por cada conquista minha e ter a oportunidade de lançar os irmãos Knight em físico é sensacional. Obrigada por tudo Deus!

Quero agradecer aos meus leitores, seja aos que estão comigo desde o primeiro capítulo de Killz, até aqui. E aos que estão chegando agora. Gratidão pelo carinho. Adoro vocês.

Eu não poderia deixar de retribuir os meus agradecimentos a minha tia Lídia, minha irmã Ana Beatriz, por terem acreditado em meus sonhos desde o princípio. E a minha mãe, meus irmãos, minhas maiores inspirações por cada linha escrita por mim.

Por fim, agradeço a mim por ter passado por altos e baixos, mas mesmo assim permanecer sendo uma menina sonhadora e valente, que, apesar dos apesares, ainda que algumas vezes desanime, não consegue desistir do seu maior sonho: a escrita.

Jessica D. Santos

www.lereditorial.com

@lereditorial